U0165815

神怪及傳奇

Easy to Learn
Chinese

五南圖書出版公司 印行

楊琇惠——編著

序

　　當華語學習者在步入中高級的程度時，日常的生活用語已不再能滿足他們的需求。這時，若沒有富含文化深度的教材來引導其從語言探索文化的話，當無法讓學生繼續保持學習的熱情，更沒能深化教學。

　　有鑑於此，本人即開始思索，當如何以輕鬆活潑的教材，來帶領中高級的學生進入中華文化的殿堂。思索既久，終於找到了解決方案，也就是把中國著名的文學故事介紹給外籍生。然而，若只是以白話文重新改寫古典故事的話，那又和本團隊之前出版的《寓言》和《俗語與俚語》相似，並無新意。左思右想，終於想到了可以以「劇本」的方式來寫故事！這樣一來，不但能延伸之前學生學習對話的基礎，還能讓學生接收到文化的層面，更能讓學生有機會粉墨登場。

　　思考既定，本團隊就延攬了郭薈萱老師和葉雨婷老師加入編輯的行列，並開始擬訂篇章。最後，我們選定了幾篇著名的文學故事來發展成劇本，例如：〈桃花源記〉、〈十二生肖〉、〈勞山道士〉、〈愚公移山〉、〈指喻〉、〈枕中記〉、〈牛郎織女〉等等，篇篇都是為人所熟知的經典故事。學生不但可以藉此讓自己的華語更上層樓，更可以從中體會到中國文學的美。

　　然而，在選文的過程中，我們也挑選了〈白蛇傳〉、〈杜子春〉和〈孫悟空三借芭蕉扇〉，想說這三篇膾炙人口的故事，非得要介紹給華語學習者，好讓華語學習者也能和母語者擁有共同的文化符碼。然而，這三篇故事的篇幅實在是太長，真的是不太適合發展成劇本，因此，我們便將這三篇故事以散文的方式呈現。是以，讀者在閱讀本書時，若發現書中存在著兩種不同的體例，還請不要訝異。

　　本團隊從編輯《生活華語不打烊──中級篇》至今，已走過了十個年頭。在這十年間，陸陸續續出版了許多華語教材，而每一本書，我們都秉持著站在學習者的立場來發想。因為我們衷心地希望，透過我們的

努力，能讓每一位接觸到我們編撰之華語教材的學習者，都能擁有一趟愉快的學習之旅。

楊琇惠

台北科技大學華語文中心
民國一〇六年七月七日

Content

① 【種梨】
zhònglí

劇本
jùběn

（在 某 一個 市集[1]裡，有 個人 在 賣 梨子[2]。）
　　zài mǒu yí ge　shìjí　lǐ　yǒu ge rén zàimài　lízi

老闆：來 喔！來 喔！來 買 好吃 的 梨子 喔！
lǎobǎn　lái o　lái o　lái mǎi hǎochī de　lízi　o

客人Ａ：老闆，你 的 梨子 怎麼 賣 得 這麼 貴？這個 價錢[3]是
kèrén　　　lǎobǎn　nǐ de　lízi　zěnme mài de zhème guì　zhè ge jiàqián shì

　　　　別人 的 五倍[4]耶！
　　　　biérén de wǔ bèi ye

老闆：因為 我的 梨子 非常 甜、 非常 香 ，你 吃吃 看 就
lǎobǎn　yīnwèiwǒ de lí zi fēicháng tián　fēicháng xiāng　nǐ chī chī kàn jiù

　　　知道 了。
　　　zhīdào le

（這 時 有個 穿 著 破衣服 的 道士[5]來 到 攤子[6]前。）
　zhè shí yǒu ge chuān zhe pò yīfú　de dàoshì lái dào tānzi qián

道士：好心[7]的 老闆，我 肚子 好 餓，給 我 個 梨子 吃 吧！
dàoshì　hǎoxīn de lǎobǎn　wǒ dùzi hǎo è　gěi wǒ ge　lízi　chī ba

---

1. 市集：fair
   shì jí

2. 梨子：pear
   lí zi

3. 價錢：price
   jià qián

4. 五倍：five times
   wǔ bèi

5. 道士：Daoist priest
   dào shì

6. 攤子：vendor's stand; booth
   tān zi

7. 好心：good mind; kindness
   hǎo xīn

老闆：不給！快走、快 走！
lǎobǎn　bù gěi kuài zǒu　kuài zǒu

道士：拜託[8]給 我 個 梨子 吃 吧！我 快 餓死了。
dàoshì　bàituō gěi wǒ ge lízi chī ba　wǒ kuài è sǐ le

老闆：不給就是不給，你 這 個 髒 東西[9]，你才 沒有 資格[10]
lǎobǎn　bù gěi jiù shì bù gěi　nǐ zhè ge zāng dōngxi　nǐ cái méiyǒu zī gé

吃 我 的 梨子 呢！給 我 滾[11]！
chī wǒ de lízi ne　gěi wǒ gǔn

道士：老闆，你 這 一車 有 好 幾百 顆的梨子，我 只是 想 吃
dàoshì　lǎobǎn　nǐ zhè yì chē yǒu hǎo jǐ bǎi kē de lízi　wǒ zhǐ shì xiǎng chī

其 中 一 顆，你 也不會 有太大的損失，為什麼 這麼
qí zhōng yì kē　nǐ yě bú huì yǒu tài dà de sǔnshī　wèishénme zhème

生氣 呢？
shēngqì ne

客人Ａ：對呀，對呀！老闆 別 生氣，隨便[12]給他一個，打發[13]
kèrén　duì ya　duì ya　lǎobǎn bié shēngqì suíbiàn gěi tā yíge　dǎfā

他 走 就 好 了 啊！
tā zǒu jiù hǎo le a

---

8. 拜託：to request sb to do sth;
　bài tuō　please

9. 髒 東西：bad things; dirty
　zāng dōng xi　things

10. 資格：qualifications; seniority
　zī gé

11. 滾：get away
　Gǔn

12. 隨 便：at random
　suí biàn

13. 打發：dismiss; send away
　dǎ fā

客人B：是啊，是啊！老闆，不如[14]就 這個吧？（從 車子
kèrén　　shì a　　shì a　 lǎobǎn　bù rú　 jiù zhège ba　　cóng chēzi

　　　　上 挑[15]了一個梨子）這顆的皮醜 醜 的，就 給 他
　　　　shàng tiāo le yí ge lízi　zhè ke de pí chǒu chǒu de　 jiù gěi tā

吧。
ba

老闆：不 行 ，我 不 給！
lǎobǎn　 bù xíng　 wǒ bù gěi

（附近 店家 的 小 夥計[16]，看到 他們 一直 吵鬧 不休[17]，便
fùjìn　diànjiā de xiǎo huǒjì　　kàndào tāmen yìzhí chǎonào bùxiū　　biàn

走 了出來。）
zǒu le chūlái

小 夥計：老闆，我 要 買 一顆梨子。
xiǎo huǒ jì　 lǎobǎn　 wǒ yào mǎi yì kē lízi

老闆：好 好 好，來，挑一顆你 喜歡 的。
lǎobǎn　hǎo hǎo hǎo　lái　tiāo yì kē nǐ xǐhuān de

小 夥計：我 要 這一顆。 請問 多少 錢？
xiǎo huǒ jì　　wǒ yào zhè yì kē　　qǐngwèn duōshǎo qián

老闆：五十塊，謝謝 光臨！
lǎobǎn　 wǔshí kuài　xièxie guānglín

（小 夥計 走 向 道士）
　xiǎo huǒjì　zǒuxiàng dàoshì

---

14. 不如：it would be better to
　　 bù rú

15. 挑：choose; select; pick out
　　 tiāo

16. 小 夥計：waiter
　　 xiǎo huǒ jì

17. 吵 鬧不休：keep wrangling
　　 chǎo nào bù xiū

4

小夥計：這一顆梨子就 送 給你吃吧！
xiǎo huǒ jì   zhè yì kē lízi jiù sòng gěi nǐ chī ba

道士：謝謝 這位 好心 的 小 夥計。
dàoshì   xièxie zhèwèi hǎoxīn de xiǎo huǒjì

（向 小 夥計鞠躬[18]， 轉 向 正在 觀看 的 眾人[19]）
xiàng xiǎo huǒjì júgōng   zhuǎnxiàng zhèngzài guānkàn de zhòngrén

出家人[20]不 懂 什麼 叫 做吝嗇[21]，我 有 一些 上 好[22]
chūjiārén bù dǒng shénme jiào zuò lìnsè   wǒ yǒu yì xiē shàng hǎo

的梨子，我 來 請 [23]大家吃 吧！
de lízi   wǒ lái qǐng   dàjiā chī ba

路人：奇怪？既然[24]你自己就 有梨子了，為什麼 不吃自己的就
lù rén   qíguài   jìrán   nǐ zìjǐ jiùyǒu lízi le   wèishéme bù chī zìjǐ de jiù

好了呢？
hǎo le ne

道士：因為 我 就是 需要 我 手 上 這 顆梨子的果核[25]來 當
dàoshì   yīnwèi wǒ jiùshì xūyào wǒ shǒu shàng zhè ke lízi de guǒhé   lái

種子。
zhǒngzǐ

（道士 大 口 大 口 的 吃完 梨子， 手 上 只 剩下 果核。
dàoshì dà kǒu dà kǒu de chīwán lízi   shǒushàng zhǐ shèngxià guǒhé

18. 鞠躬：bow jú gōng	22. 上 好：best shàng hǎo
19. 眾 人：everybody zhòng rén	23. 請：to treat qǐng
20. 出家人：a monk or a nun chū jiā rén	24. 既然：since; as; now that jì rán
21. 吝嗇：stingy; mean; miserly lìn sè	25. 果核：seed guǒ hé

接著 解開 肩上 的 鋤頭²⁶，在 地上 挖了 數寸 ²⁷ 深 的 洞，
jiē zhe jiěkāi jiānshàng de chútou   zài dìshàng wā le shùcùn   shēn de dòng

然後 把 果核 放進去 再蓋²⁸ 上 土。）
ránhòu bǎ guǒhé fàng jìnqù zài gài shàng tǔ

道士：請問 誰 有 熱水？
dàoshì   qǐngwèn shéi yǒu rèshuǐ

路人 A：我去 旁邊 的 小 店 問問！（走進 小 店，再出來
lù rén   wǒ qù pángbiān de xiǎo diàn wènwèn   zǒujìn xiǎo diàn   zài chūlái

時 拿著 熱水）熱水 來了！
shí názhe rèshuǐ   rèshuǐ lái le

道士：謝謝！（將 水 澆²⁹ 在 果核 上 。）
dàoshì   xièxie   jiāng shuǐ jiāo zài guǒhé shàng

路人 A：誒！你 看 你 看，居然 冒出 芽³⁰ 來了！
lù rén   ēi   nǐ kàn nǐ kàn   jūrán màochū yá   lái le

路人 B：真的 耶！怎麼 可能 長 得 這麼 快？一下子 就 長
lù rén   zhēnde ye   zěnme kěnéng zhǎng de zhème kuài   yíxiàzi jiù zhǎng

得 這麼 高了！
de zhème gāo le

路人 C：天 啊！已經 變成 一棵 樹 了！
lù rén   tiān a   yǐjīng biànchéng yì kē shù le

---

26. 鋤頭：pickaxe
    chú tou

27. 寸：inch
    cùn

28. 蓋：cover
    gài

29. 澆：pour liquid on
    jiāo

30. 冒 出芽：to germinate
    mào chū yá

路人 A：居然 一瞬間[31]，剛 種 下 的 種子 就 長成 大
lù rén　　jūrán yíshùnjiān　gāng zhòng xià de zhǒngzǐ jiù zhǎngchéng dà

樹，葉子 還 如此 茂密[32]！
shù　　yèzi hái rúcǐ màomì

路人 B：你看， 正在 開花 呢！
lù rén　　nǐ kàn　zhèngzài kāihuā ne

路人 C：現在 又 結 了一顆 顆 的 果實 了， 真是 不可思議[33]！
lù rén　　xiànzài yòu jié le yì kē kē de guǒshí le　zhēnshì bù kě sī yì

道士：這些梨子每一顆都 又 大、又 甜、又 香 ，我 摘[34]給
dàoshì　zhèxiē lízi měi yì kē dōu yòu dà　yòu tián yòu xiāng　wǒ zhāi gěi

大家 吃 吧！
dàjiā　chī ba

（道士 爬 上 樹，把 全部 的 果實 摘下，分送[35]給 在 場
dàoshì pá shàng shù　bǎ quánbù de guǒshí zhāixià fēnsòng gěi zài chǎng

觀看 的 路人，一下子 就 發完 了。）
guānkàn de lùrén　　yíxiàzi jiù fāwán le

道士：梨子沒 了，樹 留著 也 沒用 ，我 現在 就 把 這 棵 樹
dàoshì　lízi méi le　shù liúzhe yě méiyòng　wǒ xiànzài jiù bǎ zhè kē shù

給 砍[36]了。
gěi kǎn　le

---

31. 瞬 間 ：moment; momentary; in a flash
sùn jiān

32. 茂密 ：dense (of plant growth); lush
màomì

33. 不可思議 ：unimaginable
bù kě sī yì

34. 摘 ：to pick (flowers, fruit etc.)
zhāi

35. 分 送 ：send; distribute
fēn sòng

36. 砍 ：to chop; to cut down
kǎn

（才 兩 三下，道士 就 把 樹 給 砍斷 了，只 見 道士 把
cái liǎng sān xià dàoshì jiù bǎ shù gěi kǎnduàn le zhǐ jiàn dàoshì bǎ

砍斷 的 樹枝 扛[37] 在 肩上 ，從容 [38]地離開了。）
kǎnduàn de shùzhī káng zài jiānshàng cōngróng de líkāi le

老闆：哇⋯⋯ 真 是 厲害 啊！看不出來 他 還 會 變 法術[39]。
lǎobǎn wā zhēn shì lìhài a kàn bù chūlái tā hái huì biàn fǎshù

（其實 道士 在 變 法術 的 時候，賣 梨子 的 商人 也在一旁
qíshí dàoshì zài biàn fǎshù de shíhòu mài lízi de shāngrén yě zài yìpáng

目瞪 口呆[40]得 觀看 ，因為 道士 的 表演 實在 太 神奇[41]
mùdèng kǒudāi de guānkàn yīnwèi dàoshì de biǎoyǎn shízài tài shénqí

了，所以 他 一時[42] 忘 了賣 梨子。道士 走 了 以後，才 回頭
le suǒyǐ tā yìshí wàng le mài lízi dàoshì zǒu le yǐhòu cái huítóu

看看 自己的 車子。）
kànkàn zìjǐ de chēzi

老闆：咦？我 的 梨子 都 跑到 哪去了？怎麼 全部 都不見
lǎobǎn yí wǒ de lízi dōu pǎodào nǎ qù le zěnme quánbù dōu bújiàn

了？啊！我 知道 了， 剛剛 道士 給 路人 吃 的 梨子，
le a wǒ zhīdào le gānggāng dàoshì gěi lùrén chī de lízi

---

37. 扛：to raise aloft with both
   káng　hands; to carry on one's
   　　　shoulder

38. 從 容：to go easy; unhurried;
   cōng róng　calm

39. 法術：magic
   fǎ shù

40. 目 瞪 口 呆：dumbstruck;
   mù dèng kǒu dāi　stunned

41. 神 奇：magical; mystical;
   shéng qí　miraculous

42. 一時：a period of time; for a short
   yì shí　time; temporary

8

其實 都 是 我 的 啊！車子 的 把手[43] 也 少 了一個，可
qíshí dōu shì wǒ de a　chēzi de bǎshǒu　yě shǎo le yí ge　kě

惡！我 絕對 不 放過 那個 臭 道士！
wù　wǒ juéduì bú fàngguò nà ge chòu dàoshì

（老闆 說完 就 趕著 去 追 道士，剛 過一個 轉角[44]，就
lǎobǎn shuōwán jiù gǎnzhe qù zhuī dàoshì　gāng guò yí ge zhuǎnjiǎo　jiù

發現 斷掉 的 把手 被 丟 在 路邊。）
fāxiàn duàndiào de bǎshǒu bèi diū zài lùbiān

老闆：剛剛 那棵 樹 的 樹幹 一定 就 是 這個 把手 變的！
lǎobǎn　gānggāng nà kē shù de shùgàn yídìng jiù shì zhège bǎshǒu biàn de

真 是 太 可惡 了！那個 傢伙 到底 跑到 哪兒 去 了？
zhēn shì tài kěwù le　nàge jiāhuo dàodǐ pǎodào nǎér qù le

路人A：哈、哈、哈，真 是 有趣！找不到 那個 道士 了啦，
lù rén　hā　hā　hā　zhēn shì yǒuqù　zhǎobúdào nàge dàoshì le la

他 一定 跑走 了。
tā yídìng pǎozǒu le

路人B：對呀，因為 老闆 太 小氣[45]了，所以 那個 道士 才
lù rén　duì a　yīnwèi lǎobǎn tài xiǎoqì le　suǒyǐ nà ge dàoshì cái

會 教訓[46]他一下！
huì jiàoxùn　tā yíxià

---

43. 把手：handle; grip
　　bǎ shǒu

44. 轉角：bend in a street; corner;
　　zhuǎn jiǎo　to turn a corner

45. 小氣：stingy; petty; miserly;
　　xiǎo qì　narrow-mind

46. 教訓：lesson; moral; to lecture
　　jiào xùn　sb

思考題
sīkǎotí

1. 如果你是賣梨子的老闆，你會給那位穿著破爛的道士梨子嗎？為什麼？

2. 你覺得道士為什麼要變法術，把老闆的梨子都分給路人吃呢？

3. 你平常會捐錢或捐東西（衣服、筆、鞋子等）給需要的人嗎？你都捐給怎麼樣的人？

4. 你有擔任過志工的經驗嗎？和大家分享一下吧！

②【管輅】
Guǎnhé

神怪及傳奇
shén guài jí chuán qí

劇本
jùběn

（ 管輅 是 一位 三國 時期 非常 厲害 的 占卜家[1]，他 能
Guǎnhé shì yíwèi Sānguó shíqí fēicháng lìhài de zhànbǔjiā tā néng

算 盡 天下事， 什麼 事情 都 知道。有一天，當 他 到 郊外[2]
suàn jìn tiānxiàshì shénme shìqíng dōu zhīdào yǒuyìtiān dāng tā dào jiāowài

散步 的 時候， 正巧 看到 了一個 少年 正在 田裡
sànbù de shíhòu zhèngqiǎo kàndào le yíge shàonián zhèngzài tiánlǐ

耕作[3]，於是 就 站 在 一旁 觀察 他，並 和 那 位 少年
gēngzuò yúshì jiù zhàn zài yìpáng guānchá tā bìng hàn nà wèi shàonián

聊 了 起來。）
liáo le qǐlái

管輅：小 帥哥 ， 請問，你 叫 什麼 名字？今年 幾歲 了？
Guǎnhé xiǎo shuàigē qǐngwèn nǐ jiào shénme míngzi jīnnián jǐ suì le

趙顏： 先生 ，您好。我 姓 趙 ，名 顏，今年 剛 滿
Zhàoyán xiānsheng nínhǎo wǒ xìng Zhào míng Yán jīnnián gāng mǎn

　　　　十九 歲。不 知 先生 有 什麼 事 嗎？
　　　　shíjiǔ suì bù zhī xiānsheng yǒu shénme shì ma

管輅：嗯，不 瞞 你 說，我 剛剛 觀察 了 你 好 一陣子。
Guǎnhé èn bù mán nǐ shuō wǒ gānggāng guānchá le nǐ hǎo yízhènzi

---

1 占卜家：diviner
zhànbǔjiā

2 郊外：the countryside around city
jiāowài

3 耕作：cultivation; farming
gēngzuò

12

我 看 你 的 眉間 發黑，有 死亡 的 徵兆 [4]，若 我
wǒ kàn nǐ de méijiān fā hēi yǒu sǐwáng de zhēngzhào ruò wǒ

沒 看錯，不 出 三 天，你 就 會 死 了。哎，你 長
méi kàncuò bù chū sān tiān nǐ jiù huì sǐ le āi nǐ zhǎng

得 一表人才 [5]，人 又 肯 [6] 勤奮 向上 [7]，然而，命 卻
de yìbiǎoréncái rén yòu kěn qínfèn xiàngshàng ránér mìng què

不 長 ， 真 是 可惜 啊 ！
bù cháng zhēn shì kěxí a

趙顏 ：您……您 是 在 跟 我 開玩笑 吧！我 三 天 內 就 沒
Zhàoyán nín nín shì zài gēn wǒ kāiwánxiào ba wǒ sān tiān nèi jiù méi

命 了？怎麼 會 這樣 ？我 還 這麼 年輕 ，我 不
mìng le zěnme huì zhèyàng wǒ hái zhème niánqīng wǒ bù

想 死 啊 ！
xiǎng sǐ a

管輅 ：哎，一切 都 是 命 ！你 不 想 死 也 沒 辦法 ！俗話 [8]
Guǎnhé āi yíqiè dōu shì mìng nǐ bù xiǎng sǐ yě méi bànfǎ súhuà

說 ：「閻王 要 你 三更 [9]死，誰 敢 留 你 到 五更 ？」
shuō yánwáng yào nǐ sāngēng sǐ shuí gǎn liú nǐ dào wǔgēng

我 先 走 了，你 就 好 好 地 過 完 這 最後 三 天
wǒ xiān zǒu le nǐ jiù hǎo hǎo de guò wán zhè zuìhòu sān tiān

4　徵兆：Sign; omen; portent
　　zhēngzhào

5　一表人才：A fine-looking man
　　yìbiǎoréncái

6　肯：Be willing to
　　kěn

7　勤奮 向上：Hardworking
　　qínfèn xiàngshàng

8　俗話：As the saying goes
　　súhuà

9　三更：23:00-1:00
　　sān gēng

吧！再見。
　　ba　　zài jiàn

趙顏：先生，等等！能請教您的大名嗎？
Zhàoyán　xiānsheng　děng děng　néng qǐngjiào nín de dàmíng ma

管輅：我是管輅。
Guǎnhé　wǒ shì Guǎnhé

趙顏：您就是那位人稱鐵嘴神算的管輅？啊！那看
Zhàoyán　nín jiù shì nà wèi rén chēng tiězuǐ shénsuàn de Guǎnhé　a　　nà kàn

　　　來，我真的是沒命了！
　　　lái　wǒ zhēn de shì méi mìng le

（管輅說完就離開了。趙顏大驚之下，趕緊跑回家
　Guǎnhé shuōwán jiù líkāi le　Zhàoyán dà jīng zhī xià　gǎnjǐn pǎo huí jiā

告訴父親此事。）
gàosù fùqīn cǐ shì

趙顏：爸爸、爸爸！大事不好了！我只剩下三天的
Zhàoyán　bàba　bàba　dàshì bùhǎo le　wǒ zhǐ shèngxià sān tiān de

　　　壽命了，怎麼辦？怎麼辦？我不想死啊！
　　　shòumìng le　zěnmebàn　zěnmebàn　wǒ bù xiǎng sǐ　a

顏父：什麼？你說你只剩三天可活？別胡說[10]了，大
Yán fù　shénme　nǐ shuō nǐ zhǐ shèng sān tiān kě huó　bié húshuō　le　dà

　　　白天的，說什麼鬼話。
　　　báitiān de　shuō shénme guǐhuà

趙顏：爸，是真的！是管輅說的。
Zhàoyán　bà　shì zhēnde　shì Guǎnhé shuō de

---

10. 胡說：Nonsense
　　húshuō

顏父：管輅？是那個 鐵嘴 神算 管輅？如果 是 他 說 的，
Yán fù　Guǎn hé　shì nàge tiězuǐ shénsuàn Guǎnhé　rúguǒ shì tā shuō de

那 就 有 可能 了，因為 他卜卦[11] 神準 無 比。我
nà jiù yǒu kěnéng le　yīnwèi tā bǔguà　shénzhǔn wú bǐ　wǒ

的 兒 啊，看來，管輅 一定 是 看出 了 什麼！走，
de ér a　kàn lái　Guǎn hé yídìng shì kànchū le shénme　zǒu

我們 趕緊 去 追 他，求 他 救救 你！
wǒmen gǎnjǐn qù zhuī tā　qiú tā jiù jiù nǐ

趙顏：好 的，我 知道 他 往 哪個 方向 走！ 我們 快去
Zhàoyán　hǎo de　wǒ zhīdào tā wǎng nǎ ge fāngxiàng zǒu　wǒmen kuài qù

追 他。
zhuī tā

（兩 人 向 管輅離開 的 方向 飛奔，果然 看到 管輅 就
liǎng rén xiàng Guǎn hé líkāi de fāngxiàng fēibēn　guǒrán kàndào Guǎn hé jiù

在 不 遠處 。）
zài bù yuǎnchù

顏父：管 先生 ！管 先生 ！請 留步！
Yán fù　Guǎn xiānsheng　Guǎn xiānsheng　qǐng liúbù

管輅：怎麼 了？找 我 有 什麼 事 嗎？
Guǎnhé　zěnme le　zhǎo wǒ yǒu shénme shì ma

顏父：管 先生 ，您 剛才 說 我 兒子 就 只 剩 三 天 的
Yán fù　Guǎn xiānsheng　nín gāngcái shuō wǒ érzi jiù zhǐ shèng sān tiān de

壽命 了，我 就 這麼 一 個 寶貝 兒子。管 先生 ，
shòumìng le　wǒ jiù zhème yí ge bǎobèi érzi　Guǎn xiānsheng

11 卜卦：Divine; fortune telling
　　bǔguà

15

我 拜託 您 了，您 就 大發 慈悲[12] 救 救 小兒 吧！您看，
wǒ bàituō nín le　nín jiù dàfā cíbēi　jiù jiù xiǎoér ba　nínkàn

他 還 那麼 年輕！我 給 您 跪下 了，拜託 您 救 救 他
tā hái nàme niánqīng　wǒ gěi nín guìxià le　bàituō nín jiù jiù tā

吧！
ba

管輅 ：老 先生 ，您 先 起來。這……　天命 不 可 違！您
Guǎnhé　lǎo xiānsheng　nín xiān qǐlái　zhè　　tiānmìng bù kě wéi　nín

要 我 怎麼 救 呢？我 哪 有 什麼 能力 去 改變 天
yào wǒ zěnme jiù ne　wǒ nǎ yǒu shénme nénglì qù gǎibiàn tiān

命 呢？
mìng ne

顏父 ：管 先生 ，您 有所 不知，我 老 來 得 子，我們
Yán fù　Guǎn xiānsheng　nín yǒu suǒ bùzhī　wǒ lǎo lái dé zǐ　wǒmen

全家 的 希望 就 在 這 孩子 身上 了啊！管 先
quánjiā de xīwàng jiù zài zhè háizi shēnshàng le a　Guǎn xiān-

生 ，您 就 可憐 可憐 我 吧！救 救 這 孩子 吧！
shēng　nín jiù kělián kělián wǒ ba　jiù jiù zhè háizi ba

趙顏 ：管 先生 ，求求 您 了。我 還 這麼 年輕 ，我 真
Zhàoyán　Guǎn xiānsheng　qiúqiú nín le　wǒ hái zhème niánqīng　wǒ zhēn

的 不 想 死，您 就 大 發 慈悲，救 救 我 吧！
de bù xiǎng sǐ　nín jiù dà fā cíbēi　jiù jiù wǒ ba

管輅 ：你們 父子 都 起來 吧！
Guǎnhé　nǐmen fùzǐ dōu qǐlái ba

12 大發慈悲：Great mercy
　　dàfā cíbēi

顏父：管　先生　，您不答應，我們絕不起來。
Yán fù　Guǎn xiānsheng　nín bù dāyìng　wǒmen jué bù qǐlái

管輅：看你們父子倆這樣……好吧！讓我想想
Guǎnhé　kàn nǐmen fù zǐ liǎng zhèyàng　hǎoba　ràng wǒ xiǎngxiǎng

有什麼辦法。
yǒu shénme bànfǎ

顏父：太好了，太好了！謝謝、謝謝！謝謝您的大恩大
Yán fù　tài hǎo le　tài hǎo le　xiè xie　xiè xie　xiè xie nín de dà ēn dà

德[13]！
dé

趙顏：謝謝管　先生　的救命之恩！
Zhàoyán　xiè xie Guǎn xiānsheng de jiùmìng zhī ēn

管輅：趙顏，你仔細聽好。你明天一早，準備清
Guǎnhé　Zhàoyán　nǐ zǐxì tīnghǎo　nǐ míngtiān yì zǎo　zhǔnbèi qīng

酒一壺、鹿肉乾一斤，將這些東西帶到南山
jiǔ yì hú　lùròu gān yì jīn　jiāng zhèxiē dōngxi dài dào nánshān

去。爬上南山後，你會看到剛收割[14]完的
qù　pá shàng nánshān hòu　nǐ huì kàndào gāng shōugē　wán de

麥田[15]，在麥田旁，有一棵大桑樹。這時桑樹
màitián　zài màitián páng yǒu yì kē dà sāngshù　zhè shí sāngshù

下，會有兩個人坐在石頭上下棋[16]。見了他
xià　huì yǒu liǎng ge rén zuò zài shítóu shàng xiàqí　jiàn le tā

---

13 大恩大德：Great kindness
　 dàēn dàdé

14 收割：Harvest; reap
　 shōugē

15 麥田：Wheat field
　 màitián

16. 下棋：Play Chinese chess
　 xiàqí

們 ， 你 就 悄悄 地[17] 走到 他們 身旁 。
men　nǐ jiù qiāoqiāo de　zǒudào tāmen shēnpáng

趙顏： 管 先生 ， 我 怕 我 看 錯 人 ， 不 知道 可 否 請
Zhàoyán　Guǎn xiānsheng　wǒ pà wǒ kàn cuò rén　bù zhīdào kě fǒu qǐng

問一下 ， 這 兩 個 人 長 得 什麼 模樣 呢 ？
wèn yí xià　zhè liǎng ge rén zhǎng de shénme móyàng ne

管輅： 他們 南 北 對 坐 。 向 南 坐 的 那個 ， 身 穿 白
Guǎnhé　tāmen nán běi duì zuò　xiàng nán zuò de nàge　shēn chuān bái

袍 ， 模樣 極惡 ； 向 北 坐 的 那個 ， 身 穿 紅
páo　móyàng jí è　xiàng běi zuò de nàge　shēn chuān hóng

袍 ， 模樣 良善 。 你 悄悄 走 向 他們 ， 什麼 話
páo　móyàng liángshàn　nǐ qiāoqiāo zǒu xiàng tāmen　shénme huà

都 別 說 。 然後 你 就 趁 他們 下棋 下 得 正 開心
dōu bié shuō　ránhòu nǐ jiù chèn tāmen xiàqí xià de zhèng kāixīn

的 時候 ， 倒 酒 給 他們 喝 ， 並 送 上 肉乾 ， 就
de shíhòu　dào jiǔ gěi tāmen hē　bìng sòng shàng ròugān　jiù

這樣 默默 地[18] 服侍[19] 他們 ， 一 句 話 都 別 說 。 最
zhèyàng mò mò de　fúshì　tāmen　yí jù huà dōu bié shuō zuì

後 ， 等 他們 下 完 了 棋 ， 發現 你 的 存在 之後 ， 你
hòu　děng tāmen xià wán le qí　fāxiàn nǐ de cúnzài zhīhòu　nǐ

就 跪 下 ， 給 他們 磕頭[20] ， 什麼 都 不用 多 說 。 這
jiù guì xià　gěi tāmen kētóu　shénme dōu búyòng duō shuō zhè

---

17 悄悄地 ：Quietly; secretly
　 qiāoqiāo de

18 默默地 ：Quiet; silent
　 mòmò de

19 服侍 ：Serve
　 fúshì

20 磕頭 ：Kowtow(traditional greeting)
　 kētóu

樣，他們 就 會 救 你 了。
yàng　　tāmen jiù huì jiù nǐ le

趙顏：清 酒、鹿肉 乾、南山、麥田、桑樹……好，我 記
Zhàoyán　qīng jiǔ　lùròu gān　nánshān　màitián　sāngshù　　hǎo　wǒ jì

起來了！
qǐ lái le

管輅：孩子，但 有 一 件 事 你 一定 要 答應 我。
Guǎnhé　háizi　dàn yǒu yí jiàn shì nǐ yídìng yào dāyìng wǒ

趙顏：先生，什麼 事？您 請 說。
Zhàoyán　xiānsheng　shénme shì　nín qǐng shuō

管輅：見 了他們，你 絕對 不可以 說 是 我 教你 這個 方法
Guǎnhé　jiàn le tāmen　nǐ juéduì bù kěyǐ shuō shì wǒ jiāo nǐ zhège fāngfǎ

的！
de

趙顏：好，我 絕對 守口如瓶 [21]，不 會 透露 [22] 一個 字的。
Zhàoyán　hǎo　wǒ juéduì shǒukǒurúpíng　bú huì tòulù　yí ge zì de

顏父：管 先生，您 真 是 我們 的 救命 恩人 啊！真 是
Yán fù　Guǎn xiānsheng　nín zhēn shì wǒmen de jiùmìng ēnrén a　zhēn shì

太 感謝 您 了。管 先生，天色 也 晚 了，如果您
tài gǎnxiè nín le　Guǎn xiānsheng　tiānsè yě wǎn le　rúguǒ nín

不 嫌棄 [23]，就 到 寒舍 住一晚吧！好 讓 我 們 好 好
bù xiánqì　jiù dào hánshè zhù yì wǎn ba　hǎo ràng wǒ men hǎo hǎo

21 守口如瓶：Be tight-mouthed; be
shǒukǒurúpíng　tight-lipped

22 透露：To leak out; reveal
tòulù

23 嫌棄：Dislike and avoid
xiánqì

19

報答 您 的 恩情。
bàodá nín de ēnqíng

管輅：好 吧！那 我 就 不 客氣 了。
Guǎnhé hǎo ba nà wǒ jiù bú kèqì le

顏父：管 先生 ，那 就 請 往 這邊 走。
Yán fù Guǎn xiānsheng nà jiù qǐng wǎng zhèbiān zǒu

（隔天）
gétiān

管輅： 趙顏，東西 都 準備 好 了嗎？
Guǎnhé Zhàoyán dōngxi dōu zhǔnbèi hǎo le ma

趙顏：管 先生 ，我 都 準備 好 了！
Zhàoyán Guǎn xiānsheng wǒ dōu zhǔnbèi hǎo le

管輅：好，那 時間 也 差不多 了，你 可以 出發 了！記得，
Guǎnhé hǎo nà shíjiān yě chābùduō le nǐ kěyǐ chūfā le jìdé

絕對 不 可以 說 出 我 的 名字。
juéduì bù kěyǐ shuō chū wǒ de míngzi

趙顏： 管 先生 ，您 放心 ，我 絕對 不會 說 的。
Zhàoyán Guǎn xiānsheng nín fàngxīn wǒ juéduì búhuì shuō de

管輅：嗯，那 你 快 去 吧，我 在 這裡 等 你 的 好 消息。
Guǎnhé èn nà nǐ kuài qù ba wǒ zài zhèlǐ děng nǐ de hǎo xiāoxí

趙顏：謝謝 您 的 大恩大德，我 走 了！
Zhàoyán xiè xie nín de dàēn dàdé wǒ zǒu le

顏父：趙顏，你 一定 要 小心 辦事 啊！
Yán fù Zhàoyán nǐ yídìng yào xiǎoxīn bànshì a

趙顏：爸爸，我會的。
Zhàoyán　bà ba　wǒ huì de

（接著， 趙顏 就 獨自[24] 前 往 南山。到了 南山 ，走了 大
jiēzhe　Zhàoyán jiù dúzì　qiánwǎng nánshān dào le nánshān　zǒu le dà

約 五、六 公里，果然 看到 了 管輅 說 的 大 桑樹 ，而且
yuē wǔ　liù gōnglǐ　guǒrán kàndào le Guǎnhé shuō de dà sāngshù　érqiě

樹 下 真的 有 兩 個人 在 下棋。）
shù xià zhēnde yǒu liǎng ge rén zài xiàqí

趙顏：看到 那棵 大 桑樹 了！啊，樹下 果然 有 兩個人 在
Zhàoyán　kàndào nàkē dà sāngshù le　ā　shùxià guǒrán yǒu liǎng ge rénzài

下棋。哇！那 兩 人 真的 跟 管 先生 形容 得
xiàqí　wa　nà liǎng rén zhēnde gēn Guǎn xiānsheng xíngróng de

一模一樣，一白 一紅 、一 善 一惡，嗯，一定 就是
yìmó yíyàng　yìbái yìhóng　yì shàn yìè　èn　yídìng jiù shì

他們 了。
tāmen le

（悄 悄 走到 兩人 身旁 ）
qiāo qiāo zǒudào liǎng rén shēnpáng

趙顏：管 先生 說的 沒錯，這 兩 位 高人 下棋 下得 還
Zhàoyán　Guǎn xiānsheng shuō de méicuò zhè liǎng wèi gāorén xiàqí xià de hái

真是 專注[25]，完全 到 了 忘我 的 境界，完全
zhēnshì zhuānzhù　wánquán dào le wàngwǒ de jìngjiè　wánquán

沒 發現 我 站 在 他們 旁邊 。對了，我 現在 得
méi fāxiàn wǒ zhàn zài tāmen pángbiān　duì le　wǒ xiànzài děi

24 獨自：Alone; by oneself　　|　25 專注：concentrate
dúzì　　　　　　　　　　　　　　zhuānzhù

趕快 倒酒 給 他們 喝，還 要 記得拿肉 出來 給 他們
gǎnkuài dàojiǔ gěi tāmen hē hái yào jìdé ná ròu chūlái gěi tāmen

吃才是。
chī cái shì

（說 完 便 倒了 兩 杯酒遞[26]給他們，坐在 北邊 的 人 看
shuō wán biàn dào le liǎng bēi jiǔ dì gěi tāmen zuò zài běibiān de rén kàn

也沒看，拿起酒杯就把酒給喝了）
yě méi kàn ná qǐ jiǔ bēi jiù bǎ jiǔ gěi hē le

趙顏 ：哇，他們 下棋也下 得太 投入[27]了吧！拿起 酒杯 就喝
Zhàoyán wa tāmen xiàqí yě xià de tài tóurù le ba ná qǐ jiǔbēi jiù hē

了， 完全 沒有 想 到 怎麼 會 有 酒，這 酒 是 從
le wánquán méiyǒu xiǎngdào zěnme huì yǒu jiǔ zhè jiǔ shìcóng

哪來的。對了！還 有 肉乾。
nǎ lái de duì le hái yǒu ròugān

（接著 遞 上 肉乾，坐 南邊 的 人 也 是 看也 沒 看 就拿 起來
jiē zhe dì shàng ròugān zuò nánbiān de rén yě shì kàn yě méi kàn jiù ná qǐ lái

吃）
chī

哇，這 個 人 竟然 也 是拿起肉乾 就吃了， 完全
wa zhè ge rén jìngrán yě shì ná qǐ ròugān jiù chī le wánquán

沒有 懷疑[28]肉乾 打 從 哪來？沒 發現 最好，我 一定
méiyǒu huáiyí ròugān dǎ cóng nǎ lái méi fāxiàn zuìhǎo wǒ yídìng

---

26 遞：Hand over; pass on; give
   dì

27 投入：devote to
   tóurù

28 懷疑：doubt; suspect
   huáiyí

要 讓 他們 喝 完 這 壺 酒、吃 完 這 些 鹿肉。
yào ràng tāmen hē wán zhè hú jiǔ　chī wán zhè xiē lùròu

（就 這樣 一直 到 兩 位 高人 喝 完 了 酒、吃 完 了 肉乾，
jiù zhèyàng yìzhí dào liǎng wèi gāorén hē wán le jiǔ　chī wán le ròugān

這 兩 位 高人 才 回 過 神）
zhè liǎng wèi gāorén cái huí guò shén

坐 北邊 的 人：你 是 誰 ？你 在 這裡 做 什麼 ？
zuò běibiān de rén　nǐ shì shéi　nǐ zài zhè lǐ zuò shénme

（ 趙顏 心 想：管 先生 說 我 什麼 話 都 不 可 以 說，
Zhàoyán xīn xiǎng　Guǎn xiānsheng shuō wǒ shénme huà dōu bù kě yǐ shuō

只 要 一直 磕頭 就 好。）
zhǐ yào yìzhí kētóu jiù hǎo

坐 北邊 的 人：你 這 人 怎麼 老 是 磕頭，一 句 話 也 不 說
zuò běibiān de rén　nǐ zhè rén zěnme lǎoshì kētóu　yí jù huà yě bù shuō

呢 ？
ne

（ 趙顏 什麼 話 也 不 說，一直 磕頭 作揖[29]）
Zhàoyán shénme huà yě bù shuō　yìzhí kētóu zuō yī

坐 南邊 的 人：老頭子，你 就 別 再 問 他 了。我 看，他 應該
zuò nánbiān de rén　lǎo tóu zi　nǐ jiù bié zài wèn tā le　wǒ kàn　tā yīnggāi

是 趙顏 吧！看 他 磕頭 磕 成 這樣，想
shì Zhàoyán ba　kàn tā kētóu kē chéng zhèyàng　xiǎng

---

29 作揖：make a slight bow with
zuòyī　folded in front

23

必 有事 相求 ³⁰。
bì yǒushì xiāngqiú

坐 北邊的人： 趙顏 啊！那他應該 是來求 壽的吧！我記得
zuò běibiān de rén　Zhàoyán a　nà tā yīnggāi shì lái qiú shòu de ba　wǒ jìdé

他似乎只 剩 三天可活了。
tā sìhū zhǐ shèng sān tiān kě huó le

坐 南邊的人： 肯定 是，剛才 還 喝了他 準備 的 酒跟肉，
zuò nánbiān de rén　kěndìng shì　gāngcái hái hē le tā zhǔnbèi de jiǔ gēn ròu

你 說，這人 情 我們 能 不還 嗎？
nǐ shuō　zhè rén qíng wǒmen néng bù huán ma

坐 北邊的人：（ 從 旁邊 拿出 一 本 記事本，翻了翻）但
zuò běibiān de rén　cóng pángbiān ná chū yì běn jìshìběn　fān le fān　dàn

他的 壽命 在 簿子 上 已經 寫定 了，這
tā de shòumìng zài bùzi shàng yǐjīng xiě dìng le　zhè

怎麼 能 改呢？
zěnme néng gǎi ne

坐 南邊的人： 來，把你 的 本子借 我 看看！（看了一下
zuò nánbiān de rén　lái　bǎ nǐ de běnzi jiè wǒ kàn kàn　kàn le yí xià

本子）這 上 頭寫他 只能 活 到 十九 歲。
běnzi　zhè shàng tóu xiě tā zhǐnéng huó dào shíjiǔ suì

坐 北邊的人： 對啊，他再 過 三天 就 滿 十九 了。
zuò běibiān de rén　duì a　tā zài guò sāntiān jiù mǎn shíjiǔ le

---

30 有事 相求：ask for some help
yǒu shì xiāng qiú

坐 南邊 的人：（拿起筆）那 我 來 挽救[31]一 下 吧！把「十」
zuò nánbiān de rén　　　ná qǐ bǐ　　nà wǒ lái wǎnjiù yí xià ba　bǎ　shí

　　　　長 個 尾巴 變成 「九」，讓 你 活 到 九九
　　　　zhǎng ge wěibā biànchéng　jiǔ　ràng nǐ huó dào jiǔ jiǔ

　　　　歲，也就 是 九 十九。
　　　　suì　yě jiù shì jiǔ shí jiǔ

趙顏：真是 太 謝謝 兩 位 高人 了！感謝 您們 救了我一
Zhàoyán zhēnshì tài xièxie liǎng wèi gāorén le　gǎnxiè nínmen jiù le wǒ yí

　　　　命 ，我 一 定 會 好 好 地 過 日子，好 報答[32] 兩
　　　　mìng　wǒ yí dìng huì hǎo hǎo de guò rìzi　hǎo bàodá　liǎng

　　　　位 的 恩 情。
　　　　wèi de ēn qíng

坐 南邊 的人：不 客氣，也 謝謝 你的酒 和 肉乾，我們 度過
zuò nánbiān de rén　bú kèqì　yě xièxie nǐ de jiǔ hàn ròugān　wǒmen dùguò

　　　　了一個 美好 的下午。
　　　　le yí ge měihǎo de xià wǔ

坐 北邊 的人：哎，你 就是 這麼好心！（ 面 向 趙顏 ）
zuò běibiān de rén　āi　nǐ jiù shì zhème hǎoxīn　　miàn xiàng Zhàoyán

　　　　趙顏 ， 是 不 是 管輅 讓 你 來 找 我們
　　　　Zhàoyán　　shì bú shì Guǎnhé ràng nǐ lái zhǎo wǒmen

　　　　的？
　　　　de

31 挽救：save; rescue
wǎnjiù

32 報答：repay
bàodá

25

（趙顏　心想：天啊！我都沒講他就知道了，怎麼
　　Zhàoyán xīn xiǎng　tiān a　wǒ dōu méi jiǎng tā jiù zhīdào le　zěnme

辦，管先生跟我說要保密[33]的。）
bàn　Guǎn xiānsheng gēn wǒ shuō yào bǎomì　de

趙顏：（低著頭）這……這，我不能說。
Zhàoyán　　dī zhe tóu　zhè　　zhè　wǒ bùnéng shuō

坐北邊的人：沒關係，你不說，我們也知道，因為這世
zuò běibiān de rén　méi guān xì　nǐ bùshuō　wǒmen yě zhīdào　yīnwèi zhè shì

　　　　　　上只有管輅有這個能耐[34]。只是啊，
　　　　　　shàng zhǐyǒu Guǎnhé yǒu zhè ge néngnài　　zhǐshì a

　　　　　　請你回去告訴他，不要再多管閒事[35]
　　　　　　qǐng nǐ huíqù gàosù tā　búyào zài duōguǎnxiánshì

　　　　　　了，不然會害到他自己。
　　　　　　le　bùrán huì hài dào tā zìjǐ

坐南邊的人：是啊，已經決定好的事，是不能輕易改
zuò nánbiān de rén　shì a　yǐjīng juédìng hǎo de shì　shì bùnéng qīngyì gǎi

　　　　　　變的，不然會破壞道的運行，讓自然亂
　　　　　　biàn de　bùrán huì pòhuài dào de yùnxíng　ràng zìrán luàn

　　　　　　了套。
　　　　　　le tào

趙顏：是……末學我知道了。再次謝謝兩位的救命之
Zhào Yán　shì　　mòxué wǒ zhīdào le　zàicì xiè xie liǎng wèi de jiùmìng zhī

---

33 保密：maintain secrecy
　　bǎomì

34 能耐：ability; capability; skill
　　néngnài

35 多管閒事：meddling in other's business
　　duōguǎn xiánshi

恩，我 先 離開 了！
ēn　　wǒ xiān líkāi　le

坐 北邊的人：好，再見，我們 也 該 走了。
zuò běibiān de rén　　hǎo　　zàijiàn　wǒmen yě gāi zǒu le

坐 南邊的人：老 頭子，別 說 那麼 多了，快 走 吧！
zuò nánbiān de rén　　lǎo tóu zi　bié shuō nàme duō le　kuài zǒu ba

（兩 人 說 完，就 騰雲 駕霧[36]走 了）
　liǎng rén shuō wán　jiù téngyún jiàwù　zǒu le

趙顏：哇……真的 是 兩 位 神仙 啊！我 要 趕快 回去
Zhàoyán　wa　　zhēnde shì liǎng wèi shénxiān a　　wǒ yào gǎnkuài huíqù

告訴 爸爸 跟 管 先生 這 個 好 消息！
gàosù bàba gēn Guǎn xiānsheng zhè ge hǎo xiāoxí

（趙顏 回到家）
　Zhàoyán huí dào jiā

趙顏：爸爸、管 先生 ！我 回來 了！
Zhàoyán　bàba　Guǎn xiānsheng　wǒ huílái le

顏父：兒啊，結果 怎麼樣 ？你的 壽命 延長 [37]了嗎？
Yán fù　ér a　jiéguǒ zěnmeyàng　nǐ de shòumìng yáncháng　le ma

趙顏：爸爸，我 成功 了！他們 把 我 的 歲數 從 十九
Zhàoyán　bàba　wǒ chénggōng le　tāmen bǎ wǒ de suì shù cóng shíjiǔ

歲 加 到 九九，我 可以 活 到 九十九 歲了！管 先
suì jiā dào jiǔ jiǔ　wǒ kěyǐ huó dào jiǔshí jiǔ suì le　Guǎn xiān

---

36 騰雲駕霧：ride the clouds and
　téngyún jiàwù　mount the mist

37 延長 ：lengthen; prolong;
　yáncháng　extend

生 ，真是太感謝您了！
shēng zhēnshì tài gǎnxiè nín le

管輅：真的 成功 了？太好了！恭 喜你。
Guǎnhé zhēnde chénggōng le tài hǎo le gōng xǐ nǐ

趙顏：是 啊！管 先生 ，他們 兩 位 真 的 跟您
Zhàoyán shì a Guǎn xiānsheng tāmen liǎng wèi zhēn de gēn nín

形容 得一模一 樣 ，請 問 他們 兩 位 是 誰呀？
xíngróng de yì mó yí yàng qǐng wèn tāmen liǎng wèi shì shuí ya

為 什麼 能 輕易 更改 我的 壽命 呢？
wèi shénme néng qīngyì gēnggǎi wǒ de shòumìng ne

管輅：那 位 坐 在 北邊 的人是 北 斗 星 ，坐在 南邊 的人
Guǎnhé nà wèi zuò zài běibiān de rén shì běi dǒu xīng zuò zài nánbiān de rén

是 南 斗 星。南 斗 星 管 生 ，北 斗 星 管 死。
shì nán dǒu xīng nán dǒu xīng guǎn shēng běi dǒu xīng guǎn sǐ

人只要 成 了胎[38]，都 在 南 斗 星 那邊 寫 定 了
rén zhǐ yào chéng le tāi dōu zài nán dǒu xīng nàbiān xiě dìng le

出生 日期，然後，又 會 在 北 斗 星 那邊 寫 上
chūshēng rìqí ránhòu yòu huì zài běi dǒu xīng nàbiān xiě shàng

死亡 日期。所以 北 斗 星 才 有 一 本 記載[39]大家
sǐwáng rìqí suǒyǐ běi dǒu xīng cái yǒu yì běn jì zǎi dàjiā

歲數 的 本子。
suìshù de běnzi

---

38 胎：fetus
　 tāi

39 記載：put down in writing; record
　 jìzǎi

趙顏：原來 如此。
Zhàoyán　yuánlái rúcǐ

管輅：對 了，你沒有 出賣[40]我吧？ 沒有 跟 他們 說 是 我
Guǎnhé　duì le　nǐ méiyǒu chūmài wǒ ba　méiyǒu gēn tāmen shuō shì wǒ

教 你 這個 方法 的 吧？
jiāo nǐ zhège fāngfǎ de ba

趙顏：沒有！我一個字也 沒有 提，我 就 只是 一直 跟 他
Zhàoyán　méiyǒu　wǒ yí ge zì yě méiyǒu tí　wǒ jiù zhǐshì yìzhí gēn tā

們 磕頭，然後， 當 他們 願意 幫 我 後，我 才
men kētóu　ránhòu　dāng tāmen yuànyì bāng wǒ hòu　wǒ cái

開口 跟 他們 道謝。但是……
kāikǒu gēn tāmen dàoxiè　dànshì

管輅：但是 什麼 ？
Guǎnhé　dànshì shénme

趙顏：雖然 我 什麼 也 沒 說，但 他們 還是 知道 是 您 出
Zhàoyán　suīrán wǒ shénme yě méi shuō dàn tāmen háishì zhīdào shì nín chū

的 主意。他們 說 ，因為 這 世 上 只 有 您 才 有
de zhǔyì　tāmen shuō　yīnwèi zhè shì shàng zhǐ yǒu nín cái yǒu

這個 能耐 。
zhège néngnài

管輅：是 嗎？果然 還是 瞞 不 住 啊！
Guǎnhé　shì ma　guǒrán hái shì mán bú zhù a

40 出賣：betray; sell out
　　chūmài

29

趙顏：是 啊！他們 還 要 我 轉告[41]您 說，日後 不要 再
Zhàoyán　shì a　tāmen hái yào wǒ zhuǎngào nín shuō　rìhòu búyào zài

多管 閒事 了，不然 會 害到 您 自己，而且 後果 還
duōguǎn xiánshì le　bùrán huì hàidào nín zìjǐ　érqiě hòuguǒ hái

是 您 無法 想像 的。
shì nín wúfǎ xiǎngxiàng de

管輅：好，我 知道 了。 正 所謂 天機 不可 洩漏[42]，以後 還
Guǎnhé　hǎo wǒ zhīdào le　zhèng suǒwèi tiānjī bùkě xièlòu　yǐhòu hái

是 少管 閒事 好。不過，還是 恭喜 你 了，得以 延
shì shǎoguǎn xiánshì hǎo búguò háishì gōngxǐ nǐ le　dé yǐ yán

長 八十 年 的 壽命！沒事 了，那 我 要 離開
cháng bā shí nián de shòumìng　méishì le　nà wǒ yào líkāi

了。
le

顏父：管 先生，您 再 多 留 幾 天 吧！讓 我們 好 好
Yán fù　Guǎn xiānsheng　nín zài duō liú jǐ tiān ba　ràng wǒmen hǎo hǎo

招待 您 吧！您 的 恩情 可是 比 天 高、比 海 深 啊！
zhāodài nín ba　nín de ēnqíng kě shì bǐ tiān gāo　bǐ hǎi shēn a

管輅：你們 的 好意，我 就 心領[43]了。但 我 是 真的 不能 再
Guǎnhé　nǐmen de hǎoyì wǒ jiù xīnlǐng le　dàn wǒ shì zhēnde bùnéng zài

留 下 來 了，我 真的 該 走 了！
liú xià lái le　wǒ zhēnde gāi zǒu le

---

41 轉告：pass on (word) ; transmit
　　zhuǎngào

42 天機不可洩漏：god's design must
　　tiānjī bù kě xièlòu　not be revealed to
　　　　　　　　　　mortal ears

43 心領：I appreciate your kindness
　　xīnlǐng

顏父：那 這些 食物 您 就 帶 在 身上 吧。路 上 請 小 心
Yán fù　nà zhèxiē shíwù nín jiù dài zài shēnshàng ba　lù shàng qǐng xiǎo xīn

啊！
a

管輅：好，那 我 走 了，再見。
Guǎnhé　hǎo　nà wǒ zǒu le　zàijiàn

趙顏：管 先生 ，請 受 趙顏 一拜，感謝 您 的 救命 之
Zhàoyán　Guǎn xiānsheng　qǐng shòu Zhàoyán yí bài　gǎnxiè nín de jiùmìng zhī

恩。
ēn

管輅：孩子，起來吧！也 算 是 我 和 你 有緣 。再見 了。
Guǎnhé　hái zi　qǐ lái ba　yě suàn shì wǒ hàn nǐ yǒuyuán　zàijiàn le

趙顏：祝 先生 一路 順風 !
Zhàoyán　zhù xiānsheng yí lù shùnfēng

（從此 以後 ，管輅 便 隱姓 埋名[44]，不再 透漏 天機，安安
cóngcǐ yǐhòu　Guǎnhé biàn yǐnxìng máimíng　búzài tòulòu tiānjī　ān ān

穩 穩[45]地 過 完 這 一 生。）
wěn wěn　de guò wán zhè yī shēng

---

44 隱姓 埋名 ： conceal one's
　 yǐnxìng máimíng 　 identity

45 安安穩 穩 ： smooth and steady
　 ānān wěnwěn

思考題
sīkǎotí

1. 在你們的國家，有沒有掌管壽命的神仙呢？他們的故事是什麼呢？跟大家分享一下吧！

2. 如果你的壽命只剩下最後一天，在這最後一天，你會選擇做哪些事？跟哪些人見面呢？

3. 你覺得人的命運是一出生就被決定了的嗎？

4. 人能不能靠自己的力量來改變命運？如果能，要怎麼做呢？

❸【搜神記——韓憑】

sōu shén jì　　　　Hánpíng

劇本
jùběn

（在 戰國 ¹時期的 宋國 ，有一個 當官 ²的人 名 叫
zài Zhànguó shí qí de Sòngguó yǒu yí ge dāngguān de rén míng jiào

韓憑 ，他有一位很美的妻子³，姓 何。有一天，他們
Hánpíng tā yǒu yí wèi hěnměi de qīzi xìng Hé yǒu yì tiān tāmen

兩 個在 街上 逛街。）
liǎng ge zài jiēshàng guàngjiē

何氏：老公，你看 這 衣服 適合我嗎？
Hé shì lǎogōng nǐ kàn zhè yīfú shìhé wǒ ma

韓憑：老婆，妳 這麼 美， 穿 什麼 都好看！
Hánpíng lǎopó nǐ zhème měi chuān shénme dōu hǎokàn

何氏：真的 嗎？那我可以 買 這 件 衣服嗎？
Hé shì zhēnde ma nà wǒ kěyǐ mǎi zhè jiàn yīfú ma

韓憑：好啊！妳也很久 沒 買 衣服了，就 選 ⁴這件 吧！
Hánpíng Hǎo a nǐ yě hěn jiǔ méi mǎi yīfú le jiù xuǎn zhè jiàn ba

何氏：謝謝 老公。
Hé shì xiè xie lǎogōng

韓憑：看 看 妳還有 什麼 想 買 的嗎？我 們 再去 逛
Hánpíng kàn kan nǐ háiyǒu shénme xiǎng mǎi de ma wǒ men zài qù guàng

1. 戰 國：475 B.C.-221 B.C.
   Zhànguó

2. 當 官：to be officer
   dāngguān

3. 妻子：wife
   qīzi

4. 選：to choose
   xuǎn

逛 吧！
guàng ba

何氏：接 下 來，我 想 要 幫 你 挑 雙 鞋，你 看 你 那
Hé shì　jiē xià lái　wǒ xiǎng yào bāng nǐ tiāo shuāng xié　nǐ kàn nǐ nà

雙 鞋，都 磨破[5]了。我 們 去 前面 看看 吧！
shuāng xié　dōu mópò le　wǒ men qù qiánmiàn kànkan ba

（突然 間，有 人 大喊[6]：「大王 駕到[7]！」）
tūrán jiān　yǒu rén dàhǎn　dàwáng jià dào

韓憑：大王 來了，我 們 站 旁邊 點。
Hánpíng　dàwáng láile　wǒ men zhàn pángbiān diǎn

何氏：好的，老公。
Hé shì　hǎode　lǎogōng

（宋 康王 的 坐車[8]這時 經過 了 韓憑 夫婦 旁。）
Sòng Kāngwáng de zuòchē　zhèshí jīngguò le Hánpíng fūfù páng

大王：咦，你 不是 韓憑 嗎？
dàwáng　yí　nǐ búshì Hánpíng ma

韓憑：是的，大王 ， 韓憑 給 大王 請安[9]。（拜）
Hánpíng　shìde　dàwáng　Hánpíng gěi dàwáng qǐngān　bài

大王：快 起 來，不 用 多 禮[10]！ 韓憑 ，你 在 這 做 什麼
dàwáng　kuài qǐ lái　bú yòng duō lǐ　Hánpíng　nǐ zài zhè zuò shénme

5. 磨破：to wear down
   mópò

6. 大喊：to shout
   dàhǎn

7. 駕到：(king) to arrive
   jiàdào

8. 坐車：to take the car; a sedan
   zuòchē
   　　　chair

9. 請安：to pay respects, to wish
   qǐngān　　good health

10. 多禮：too polite; over- courteous
    duōlǐ

呢？
ne

韓憑：大王 ，我 正 在 和 內人 逛街 呢！老婆，快 過來
Hánpíng dàwáng wǒ zhèng zài hàn nèirén guàngjiē ne lǎopó kuài guòlái

跟 大王 請 個 安吧！
gēn dàwáng qǐng ge ān ba

何氏：好的。 大王 ，小女子 向 您 請 安。（ 欠身 [11]）
Hé shì hǎode dàwáng xiǎonǚzǐ xiàng nín qǐng ān qiàn shēn

大王：不用 多禮，抬 起 頭[12]來，讓 我 看看。
dàwáng búyòng duōlǐ tái qǐ tóu lái ràng wǒ kànkan

（何氏 抬頭）好 一 個 美人 啊！韓憑 你 真 有 福氣。
Héshì táitóu hǎo yí ge měirén a Hánpíng nǐ zhēn yǒu fúqì

（ 大王 背著[13]他們 夫妻：這 韓憑，居然 有 個 這麼 美麗 的
dàwáng bèizhe tā men fūqī zhè Hánpíng jūrán yǒu ge zhème měilì de

妻子！就 憑 他 那個 小官 ，沒身分、沒 地位[14]，又 沒錢，
qīzi jiù píng tā nàge xiǎoguān méi shēnfèn méi dìwèi yòu méiqián

怎麼 能 給 這個 美人 幸福 呢？我 一定 要 找 個 藉口[15]把 她
zěnme néng gěi zhège měirén xìngfú ne wǒ yídìng yào zhǎo ge jièkǒu bǎ tā

搶 過來 才 行 ！）
qiǎng guòlai cái xíng

11. 欠身：to half rise out of one's chair (a polite gesture) qiànshēn	turn one's back
	14. 地位：position; status; place dìwèi
12. 抬起頭：to raise one's head táiqǐ tóu	15. 藉口：to use as an excuse jièkǒu
13. 背著：to hide something from; to bèizhe	

韓憑：謝謝 大王 誇獎[16]，但 能 娶到 她， 真的 是 韓憑
Hánpíng xièxie dàwáng kuājiǎng dàn néng qǔdào tā zhēndede shì Hánpíng

的福氣[17]。（和何氏 相 視 而 笑[18]）
de fúqì hàn Héshì xiāng shì ér xiào

何氏：哪裡， 能 嫁給 對 我 這麼 好、又 這麼 愛 我 的 先
Héshì nǎlǐ néng jiàgěi duì wǒ zhème hǎo yòu zhème ài wǒ de xiān

生 ，才是 我的 福氣。
shēng cáishì wǒ de fúqì

大王：呵呵，好了，你們 繼續 逛 吧！我 要 走 了。
dàwáng hēhē hǎole nǐmen jìxù guàng ba wǒ yào zǒu le

（ 大王 背著 他們 夫妻：可惡，居然 還 這麼 恩愛[19]！哼！
dàwáng bèizhe tāmen fūqī kěwù jūrán hái zhème ēn ài hēng

天下 的 女人 不 都 一 個 樣，只要 給她 漂亮 的 衣服 跟
tiānxià de nǚrén bù dōu yí ge yàng zhǐ yào gěi tā piàoliàng de yīfú gēn

大把 的 銀子， 保證[20]不 出 三 天 就 會 改變 心意。 等著
dàbǎ de yínzi bǎozhèng bù chū sān tiān jiù huì gǎibiàn xīnyì děngzhe

看 好 了，看 我 怎麼 把 那 美人 給 搶 過來！）
kàn hǎo le kàn wǒ zěnme bǎ nà měirén gěi qiǎng guòlai

韓憑：是， 大王，您 請 慢走。（拜）
Hánpíng shì dàwáng nín qǐng mànzǒu bài

16. 誇獎：to praise; to applaud ; to
   kuājiǎng   compliment

17. 福氣：good fortune
   fúqì

18. 相 視 而 笑：to look each other
   xiāngshì ér xiào

and smile

19. 恩愛：loving affection(in a couple)
   ēn ài

20. 保證 ：to guarantee; to ensure
   bǎo zhèng

（某一天，宋　康王　趁[21]　韓憑　上朝[22]的　時候，偷偷
mǒu yì tiān　Sòng Kāngwáng chèn　Hánpíng shàngcháo　de shíhòu　tōutōu

派人[23]送　了　許多　美麗的　衣服　跟　首飾[24]到　韓憑　家，要
pài rén　sòng le xǔduō měilì de yīfú gēn shǒushì　dào Hánpíng jiā　yào

送　給　韓憑　的　夫人何氏，以表達　自己的　愛慕[25]。）
sòng gěi Hánpíng de fūrén Héshì　yǐ biǎodá zìjǐ de àimù

僕人：親愛的夫人，請您　收下　這些　禮物！這些可　都是我
pú rén　qīnài de fūrén qǐng nín shōuxià zhèxiē lǐwù　zhèxiē kě dōu shì wǒ

　　　們　大王　親自　挑選　出來要　送　給您的！
　　　men dàwáng qīnzì tiāoxuǎn chūlái yào sòng gěi nín de

何氏：但是，我　不懂，為什麼　大王　要　送　我　禮物　呢？這
Hé shì　dànshì wǒ bùdǒng wèishénme dàwáng yào sòng wǒ lǐwù ne　zhè

　　　些　禮物　太　貴重[26]了，我　不　能　收。
　　　xiē lǐwù tài guìzhòng le wǒ bù néng shōu

僕人：哎呀，夫人，您是　真　不懂　還是　假　不懂　啊？大王
pú rén　āiya fūrén nín shì zhēn bùdǒng háishì jiǎ bùdǒng a dàwáng

　　　送　您　禮物　難道　還有　別的　意思　嗎？當然　是喜歡您
　　　sòng nín lǐwù nándào háiyǒu biéde yìsi ma dāngrán shì xǐhuān nín

　　　囉！
　　　luō

21. 趁 ：take advantage of (time;
　　chèn　opportunity)

22. 上朝 ：to go to court
　　shàngcháo

23. 派人 ：to send sb to do something
　　pàirén

24. 首飾 ：accessory
　　shǒushì

25. 愛慕 ：to adore; to admire
　　àimù

26. 貴重 ：precious
　　guìzhòng

何氏：什麼？喜歡我？但我是已經有丈夫的人了，大
Hé shì　shénme　xǐhuān wǒ　dàn wǒ shì yǐ jīng yǒu zhàngfū de rén le　dà

　　　王也認識我先生啊！我真是不懂，為什麼
　　　wáng yě rènshì wǒ xiānsheng a　wǒ zhēnshì bùdǒng　wèishénme

　　　明知道我已嫁[27]為人婦，還來追求[28]我？
　　　míng zhīdào wǒ yǐ jià wéi rénfù　hái lái zhuīqiú wǒ

僕人：夫人，您想想，我們大王可是這個國家最有
pú rén　fūrén　nín xiǎngxiǎng　wǒ men dàwáng kěshì zhège guójiā zuì yǒu

　　　權力[29]的男人，只要他喜歡的女人，哪有得不到
　　　quánlì de nánrén　zhǐyào tā xǐhuān de nǚrén　nǎyǒu dé bù dào

　　　的道理？就算您有了丈夫又怎麼樣？大王要
　　　de dàolǐ　jiùsuàn nín yǒu le zhàngfū yòu zěnmeyàng　dàwáng yào

　　　您，您就是他的女人了。
　　　nín　nín jiùshì tā de nǚrén le

何氏：不……不……不……這太荒謬[30]了，我不可能
Hé shì　bù　bù　bù　zhè tài huāngmiù le　wǒ bù kě néng

　　　成為大王的女人的，我愛我的丈夫，我是
　　　chéngwéi dàwáng de nǚrén de　wǒ ài wǒ de zhàngfū　wǒ shì

　　　不會離開他的。
　　　búhuì líkāi tā de

27. 嫁：(of a woman) to marry
　　jià

28. 追求：to pursue; to woo
　　zhuīqiú

29. 權力：power; authority
　　quánlì

30. 荒謬：absurd; ridiculous
　　huāngmiù

僕人：夫人，您 這 就 太 不 識 抬舉[31]了！ 當 大王 的 女人
pú rén　fūrén　nín zhè jiù tài bú shì tái jǔ　le　dāng dàwáng de nǚrén

有 什麼 不好？ 有錢 又 有權[32]，每天 都 可以 打扮
yǒu shénme bù hǎo　yǒuqián yòu yǒuquán　měitiān dōu kěyǐ dǎbàn

得 漂漂亮亮 的。依 我 看，您 就 快快 接受 大
de piàopiàoliàngliàng de　yī wǒ kàn　nín jiù kuàikuài jiēshòu dà

王 的好意吧！別 敬酒 不吃吃罰酒[33]了。
wáng de hǎoyì ba　bié jìngjiǔ bù chīchī fájiǔ　le

何氏：不！絕不！ 請 你 回去 告訴 大王 ，我 是 不會 答應
Hé shì　bù　jué bù　qǐng nǐ huíqù gàosù dàwáng　wǒ shì búhuì dāyìng

的，這些 禮物 請 全部 都拿 回去，我 一個 都 不 會
de　zhèxiē lǐwù qǐng quánbù dōu ná huíqù　wǒ yíge dōu bú huì

收 ！
shōu

僕人：哼，好 好 跟 妳 說 ，妳 就是 聽 不 進去。好，別 怪
pú rén　hēng　hǎo hǎo gēn nǐ shuō　nǐ jiùshì tīng bú jìnqù　hǎo　bié guài

我 沒 給 妳 忠告[34]，日後 出 了 什麼 事，還 請 妳
wǒ méi gěi nǐ zhōnggù　rìhòu chū le shénme shì　hái qǐng nǐ

自行 負責！
zìxíng fùzé

---

31. 不識抬舉：fail to appreciate sb'd
　　búshìtáijǔ　　kindness; not know
　　　　　　　　how to appreciate
　　　　　　　　favors

32. 有權：have power
　　yǒuquán

33. 敬 酒不吃吃罰酒：to refuse a
　　jìng jiǔbù chīchī fá jiǔ　toast only to be
　　　　　　　　forced to drink
　　　　　　　　a forfeit

34. 忠告：to give sb a word of
　　zhōnggù　　advice; a wise word

40

（僕人 離開，回到了宮 中。）
pú rén líkāi huí dào le gōng zhōng

僕人：大王，那個 何氏 真是 不識好歹[35]，她 居然 拒絕了您
pú rén dàwáng nàge Héshì zhēnshì búshìhǎodǎi tā jūrán jùjué le nín

的 好意，把 所有 禮物 都 退回 來 了。
de hǎoyì bǎ suǒyǒu lǐwù dōu tuìhuí lái le

大王：可惡！豈 有 此 理[36]？沒 想 到 這 女人 竟然 能夠
dàwáng kěwù qǐ yǒu cǐ lǐ méi xiǎng dào zhè nǔrén jìngrán nénggòu

不 受 金銀 珠寶 的 誘惑[37]！好，果然 是 內外 兼具[38]
bú shòu jīnyín zhūbǎo de yòuhuò hǎo guǒrán shì nèiwài jiānjù

的 好女子！ 像 這樣 人 美 心 也 美 的 女人，我
de hǎo nǔzǐ xiàng zhèyàng rén měi xīn yě měi de nǔrén wǒ

一定 要得到 她！
yídìng yào dédào tā

僕人：但是，她 要 我 跟 大王 您 說，她 愛 韓憑， 永遠
pú rén dànshì tā yào wǒ gēn dàwáng nín shuō tā ài Hánpíng yǒngyuǎn

都 不會 離開 他。
dōu búhuì líkāi tā

大王：什麼！她 真的 這麼 說？好 啊，那 我 就 把 韓憑 給
dàwáng shénme tā zhēnde zhème shuō hǎo a nà wǒ jiù bǎ Hánpíng gěi

---

35. 不識好歹：unable to tell good
   búshìhǎodǎi   from bad

36. 豈有此理：how can this be so?;
   qǐyǒucǐlǐ   ridiculous

37. 誘惑：to attract; to entice; to lure
   yòuhuò

38. 兼具：to have both
   jiānjù

抓 起來，先 把 他 關進 大牢 裡，然後 再 派 他 去
zhuā qǐlái xiān bǎ tā guānjìn dàláo lǐ ránhòu zài pài tā qù

駐守 [39] 邊疆 [40]！到 時候，她 身邊 沒 了 丈夫，你
zhùshǒu biānjiāng dào shíhòu tā shēnbiān méi le zhàngfū nǐ

說，她 還 能 不 投入 我 的 懷抱 嗎？
shuō tā hái néng bù tóurù wǒ de huáibào ma

僕人：哎呀！大王，這 真是 個 好 主意 [41]。
pú rén āi ya dàwáng zhè zhēnshì ge hǎo zhǔyì

（之後，大王 果然 就 找 了個 罪名 給 韓憑，先 是 把 他
zhīhòu dàwáng guǒrán jiù zhǎo le ge zuìmíng gěi Hánpíng xiān shì bǎ tā

關進 大牢，然後 又 將 他 送 到 遙遠 的 邊疆。沒多久
guānjìn dàláo ránhòu yòu jiāng tā sòng dào yáoyuǎn de biānjiāng méiduōjiǔ

就 把 何氏 接 到 宮 裡 了。）
jiù bǎ Héshì jiē dào gong lǐ le

大王：妳 怎麼 老是 不 笑 呢？是 宮裡 的 衣服 不 好看？
dàwáng nǐ zěnme lǎoshi bú xiào ne shì gōnglǐ de yīfú bù hǎokàn

還是 食物 不 好吃？
háishì shíwù bù hǎochī

何氏：衣服 很 好看，食物 也 很 好吃……但是，我 好想 我
Hé shì yīfú hěn hǎokàn shíwù yě hěn hǎochī dànshì wǒ hǎoxiǎng wǒ

的 丈夫 啊……
de zhàngfū a

---

39. 駐守：defend   frontier
    zhùshǒu

40. 邊疆 border area; borderland;   41. 主意：idea
    biānjiāng   zhǔyì

大王：在 我 的　面前　還 敢 提到　韓憑 ？妳 再 提到 一次，
dàwáng　zài wǒ de miànqián hái gǎn tídào Hánpíng　nǐ zài tídào yí cì

我就 下令[42] 讓　韓憑　不 好 過！
wǒ jiù xiàlìng　ràng Hánpíng bù hǎo guò

何氏：　大王 ，　千萬　不要　啊！都　怪 我 不 好，我 以 後　不提
Héshì　dàwáng　qiānwàn búyào a　dōu guài wǒ bù hǎo　wǒ yǐ hòu bùtí

就是 了，你 別再　傷害　他 了。
jiùshì le　nǐ biézài shānghài tā le

大王：很好，從今 以 後，妳 就 只 能　想 我，只 能　對 我
dàwáng　hěnhǎo cóngjīn yǐ hòu　nǐ jiù zhǐ néng xiǎng wǒ　zhǐ néng duì wǒ

笑，知道 嗎 ？
xiào　zhīdào ma

何氏：是 的 ，大王 。
Héshì　shì de　dàwáng

（有 一 天 ，一直 在 何氏　身邊　照顧 她 的 女僕 ，看著 何氏
yǒu yī tiān　yīzhí zài Héshì shēnbiān zhàogù tā de nǚpú　kànzhe Héshì

每天　都 對著　窗外　嘆氣[43] ，飯 也 吃 不 下 ，人 也 瘦了 一
měitiān dōu duìzhe chuāngwài tànqì　fàn yě chī bú xià　rén yě shòule yí

大　圈 ，覺得　非常　心疼 。）
dà quān　juéde fēicháng xīnténg

女僕：夫人，今天 的 飯 您 又 只 吃 了 一 口，再　這樣　下去
nǚpú　fūrén　jīntiān de fàn nín yòu zhǐ chī le yì kǒu　zài zhèyàng xiàqù

---

42. 下令：to order
xiàlìng

43. 嘆氣：to sigh; to heave a sigh
tànqì

您的身體會受不了的，多吃一點吧！
nín de shēntǐ huì shòubùliǎo de　duō chī yì diǎn ba

何氏：不了，我吃不下。
Hé shì　bù le　wǒ chī bú xià

女僕：夫人，您這樣整天對著窗外嘆氣，是不是在
nǔpú　fūrén　nín zhèyàng zhěngtiān duìzhe chuāngwài tànqì　shì bú shì zài

想韓大人啊？
xiǎng Hán dàrén a

何氏：小聲點！妳說，我不想他，還能想誰呢？不
Hé shì　xiǎo shēng diǎn　nǐ shuō　wǒ bùxiǎng tā　hái néng xiǎng shéi ne　bù

知道他現在過得好不好？
zhīdào tā xiànzài guòde hǎobù hǎo

女僕：夫人，看您這麼擔心，要不我幫您送封信吧！
nǔpú　fūrén　kàn nín zhème dānxīn　yàobù wǒ bāng nín sòng fēng xìn ba

我哥哥在邊疆服務，送封信絕不成問題。
wǒ gēge zài biānjiāng fú wù　sòng fēng xìn jué bù chéng wèntí

何氏：真的嗎？妳真的願意幫我？真是太感激妳了。
Hé shì　zhēn de ma　nǐ zhēnde yuànyì bāng wǒ　zhēnshì tài gǎnjī nǐ le

女僕：夫人，您平時對我這麼好，該是我報答[44]的時候
nǔpú　fūrén　nín píngshí duì wǒ zhème hǎo　gāi shì wǒ bàodá　de shíhòu

了，這個小忙我一定幫。
le　zhège xiǎománg wǒ yídìng bāng

---

44. 報答：to repay; to requite
bàodá

何氏：謝謝！真是 太 謝謝 妳了！那妳 快 幫 我 準備 紙筆
Héshì xièxie zhēnshì tài xièxie nǐ le nà nǐ kuài bāng wǒ zhǔnbèi zhǐbǐ

吧！
ba

女僕：是，夫人。
nǚpú shì fūrén

何氏：（寫信 中……）久 雨 淫淫 不止，河水 廣大 且 深，
Héshì xiěxìn zhōng jiǔ yǔ yínyín bùzhǐ héshuǐ guǎngdà qiě shēn

太陽 照見 我 心…… 這樣 他 應該 就 懂 我的意思
tàiyáng zhàojiàn wǒ xīn zhèyàng tā yīnggāi jiù dǒng wǒ de yìsi

了吧！（把信 放 進信封，交 給 女僕）我 寫 好 了，
le ba bǎ xìn fàng jìn xìnfēng jiāo gěi nǚpú wǒ xiě hǎo le

麻煩妳一定要交 給 韓憑 啊！
má fán nǐ yídìng yào jiāo gěi Hánpíng a

女僕：好 的，夫人，交 給 我 吧！
nǚpú hǎo de fūrén jiāo gěi wǒ ba

（女僕 請 了自己在 邊疆 工作 的 哥哥 幫忙，將 何氏
nǚpú qǐng le zìjǐ zài biānjiāng gōngzuò de gēge bāngmáng jiāng Héshì

的 信 偷偷 送 到 了 韓憑 的 手上。）
de xìn tōutōu sòng dào le Hánpíng de shǒushàng

韓憑：夫人 啊 夫人……妳 的 心 我 怎麼 會 不懂！我 也
Hánpíng fūrén a fūrén nǐ de xīn wǒ zěnme huì bùdǒng wǒ yě

非常 想念 妳啊！好 吧，就 照 妳 說 的 做。
fēicháng xiǎngniàn nǐ a hǎo ba jiù zhào nǐ shuō de zuò

老婆，我 們 下 輩子 再 做 夫妻 了！
lǎopó wǒ men xià bèizi zài zuò fūqī le

（韓憑 看完 了信 沒 多久 ， 就 上吊 自殺 了。士兵 在
Hánpíng kànwán le xìn méi duōjiǔ jiù shàngdiào zìshā le shìbīng zài

韓憑 身上 搜[45]到 了 何氏 的 信 ， 便 火速[46]交給 了 大
Hánpíng shēnshàng sōu dào le Héshì de xìn biàn huǒsù jiāogěi le dà

王 。）
wáng

大王 ：這 韓憑 一定 是 看 了 何氏 的 信 才 自殺 的！可惡！
dàwáng zhè Hánpíng yídìng shì kàn le Héshì de xìn cái zìshā de kě wù

這 信 到底 怎麼 會 到 韓憑 的 手裡 ？
zhè xìn dàodǐ zěnme huì dào Hánpíng de shǒulǐ

大臣 ：大王！您 請 別 擔心 ，屬下 一定 會 儘快 查出 是 誰
dàchén dàwáng nín qǐng bié dānxīn shǔxià yídìng huì jìnkuài cháchū shì shéi

暗中 [47]送信 的。
ànzhōng sòngxìn de

大王 ：算了 ，人 都 死 了 ，查 也 沒用 ，這 件 事 就 算了
dàwáng suànle rén dōu sǐ le chá yě méiyòng zhè jiàn shì jiù suànle

吧！現在 ，我 比較 想 知道 這封 信 到底 寫 些
ba xiànzài wǒ bǐjiào xiǎng zhīdào zhèfēng xìn dàodǐ xiě xiē

什麼 ，為什麼 韓憑 看 了 會 想 自殺 ？
shénme wèishénme Hánpíng kàn le huì xiǎng zìshā

大臣 ：大王 ，可以 讓 小 的 看看 信 嗎 ？
dàchén dàwáng kěyǐ ràng xiǎo de kànkan xìn ma

---

45. 搜：to search
   sōu

46. 火速：at top speed
   huǒsù

47. 暗中：in the dark; in secret
   ànzhōng

大王：拿去吧！
dàwáng　ná qù ba

大臣：「久 雨 淫淫 不止，河水 廣大 且 深， 太陽 照見
dàchén　jiǔ yǔ yínyín bùzhǐ　héshuǐ guǎngdà qiě shēn　tàiyáng zhàojiàn

我 心……」大王，這「久 雨 淫淫」是 說 夫人 内心
wǒ xīn　dàwáng zhè jiǔ yǔ yínyín shì shuō fūrén nèixīn

很 難過，很 思念 對方；而「河大 水深」則 是 指 夫人
hěn nánguò hěn sīniàn duìfāng ér hédà shuǐshēn zé shì zhǐ fūrén

與 韓憑 長期 不 能 見面；最後，「日出 當心」則
yǔ Hánpíng chángqí bù néng jiànmiàn zuìhòu rìchū dāngxīn zé

是 在 說 夫人 心中 已 有 了自殺的 念頭。
shì zài shuō fūrén xīnzhōng yǐ yǒu le zìshā de niàntóu

大王：自殺？什麼！何氏 也 打算 自殺？快！ 快 派人 去
dàwáng　zìshā shénme Héshì yě dǎsuàn zìshā kuài kuài pàirén qù

看看！
kànkan

（這時，一位 隨從 急急 忙忙 的 跑 進來。）
zhèshí yíwèi suícóng jíjí mángmáng de pǎo jìnlái

隨從：大……大王！不 好 了！
suícóng dà dàwáng bù hǎo le

大王：什麼 事？快 說！
dàwáng shénme shì kuài shuō

隨從：夫人 剛剛 從 高臺[48] 上 跳 下去，已經 死 了……
suícóng fūrén gānggāng cóng gāotái shàng tiào xiàqù yǐjīng sǐ le

---

48. 高臺：high stage
　　gāotái

47

大王： 什麼？她 身邊 都 沒人 嗎？為什麼 沒有 人 拉住
dàwáng shénme tā shēnbiān dōu méirén ma wèishénme méiyǒu rén lāzhù

她？
tā

隨從： 當然 有，只是 夫人 的 衣服 一 拉 就 斷 了，我 們 只
suícóng dāngrán yǒu zhǐ shì fūrén de yīfú yì lā jiù duàn le wǒ men zhǐ

能 眼睜睜 [49] 地 看著 夫人 掉 下去⋯⋯ 大王 ，
néng yǎnzhēngzhēng de kànzhe fūrén diào xiàqù dàwáng

我 們 在 夫人 的 衣服 中 找到 了 一封 遺書 [50]，
wǒ men zài fūrén de yīfú zhōng zhǎodào le yìfēng yíshū

請 大王 過目。
qǐng dàwáng guòmù

大王： 快 給 我！（ 馬上 拆開 [51] 來 看 ， 並 唸出 信中
dàwáng kuài gěi wǒ mǎshàng chāikāi lái kàn bìng niànchū xìnzhōng

所寫的。）「 大王 想 讓 我 活著 陪 您，但 我
suǒ xiě de dàwáng xiǎng ràng wǒ huózhe péi nín dàn wǒ

寧願 [52]死 了 和 韓憑 葬 [53]在 一起。希望 您 能
níngyuàn sǐ le hàn Hánpíng zàng zài yìqǐ xīwàng nín néng

成全 我 這個 心願，讓 我 們 夫妻 倆 合葬 在 一
chéngquán wǒ zhège xīnyuàn ràng wǒ men fūqī liǎng hézàng zài yì

---

49. 眼 睜 睜 : to stare blankly; to
   yǎnzhēngzhēng look on helplessly

50. 遺書 : a letter or note left before
   yíshū death

51. 拆開 : to dismantle; to open up
   châikāi

52. 寧 願 : would rather; better
   níngyuàn

53. 葬 : to bury (the dead)
   zàng

起吧！」
qǐ ba

（大王 一 唸 完 信，就 把 信 用力 地 摔[54]到 地上）
dàwáng yí niàn wán xìn jiù bǎ xìn yònglì de shuāi dào dìshàng

大臣、隨從：（立刻 跪下[55]趴在 地上 ） 大王 息怒 啊！
dàchén suícóng lìkè guìxià pāzài dishàng dàwáng xī nù a

大王：這 兩人 真是 太 放肆[56]了，他們 想 在 一 起，我
dàwáng zhè liǎngrén zhēnshì tài fàngsì le tāmen xiǎng zài yì qǐ wǒ

偏偏[57]不 讓 他們 在 一 起！來人，交代 韓憑 村裡
piānpiān bú ràng tāmen zài yì qǐ láirén jiāodài Hánpíng cūnlǐ

的 人，不 可 以 把 他們 葬 在 一 起，我 要 讓 他們
de rén bù kě yǐ bǎ tāmen zàng zài yì qǐ wǒ yào ràng tāmen

遙遙[58] 相望 ，看得到 卻 碰 不 到。如果 這樣 他們
yáoyáo xiāngwàng kàndedào què pèng bú dào rúguǒ zhèyàng tāmen

還 能 結合 在 一 起，那 麼 我 就 願意 放棄，不再
hái néng jiéhé zài yì qǐ nà me wǒ jiù yuànyì fàngqì búzài

阻擋[59]他們 了！
zǔdǎng tāmen le

---

54. 摔 : to throw down; to fall ; to
   shuāi　drop and break

55. 跪下 : to kneel down
   guìxià

56. 放肆 : unbridled; Impudent
   fàngsì

57. 偏偏 : unfortunately; against
   piānpiān　　expectations

58. 遙遙 : distant; remote
   yáoyáo

59. 阻擋 : to stop; to resist; to
   zǔdǎng　obstruct

（韓憑 村裡 的 人，接到 命令 後，就 照 大王 說 的 將
Hánpíng cūnlǐ de rén jiēdào mìnglìng hòu jiù zhào dàwáng shuō de jiāng

韓憑 夫婦 分別 埋[60]在 路 的 兩旁 ，過了 兩天 ……）
Hánpíng fūfù fēnbié máizài lù de liǎngpáng guòle liǎngtiān

大明：欸欸，你 知道 嗎？我 昨天 經過 韓憑 夫婦 的 墓，
Dàmíng ēi ēi nǐ zhīdào ma wǒ zuótiān jīngguò Hánpíng fūfù de mù

他們 的 墓旁 居然 各 長出 了一棵 小樹 欸！
tāmen de mùpáng jūrán gè zhǎngchū le yì kē xiǎoshù ēi

小李：真的 ？這麼 神奇！樹 能 長 這麼 快？
Xiǎolǐ zhēnde zhème shénqí shù néng zhǎng zhème kuài

大明：真的 ！我 親眼 看到 的，昨天 看 還 沒有，今天 突然
Dàmíng zhēnde wǒ qīnyǎn kàndào de zuótiān kàn hái méiyǒu jīntiān tūrán

就 冒出 來 了。
jiù màochū lái le

小李：好，我 過 幾天 去 看看。
Xiǎolǐ hǎo wǒ guò jǐ tiān qù kànkan

（過了 十 天）
guòle shí tiān

（小李 急急 忙忙 地 跑向 大明）
Xiǎolǐ jíjí mángmáng de pǎoxiàng Dàmíng

大明：怎麼 了？ 跑成 這樣 ！
Dàmíng zěnme le pǎochéng zhèyàng

---

60. 埋：to bury
    mái

小李：（喘[61]）那 兩棵 樹 已經 長 這麼 粗了！（用 雙
Xiǎolǐ　　chuǎn　　nà liǎngkē shù yǐjīng zhǎng zhème cū le　　yòng shuāng

手 比 出 環 抱 狀 ）
shǒu bǐ chū huán bào zhuàng

大明：什麼？也 太 快 了 吧！我 上次 看 才 這麼 粗 而已
Dàmíng　shénme　yě tài kuài le ba　wǒ shàngcì kàn cái zhème cū ér yǐ

耶！（ 用 兩 隻 手 比 出 一個 圓圈 ）
yē　　yòng liǎng zhī shǒu bǐ chū yí ge yuánquān

小李：不只 這樣 ，怪 的是那 兩 棵樹的樹幹 還 朝著 對方
Xiǎolǐ　bùzhǐ zhèyàng　guài de shì nà liǎng kē shù de shùgàn hái cháozhe duìfāng

長 ，現在 雙方 的 樹枝 都 碰 在一 起了，彼此
zhǎng　xiànzài shuāngfāng de shùzhī dōu pèng zài yì qǐ le　bǐcǐ

緊緊 交錯[61]在 一 起！
jǐnjǐn jiāocuò　zài yì qǐ

大明：騙人！怎麼 可能？我 去 看看！
Dàmíng　piànrén　zěnme kěnéng　wǒ qù kànkan

小李：好，走！
Xiǎolǐ　hǎo　zǒu

（到 了 樹 的 附近，樹 旁 圍 了 一群 人 在 觀看 ）
dào le shù de fùjìn　shù páng wéi le yìqún rén zài guānkàn

阿華：你們 怎麼 也 來 了？
Āhuá　nǐmen zěnme yě lái le

---

61. 交錯：crisscross; intertwine
jiāocuò

51

小李：我 帶 他 來 看看 這個 奇蹟[62]。
Xiǎolǐ　　wǒ dài tā lái kànkan zhège　qíjī

大明：哇！ 這真是 太不可思議[63]了，這 兩 棵 樹 就 像
Dàmíng　wa　zhèzhēnshì tài bù kě sī yì　le　zhè liǎng kē shù jiù xiàng

戀人 一樣！
liànrén yí yàng

阿華：沒錯，就 像 韓憑 跟 何氏的 感情一 樣。
Āhuá　méicuò　jiù xiàng Hánpíng gēn Héshì de gǎnqíng yí yàng

大明：欸、欸、欸、你 們 看！那樹 上 還有 一 對
Dàmíng　ēi　　ēi　　ēi　　nǐ men kàn　nà shù shàng háiyǒu yí duì

鴛鴦鳥 [64]呢！
yuānyāngniǎo　　ne

阿華：是啊！我 就 住 在 旁邊，這 樹 長 出來 時 牠們 就
Āhuá　shì a　wǒ jiù zhù zài pángbiān　zhè shù zhǎng chūlái shí tāmen jiù

在 了，不論 早晚 都 不 離開， 整天 都 膩[65]在 一
zài le　búlùn zǎowǎn dōu bù líkāi　zhěngtiān dōu nì zài yì

起，有 時 還 發 出 淒慘[66]的 聲音 ，真是 令人 感到
qǐ　yǒu shí hái fāi chū qīcǎn de shēngyīn　zhēnshì lìngrén gǎndào

哀傷。
āishāng

---

62. 奇蹟：miracle; wonder; marvel
　　qíjī

63. 不可思議：inconceivable;
　　bùkěsīyì　　　unimaginable

64. 鴛鴦鳥：mandarin duck
　　yuānyângniǎo

65. 膩：intimate
　　nì

66. 淒慘：miserable; tragic
　　qīcǎn

小李：啊！牠們 又 叫 了，牠們 就是 韓憑 夫婦 的 化身
Xiǎolǐ　ā　tāmen yòu jiào le　tāmen jiùshì Hánpíng fūfù de huàshēn

吧！一 想 到 他們 的 遭遇[67]，心裡 就 難過……
ba　yì xiǎng dào tāmen de zāoyù　xīnlǐ jiù nánguò

大明：他們 都 在一 起 了，你 就 別 難過 了。對了，我們
Dàmíng　tāmen dōu zài yì qǐ le　nǐ jiù bié nánguò le　duìle　wǒmen

乾脆[68]叫 這樹 為 相思 樹 吧？ 兩人 因 互相 想念
gāncuì jiào zhèshù wéi xiāngsī shù ba　liǎngrén yīn hùxiāng xiǎngniàn

而死，但 也 因 相互 想念 而 化成 樹、 化成
ér sǐ　dàn yě yīn xiānghù xiǎngniàn ér huàchéng shù　huàchéng

鳥兒！你們 說 ，好不好？
niǎoér　nǐmen shuō　hǎobùhǎo

阿華、小李： 相思 樹、 相思 樹，好 個 相思 樹！這 主意
Āhuá　Xiǎolǐ　xiāngsī shù　xiāngsī shù hǎo ge xiāngsī shù zhè zhǔyì

真是 太 好了！
zhēnshì tài hǎole

思考題
sīkǎotí

1. 韓憑 跟 何氏 願意 為了 愛情 而死，你 認為 值得 嗎？ 為什麼？

2. 你的 國家 有 沒有 什麼 動物 或是 植物，是 代表 愛情 或是 戀人 的 呢？

67. 遭遇：to meet with; to encounter; (bitter)experience
zāoyù

68. 乾脆：straightforward; simply
gāncuì

3. 請問，你之前失戀過嗎？難過了多久？你是如何重新振作起來的？

4. 在故事的結尾，請問，作者為什麼會選擇用樹的結合來象徵他們的相愛呢？請你想一想，還有沒有別的方式可以用來表示兩人死後的結合呢？

24 【十二生肖】

shí èr shēng xiào

劇本
jùběn

（很久以前，人們 因為不 懂得 計算[1]時間的方式，所以
hěn jiǔ yǐqián　rénmen yīnwèi bù dǒngdé jìsuàn shíjiān de fāngshì　suǒyǐ

產生 了 很多 困擾[2]，因此 便 派代表[3]去 請教
chǎnshēng le hěn duō kùnrǎo　yīncǐ biàn pài dàibiǎo qù qǐngjiào

玉皇大帝。）
Yùhuángdàdì

代表人：報告 陛下，有 個 問題 一直 困擾 著 我們。
dàibiǎorén　bàogào bìxià　yǒu ge wèntí yìzhí kùnrǎo zhe wǒmen

玉皇大帝：是 什麼 問題？說 來 聽聽。
Yùhuángdàdì　shì shénme wèntí　shuō lái tīngtīng

代表人：是 這樣 的，每天 的 日子 都 是 太陽 從 東邊
dàibiǎorén　shì zhèyàng de　měitiān de rìzi dōu shì tàiyáng cóng dōngbiān

升起 ，然後 又 從 西邊 落下，在 我們 看來 每天
shēngqǐ　ránhòu yòu cóng xībiān luòxià　zài wǒmen kàn lái měitiān

都 一樣，頂多[4]就 是 天氣 有點 差別，有時 冷、
dōu yíyàng　dǐngduō jiù shì tiānqì yǒudiǎn chābié yǒushí lěng

有時 熱、有時 颱風 、有時 下雨。但 我們 實在 不
yǒushí rè　yǒushí guāfēng　yǒushí xiàyǔ　dàn wǒmen shízài bù

1　計算：calculate
　　jìsuàn

2　困擾：obsession
　　kùnrǎo

3　代表：representative
　　dàibiǎo

4　頂多：at most
　　dǐngduō

曉得 昨天 和 今天 有 什麼 不同，更 不 知道 要
xiǎodé zuótiān hàn jīntiān yǒu shénme bùtóng gèng bù zhīdào yào

如何 形容 時間，或是 計算 時間，而這 往往
rúhé xíngróng shíjiān huòshì jìsuàn shíjiān ér zhè wǎngwǎng

造成 大家 溝通 的 障礙[5]。比方 說，當 大家 在
zàochéng dàjiā gōutōng de zhàngài bǐfāng shuō dāng dàjiā zài

討論 什麼 時候 要 播種、什麼 時候 要 種稻，
tǎolùn shénme shíhòu yào bòzhǒng shénme shíhòu yào zhòngdào

大家 你 一 言 我 一 語，以為 都 溝通 好 了，結果
dàjiā nǐ yì yán wǒ yì yǔ yǐwéi dōu gōutōng hǎo le jiéguǒ

誰 知道 每 個 人 講 的 時間 都 不 一樣，就 這樣
shéi zhīdào měi ge rén jiǎng de shíjiān dōu bù yíyàng jiù zhèyàng

常常 引起 誤會[6]。
chángcháng yǐnqǐ wùhuì

玉皇大帝：原來 如此， 讓 我 想想 看……（ 皺眉 、思考）
Yùhuángdàdì yuánlái rúcǐ ràng wǒ xiǎngxiǎng kàn zhòuméi sīkǎo

這樣 好 了， 平常 大家 身邊 都 圍繞 著 許多
zhèyàng hǎo le píngcháng dàjiā shēnbiān dōu wéirào zhe xǔduō

動物，不論 是 在 生活 上 或是 工作 上
dòngwù búlùn shì zài shēnghuó shàng huòshì gōngzuò shàng

都 離 不 開 牠們。我 想 ，乾脆 就 用 動物 來
dōu lí bù kāi tāmen wǒ xiǎng gāncuì jiù yòng dòngwù lái

---

5 障礙：obstacle
zhàngài

6 誤會：misunderstanding
wùhuì

當作　年分　的　名字　好了，例如：鼠 年、虎 年
dāngzuò niánfèn de míngzì hǎo le　　lìrú　shǔ nián　hǔ nián

或　豬 年，　這樣　用　大家　熟悉[7]的　動物　來 計
huò zhū nián　zhèyàng yòng dàjiā shóuxī de dòngwù lái jì

年，你們　就　不會　搞　錯　或　忘記　了。
nián　nǐmen jiù　búhuì gǎo cuò huò wàngjì le

代表 人：這 方法　實在　是　太　好 了，謝謝　您！不過，陛下，您
dàibiǎorén　zhè fāngfǎ shízài shì tài hǎo le　xièxie nín　búguò　bìxià　nín

看，我們　到底　要　選　幾種　動物，是 十　種　還是
kàn wǒmen dàodǐ yào xuǎn jǐzhǒng dòngwù shì shí zhǒng háishì

八　種 ？還有，到底　要　選　哪些　動物 ？而且，又
bā zhǒng　háiyǒu　dàodǐ yào xuǎn nǎxiē dòngwù　érqiě　yòu

該　如何　排序　呢 ？
gāi rúhé　páixù　ne

玉皇大帝：這個 嘛，我　想想 ……啊！不如　就　這樣　吧，
Yùhuángdàdì　zhège ma　wǒ xiǎngxiǎng　　a　bùrú jiù zhèyàng ba

我們　就 以 十 二　種　動物　來 記 年　好了，才
wǒmen jiù yǐ shí èr zhǒng dòngwù lái jì nián hǎo le　cái

不會 一下子　就　輪 完 了。至於 哪　幾種 嘛……
búhuì yíxiàzi jiù lún wán le　zhìyú nǎ jǐzhǒng ma

嗯，對 了，我們　乾脆　來 舉辦[8]一　次　動物　渡河
èn　duì le　wǒmen gāncuì lái jǔbàn yí cì dòngwù dù hé

7　熟悉：be familiar with
　　shóuxī

8　舉辦：hold
　　jǔbàn

比賽 好 了，然後 直接 把 最 先 抵達 終點 的
bǐsài hǎo le ránhòu zhíjiē bǎ zuì xiān dǐdá zhōngdiǎn de

十二 種 動物 納入 就 行 了。你 看，如何？
shíèr zhǒng dòngwù nàrù jiù xíng le nǐ kàn rúhé

代表人：陛下，真是 太 感謝 您 了！這 辦法 真是 太 妙
dàibiǎorén bìxià zhēnshì tài gǎnxiè nín le zhè bànfǎ zhēnshì tài miào

了。
le

（比賽 的 消息 公布 後，動物 們 都 很 興奮 地在 討論，
bǐsài de xiāoxí gōngbù hòu dòngwù men dōu hěn xīngfèn de zài tǎolùn

個個 都 希望 可以 贏得 這 場 比賽，然後 獲得 榮耀[9]， 名
gège dōu xīwàng kěyǐ yíngdé zhè chǎng bǐsài ránhòu huòdé róngyào míng

留 千史。）
liú qiānshǐ

老鼠：欸，你 看到 那個 比賽 的 公告 了 嗎？如果 贏 了，
lǎoshǔ èi nǐ kàndào nàge bǐsài de gōnggào le ma rúguǒ yíng le

名字 就 會 被 拿來 命名 年分，聽 起來 好 酷 啊！真
míngzì jiù huì bèi ná lái mìngmíng niánfèn tīng qǐlái hǎo kù a zhēn

希望 可以 得 第一 名 ！
xīwàng kěyǐ dé dì yī míng

貓：是 啊，不過 你 也 想 得太 美了。你 張 大 眼睛
māo shì a búguò nǐ yě xiǎng de tài měi le nǐ zhāng dà yǎnjīng

---

9 榮耀：glory
  róngyào

59

神怪及傳奇
shén guài jí chúan qí

看看，長得比我們高、跑得比我們快的動物多
kànkàn zhǎng de bǐ wǒmen gāo pǎo de bǐ wǒmen kuài de dòngwù duō

的是，我們哪能贏得過他們啊！
de shì wǒmen nǎ néng yíng de guò tāmen a

老鼠：唉，真是不公平啊！這樣我們到底要怎麼樣
lǎoshǔ āi zhēnshì bù gōngpíng a zhèyàng wǒmen dàodǐ yào zěnmeyàng

才能擠進前十二名呢？
cái néng jǐ jìn qián shíèr míng ne

貓：我倒是想到了一個方法。
māo wǒ dàoshì xiǎng dào le yí ge fāngfǎ

老鼠：你快說啊！
lǎoshǔ nǐ kuài shuō a

貓：你看，水牛是不是每天都起得很早呢？牠每天可
māo nǐ kàn shuǐniú shìbúshì měitiān dōu qǐ de hěn zǎo ne tā měitiān kě

都是天還沒亮就到河邊吃草，我想，等到比賽
dōu shì tiān háiméi liàng jiù dào hébiān chī cǎo wǒ xiǎng děngdào bǐsài

那一天，可以請牠早早叫醒我們，我們早一點
nà yì tiān kěyǐ qǐng tā zǎozǎo jiào xǐng wǒmen wǒmen zǎo yìdiǎn

出發，或許就能跑在前面了！
chūfā huòxǔ jiù néng pǎo zài qiánmiàn le

老鼠：嗯，以時間換取空間，你真是聰明！就這麼
lǎoshǔ èn yǐ shíjiān huànqǔ kōngjiān nǐ zhēnshì cōngmíng jiù zhème

辦吧！
bàn ba

（到了比賽那天，天還沒亮，水牛就走去叫醒老鼠
dào le bǐsài nà tiān tiān háiméi liàng shuǐniú jiù zǒu qù jiào xǐng lǎoshǔ

和貓）
hàn māo

水牛：快 醒醒！你們 不是 想 贏得 比賽 嗎？我們 要
shuǐniú kuài xǐngxǐng nǐmen búshì xiǎng yíngdé bǐsài ma wǒmen yào

準備 出發 嘍！
zhǔnbèi chūfā lou

貓：（ 睡眼惺忪 ）噢！怎麼 這麼 早？再 讓 我 睡 一 下
māo shuìyǎnxīngsōng ō zěnme zhème zǎo zài ràng wǒ shuì yí xià

嘛，我 真的 好 想 睡 哦！
ma wǒ zhēnde hǎo xiǎng shuì ò

老鼠：（打 呵欠）快 起來！水牛，謝謝 你 來 叫 我們。
lǎoshǔ dǎ hēqiàn kuài qǐlái shuǐniú xièxie nǐ lái jiào wǒmen

水牛：別 客氣，一 件 小 事 而已。你們 看 起來 還是 很 想
shuǐniú bié kèqì yí jiàn xiǎo shì éryǐ nǐmen kàn qǐlái háishì hěn xiǎng

睡，不如 就 趴 在 我 的 背 上 休息 吧！
shuì bùrú jiù pā zài wǒ de bèi shàng xiūxí ba

貓：太 感謝 你 了！我們 如果 能 擠 進 前 十 二 名，都 是 你
māo tài gǎnxiè nǐ le wǒmen rúguǒ néng jǐ jìn qián shí èr míng dōu shì nǐ

的 功勞[10]。
de gōngláo

---

10 功勞：credit
gōngláo

水牛： 別 這麼 說，大家 都 是 朋友，互相 幫忙 一 下
shuǐniú　bié zhème shuō　dàjiā dōu shì péngyǒu　hùxiāng bāngmáng yí xià

　　　　沒 什麼 大不了。
　　　　méi shénme dàbùliǎo

（貓 和 老鼠 便 安穩地 趴 在 水牛 背 上 睡覺，睡 得 很
　māo hàn lǎoshǔ biàn ānwěn de pā zài shuǐniú bèi shàng shuìjiào　shuì de hěn

熟、很 沉，等 到 醒 來 的 時候，天 才 剛 亮，但是 他們
shóu　hěn chén　děng dào xǐng lái de shíhòu　tiān cái gāng liàng dànshì tāmen

已經 來 到 河邊 了。）
yǐjīng lái dào hébiān le

貓：（伸懶腰）好 快 啊！水牛 你 真 厲害，才 一下子 的
māo　　shēnlǎnyāo　hǎo kuài a　shuǐniú nǐ zhēn lìhài　cái yíxiàzi de

　　　工夫 就 走 到 河邊 了！
　　　gōngfū jiù zǒu dào hébiān lc

水牛： 哪裡， 平常 走 習慣 了，自然 就 快 啊！
shuǐniú　nǎlǐ　píngcháng zǒu xíguàn le　zìrán jiù kuài a

貓： 過了 河，馬上 就 是 終點 了！看來，我們 三 個
māo guò le hé　mǎshàng jiù shì zhōngdiǎn le　kàn lái　wǒmen sān ge

　　　一定 是 最 前面 的 啦！
　　　yídìng shì zuì qiánmiàn de la

老鼠： 是 啊，你 出 的 主意 真 好。（假 笑，因為 心 裡 在
lǎoshǔ　shì a　nǐ chū de zhǔyì zhēn hǎo　jiǎ xiào yīnwèi xīn lǐ zài

　　　　想，要 怎麼樣 才 能 變成 第 一 名）
　　　　xiǎng　yào zěnmeyàng cái néng biànchéng dì yī míng

水牛：你們 可要 抓 緊 啊！現在，我們 可是 已經 走 到 河
shuǐniú nǐmen kě yào zhuā jǐn a xiànzài wǒmen kěshì yǐjīng zǒu dào hé

中央 啦，這兒 的 水 比較 深，你們 要 小心 啊！
zhōngyāng la zhèér de shuǐ bǐjiào shēn nǐmen yào xiǎoxīn a

貓：謝謝 水牛 的 提醒，我們 會 小心 的！啊，好 美 的
māo xièxie shuǐniú de tíxǐng wǒmen huì xiǎoxīn de ā hǎo měi de

風景 啊！
fēngjǐng a

老鼠：對 啊，你 看 那邊！（趁 貓 轉 過去 看 時，用力 推
lǎoshǔ duì a nǐ kàn nàbiān chèn māo zhuǎn guòqù kàn shí yònglì tuī

牠 一 下）
tā yí xià

貓：啊！！！救命 啊！！！（在 水中 掙扎 [11]）
māo ā jiùmìng a zài shuǐzhōng zhēngzhá

水牛：怎麼 了？ 剛剛 那是 什麼 聲音？
shuǐniú zěnme le gānggāng nà shì shénme shēngyīn

老鼠：沒 什麼，應該 是 你 聽 錯 了 吧！我們 趕緊 加快
lǎoshǔ méi shénme yīnggāi shì nǐ tīng cuò le ba wǒmen gǎnjǐn jiākuài

速度，不然 會 被 其他 動物 追 上 的。
sùdù bùrán huì bèi qítā dòngwù zhuī shàng de

水牛：也 是，我 聽 到 後面 有 好多 水 聲，大家 應該
shuǐniú yě shì wǒ tīng dào hòumiàn yǒu hǎoduō shuǐ shēng dàjiā yīnggāi

11 掙扎：struggle
zhēngzhá

63

都 在 拚命 往 前 吧！我們 可 不能 輸。
dōu zài pànmìng wǎng qián ba　wǒmen kě bùnéng shū

老鼠：是 啊，快 走 吧！（鑽入 水牛 耳朵）
lǎoshǔ　shì a　kuài zǒu ba　　zuān rù shuǐniú ěrduo

（ 水牛 怕 被 其他 動物 追 上 ，游 得 飛快，眼看 就 要 到
　shuǐniú pà bèi　qítā dòngwù zhuī shàng　yóu de fēikuài yǎnkàn jiù yào dào

　終點 得到 第 一 名 了！這時 卻 從 他 耳朵 裡 跳 出 一
zhōngdiǎn dédào dì yī míng le　zhèshí què cóng tā ěrduo lǐ tiào chū yì

團 黑黑的 東西。）
tuán hēihēi de dōngxi

老鼠：耶！我 第一個 通過 終點 ，我 得到 第 一 名 啦！
lǎoshǔ　yē　wǒ dì yī ge tōngguò zhōngdiǎn　wǒ dédào dì yī míng la

水牛：怎麼 會 這樣 ！你 太 奸詐[12]了！
shuǐniú　zěnme huì zhèyàng　nǐ tài jiānzhà le

老鼠：哈 哈，我 雖然 小，但是 聰明 ，你 是 贏 不 過 我
lǎoshǔ　hā hā　wǒ suīrán xiǎo　dànshì cōngmíng　nǐ shì yíng bú guò wǒ

的。
de

水牛：唉，竟然 拿到 第 二 名 ，真是 好心 沒 好報！（ 這時
shuǐniú　āi　jìngrán nádào dì èr míng　zhēnshì hǎoxīn méi hǎobào　　zhèshí

老虎 也 跑 過 終點 了）
lǎohǔ yě pǎo guò zhōngdiǎn le

12 奸詐：treacherous
　jiānzhà

64

老虎：怎麼樣？第一 名 一定 是 我 吧！
lǎohǔ zěnmeyàng dì yī míng yídìng shì wǒ ba

老鼠：（得意洋洋）才 不是 勒！你 力氣 大 有 什麼 用，要
lǎoshǔ déyìyángyáng cái búshì lè nǐ lìqì dà yǒu shénme yòng yào

像 我 一樣 聰明 ，才 會 拿 第一 啊！
xiàng wǒ yíyàng cōngmíng cái huì ná dì yī a

老虎：你 這個 可惡 的 小 東西！（突然 從 天 上 飛 下來
lǎohǔ nǐ zhège kěwù de xiǎo dōngxi túrán cóng tiān shàng fēi xiàlái

一 條 龍，又 跑 出 一 隻 兔子，兔子 蹦蹦跳跳 地
yì tiáo lóng yòu pǎo chū yì zhī tùzi tùzi bèngbèngtiàotiào de

跑 過 終點 ）
pǎo guò zhōngdiǎn

兔子：我 是 第四 名 嗎？啊，第四 名 也 不錯 了 啦！
tùzi wǒ shì dì sì míng ma ā dì sì míng yě bú cuò le la

龍：唉呀！我 就 差 了 這麼 一點，要 不是 跑 到 東邊 降
lóng āiya wǒ jiù chā le zhème yìdiǎn yàobúshì pǎo dào dōngbiān jiàng

了 一 場 雨，我 一定 是 第一 名 的。（這時，遠處
le yì chǎng yǔ wǒ yídìng shì dì yī míng de zhèshí yuǎnchù

傳來 了 馬蹄 聲 和 許多 腳步 聲 。但是，一 條 大蛇
chuánlái le mǎtí shēng hàn xǔduō jiǎobù shēng dànshì yì tiáo dà shé

無聲無息[13] 地 先 通過 了 終點 ）
wúshēngwúxí de xiān tōngguò le zhōngdiǎn

13 無聲無息：soundless and stirless
wúshēngwúxí

蛇：可惡！我 爬 得 那麼 快，竟然 才 排 第六 名 ！唉，我
shé kěwù wǒ pá de nàme kuài jìngrán cái pái dì liù míng āi wǒ

本來 還 以為 自己 會 是 第一 名 呢！（馬 跟著 跑 過
běnlái hái yǐwéi zìjǐ huì shì dì yī míng ne mǎ gēn zhe pǎo guò

終點 ）
zhōngdiǎn

馬：（期待）所以 呢？我 是 第幾 名 ？
mǎ qídài suǒyǐ ne wǒ shì dì jǐ míng

老鼠：第七 名，你 運氣 算 是 不錯 的 了！（沒 多久，
lǎoshǔ dì qī míng nǐ yùnqì suàn shì búcuò de le méi duōjiǔ

山羊 、猴子、公雞 都 到 了 ）
shānyáng hóuzi gōngjī dōu dào le

馬：你們 怎麼 會 一起 來 啊？
mǎ nǐmen zěnme huì yìqǐ lái a

山羊 ：我們 在 河邊 撿 到 了 一 塊 木頭，三 個 全 坐 在
shānyáng wǒmen zài hébiān jiǎn dào le yí kuài mùtóu sān ge quán zuò zài

上面 ，彼此 互相 照顧，就 這麼 一起 過 河 了。
shàngmiàn bǐcǐ hùxiāng zhàogù jiù zhème yìqǐ guò hé le

狗：汪！我 也 到 了！
gǒu wāng wǒ yě dào le

兔子：你 好 慢 啊，我們 不是 差不多 時間 出發 的 嗎？
tùzi nǐ hǎo màn a wǒmen búshì chābùduō shíjiān chūfā de ma

狗：（不好意思 地 笑 ）好險，我 是 第 十一 名 ，再 遲 就
gǒu bùhǎoyìsī de xiào hǎoxiǎn wǒ shì dì shíyī míng zài chí jiù

進 不 了 榜 了。 剛才 到了河邊，發覺 那 河水 又 涼
jìn bù liǎo bǎng le　kānncái dào le hébiān　fājué nà héshuǐ yòu liáng

又 舒服，我 一時 忍不住 就 洗 了 個 澡，所以 就 晚 到
yòu shūfú　wǒ yìshí rěnbúzhù jiù xǐ le ge zǎo　suǒyǐ jiù wǎn dào

了。（現在，大家 都　東張西望　看 誰 會 是 最後 一
le　xiànzài　dàjiā dōu dōngzhāngxīwàng kàn shéi huì shì zuìhòu yí

個）
ge

豬：（ 喘 著 氣）聽說 有 好吃 的 東西，在 哪裡 啊？
zhū　chuǎn zhe qì　tīngshuō yǒu hǎochī de dōngxi zài nǎlǐ a

全部 的 動物：哈 哈 哈，原來 豬 以為 有 好吃 的 東西，
quánbù de dòngwù　hā hā hā　yuánlái zhū yǐwéi yǒu hǎochī de dōngxi

所以才 跑 過來。真是 貪吃[14]啊！
suǒyǐ cái pǎo guòlái　zhēnshì tānchī a

玉皇大帝：好，既然 前 十二 名 都 到 了，那 我 現在 就
Yùhuángdàdì　hǎo　jìrán qián shíèr míng dōu dào le　nà wǒ xiànzài jiù

按照 大家 到 的 順序[15]來 宣布 結果。聽 好：鼠、
ànzhào dàjiā dào de shùnxù lái xuānbù jiéguǒ　tīng hǎo　shǔ

牛、虎、兔、龍、蛇、馬、羊、猴、雞、狗、豬。
niú hǔ tù lóng shé mǎ yáng hóu jī gǒu zhū

是不是 這樣 啊？（貓 全身　溼淋淋 地 趕 到）
shìbúshì zhèyàng a　māo quánshēn shīlínlín de gǎn dào

14 貪吃：eats all the time
tānchī

15 順序：order
shùnxù

貓：等等！等等！我得第幾名？
māo děngděng děngděng wǒ dé dì jǐ míng

玉皇大帝：不好意思，你來得太晚了，剛好是第十三，
Yùhuángdàdì bùhǎoyìsī nǐ lái de tài wǎn le gānghǎo shì dì shísān

沒能進榜。
méi néng jìnbǎng

貓：什麼？可惡！都是老鼠害的！我要吃掉牠！（伸
māo shénme kěwù dōu shì lǎoshǔ hài de wǒ yào chī diào tā shēn

出爪子朝老鼠撲過去）
chū zhuǎzi cháo lǎoshǔ pū guòqù

老鼠：救命啊！！！（躲到玉皇大帝身邊）
lǎoshǔ jiùmìng a duǒ dào Yùhuángdàdì shēnbiān

玉皇大帝：貓，你不可以這樣，輸了就是輸了。
Yùhuángdàdì māo nǐ bù kěyǐ zhèyàng shū le jiù shì shū le

貓：可是⋯⋯臭老鼠，你給我記住！以後不要讓我碰
māo kěshì chòu lǎoshǔ nǐ gěi wǒ jìzhù yǐhòu búyà ràng wǒ pèng

到你！
dào nǐ

（老鼠還是比賽的第一名，但是牠知道自己對不起貓，
lǎoshǔ háishì bǐsài de dì yī míng dànshì tā zhīdào zìjǐ duìbùqǐ māo

從此以後過得提心吊膽[16]的，怕貓來找牠報仇。只要
cóngcǐ yǐhòu guò de tíxīndiàodǎn de pà māo lái zhǎo tā bàochóu zhǐyào

---

16 提心吊膽：on tenterhooks
　　tíxīndiàodǎn

68

一 看 到 貓 的 影子，就 沒 命 地 逃，大 白天 也 不敢 從
yí kàn dào māo de yǐngzi jiù méi mìng de táo dà báitiān yě bùgǎn cóng

洞 裡 出來。這 就 是 人 們 說 的 十二 生肖 和 老鼠
dòng lǐ chūlái zhè jiù shì rén men shuō de shíèr shēngxiào hàn lǎoshǔ

為什麼 怕 貓 的 由來。）
wèishénme pà māo de yóulái

思考題
sīkǎotí

1. 如果不用年月日來說明時間，你想想，還能用什麼來表達時間呢？

2. 你認為，老鼠這樣算是作弊[17]嗎？為什麼？

3. 你的國家有沒有什麼特別的計年方式，請分享一下。

4. 你認為除了用動物來計年之外，或許還可以用什麼來計年呢？（要想十二個同類的東西喔！）

17 作弊：cheat
zuòbì

5 【勞山道士】

Láoshāndàoshì

劇本
jùběn

（ 從前 有一個 姓 王 的 書生¹，在 家裡 排行²第七，
cóngqián yǒu yí ge xìng Wáng de shūshēng zài jiālǐ páiháng dì qī

是 一個 世家³子弟。這個 書生 從小 就 仰慕⁴ 道術⁵，很
shì yíge shìjiā zǐ dì zhège shūshēng cóngxiǎo jiù yǎngmù dàoshù hěn

想 學得 飛天 遁地⁶或 穿牆 隱身⁷的 法術⁸。後來，他
xiǎng xuédé fēitiān dùndì huò chuānqiáng yǐnshēn de fǎshù hòulái tā

打聽 到 勞山 上 有 很多 仙人⁹，於是 興起¹⁰了 到 勞山
dǎtīng dào Láoshān shàng yǒu hěnduō xiānrén yúshì xīngqǐ le dào Láoshān

拜 師 學藝¹¹的 念頭¹²。）
bài shī xuéyì de niàntóu

---

1. 書生：intellectual
   shūshēng

2. 排行：rank; seniority among
   páiháng　brothers and sisters

3. 世家：an old and well-known
   shìjiā　family

4. 仰慕：admire; look up to
   yǎngmù

5. 道術：magic of the Taoist religion
   dàoshù

6. 飛天遁地：to fly in the sky and
   fēitiān dùndì　escape through the
   ground

7. 穿牆隱身：to pierce through
   chuānqiáng yǐnshēn　wall and be
   invisible

8. 法術：magic
   fǎshù

9. 仙人：Daoist immortal
   xiānrén

10. 興起：to rise in excitement; be
    xīngqǐ　aroused

11. 拜師學藝：to formally become a
    bàishī xuéyì　pupil to a master and
    learn a craft

12. 念頭：thought; idea; intention
    niàntóu

王生 ：親愛 的 老婆，我 決定 要去 勞山 找 道士
Wángshēng qīnài de lǎopó wǒ juédìng yào qù Láoshān zhǎo dàoshì

學習 道術 了。這是 我 從 小 的 希望，妳 願意
xuéxí dàoshù le zhèshì wǒ cóng xiǎo de xīwàng nǐ yuànyì

成全 ¹³我，讓 我 去 嗎？求求 妳！
chéngquán wǒ ràng wǒ qù ma qiúqiú nǐ

王妻 ：親愛 的 老公，你 真的 要 丟 下 我 到 勞山 去 嗎？
Wángqī qīnài de lǎogōng nǐ zhēnde yào diū xià wǒ dào Láoshān qù ma

你 忍心 拋 棄¹⁴妻子嗎？
nǐ rěnxīn pāo qì qī zi ma

王生 ：當然 不 忍心 啊！但是 為了 心中 的 夢想，
Wángshēng dāngrán bù rěnxīn a dànshì wèile xīnzhōng de mèngxiǎng

不去，我 會 後悔¹⁵一 輩 子¹⁶的，妳 就 成全 我吧！
búqù wǒ huì hòuhuǐ yí bèi zi de nǐ jiù chéngquán wǒba

王妻 ：但 我 覺得 你 這 個 人 沒有 辦法 吃苦，去了 也 是 白
Wángqī dàn wǒ juéde nǐ zhè ge rén méiyǒu bànfǎ chīkǔ qùle yě shì bái

去，我 看，還是 別去 了 吧！
qù wǒ kàn háishì biéqù le ba

王生 ：相信 我，我 會 認真 的。我 到了 勞山 ，一定 會
Wángshēng xiāngxìn wǒ wǒ huì rènzhēn de wǒ dàole Láoshān yídìng huì

---

13. 成 全 ：help sb. achieve his aim
    chéngquán

14. 拋棄 ：abandon
    pāoqì

15. 後悔 ：regret
    hòuhuǐ

16. 一輩子 ：all one's life; a lifetime
    yíbèizi

跟著 師父 好好 學習 的，我 保證 [17]一、兩 個 月
gēnzhe Shīfu hǎohǎo xuéxí de wǒ bǎozhèng yì liǎng ge yuè

就 能 學成 回來 了。如何？
jiù néng xuéchéng huílái le rúhé

王妻：哎，既然 你 心意 已 決[18]，那 你 就 去 吧！你 自己 要
Wángqī āi jìrán nǐ xīnyì yǐ jué nà nǐ jiù qù ba nǐ zìjǐ yào

小心。
xiǎoxīn

王生 ：謝謝 妳，親愛 的 老婆，我 就 知道 妳 對 我 最 好
Wángshēng xièxie nǐ qīnài de lǎopó wǒ jiù zhīdào nǐ duì wǒ zuì hǎo

了！
le

（隔日[19]， 王生 背著 箱子 前往 勞山，登[20] 上 山
gé rì Wángshēng bēi zhe xiāngzi qiánwǎng Láoshān dēng shàng shān

後，發現 了 一間 環境 清幽[21]的 道觀， 旁 邊 坐著 一 位
hòu fāxiàn le yìjiān huánjìng qīngyōu de dàoguàn páng biān zuòzhe yí wèi

老 道士 [22]。道士 的 白髮 垂到 [23]脖子 上 ， 樣子 看 起來 很
lǎo dàoshì dàoshì de báifǎ chuídào bózi shàng yàngzi kàn qǐlái hěn

---

17. 保證：guarantee
    bǎozhèng

18. 心意已決：make up one's mind;
    xīnyì yǐjué   decide

19. 隔日：the next day
    gérì

20. 登：climb
    dēng

21. 清幽：(of a landscape) quiet
    qīngyōu   and beautiful

22. 道士：daoist priest
    dàoshì

23. 垂到：to hang down
    chuídào

爽朗 24。 王生 和 道士 交談 之後，覺得 道士 是 個
shuǎnglǎng　　　　Wángshēng hàn dàoshì jiāotán zhīhòu　juéde dàoshì shì ge

高人25，就 想 拜他 為師。）
gāorén　　　 jiù xiǎng bài tā wéi shī

王生 ：師父，我 從小 就 對 道術 非常 地 有 興趣，
Wángshēng　Shīfu　 wǒ cóngxiǎo jiù duì dàoshù fēicháng de yǒu xìngqù

　　　　聽說 道士 們 個 個 都 會 法術；和 您 交談 過
　　　　tīngshuō dàoshì men gè gè dōu huì fǎshù　 hàn nín jiāotán guò

　　　　後，我 覺得 您 道行 26很高， 請問 我 能 跟 您
　　　　hòu　wǒ juéde nín dàoháng hěngāo　 qǐngwèn wǒ néng gēn nín

　　　　學習 嗎？可以 請 您 收 我 為徒弟27嗎？
　　　　xuéxí ma　 kěyǐ qǐng nín shōu wǒ wéi túdì　 ma

道士 ：學 法術 是 很 苦 的！像 你 這樣 的 世家 子弟，以
dàoshì　 xué fǎshù shì hěn kǔ de　 xiàng nǐ zhèyàng de shìjiā zǐdì　　 yǐ

　　　　前 應該 沒有 吃 過 什麼 苦 吧！我 看 啊，你 還是 打
　　　　qiányīnggāi méiyǒu chī guò shénme kǔ ba　 wǒ kàn a　　 nǐ háishì dǎ

　　　　消28這個 念 頭，回家 去 吧！
　　　　xiāo zhège niàn tóu　 huí jiā qù ba

王生 ：不！我 心意 已 決，我 一定 能 做好 的，請 收
Wángshēng　 bù　 wǒ xīnyì yǐ jué　 wǒ yídìng néng zuò hǎo de　 qǐng shōu

---

24. 爽 朗 ：franl and open;
　　shuǎnglǎng　　straightforward

25. 高人 ：a man of noble character
　　gāorén

26. 道 行 ：ability
　　dàoháng

27. 徒弟 ：student
　　túdì

28. 打消 ：to give up
　　dǎxiāo

我 為 徒！拜託 了！
wǒ wéi tú　bài tuō le

道士：看 你 這麼 有 誠意[29]，好 吧，就 相信 你 一 次，跟
dàoshì　kàn nǐ zhème yǒu chéngyì　hǎo ba　jiù xiāngxìn nǐ yí cì gēn

我 一起 回 道觀 吧。
wǒ yìqǐ huí dàoguàn ba

（回 到 道觀，道士 跟 其中 一個 弟子 說）
huí dào dàoguàn　dàoshì gēn qízhōng yíge dìzǐ shuō

道士：去 跟 所 有 的 人 說，我 今日 收 了 一 位 新 的
dàoshì　qù gēn suǒ yǒu de rén shuō　wǒ jīnrì shōu le yí wèi xīn de

弟子，傍晚[30]時 都 在 大 廳 集合！
dìzǐ　bāngwǎn shí dōu zài dà tīng jíhé

大師兄：是。
dà Shīxiōng　shì

道士：王生 ，等 一 下 你 見到 大家 時，必須 向 每 一
dàoshì　Wángshēng　děng yí xià nǐ jiàndào dàjiā shí　bìxū xiàng měi yí

位 師兄 叩頭[31] 行 禮，行 完 禮 後 才能 正式
wèi shīxiōng kòu tóu　xíng lǐ　xíng wán lǐ hòu cáinéng zhèngshì

加入 我們。
jiārù wǒmen

王生：好的，我 明白 了。
Wángshēng　hǎode　wǒ míngbái le

---

29. 誠意：sincerity
　　 chéngyì

30. 傍晚：evening
　　 bāngwǎn

31. 叩頭：to kowtow
　　 kòutóu

（傍晚，大廳來了非常多的弟子，王生一一向
bāngwǎn　dàtīng　láile　fēicháng　duō de　dìzǐ　　Wángshēng　yīyī　xiàng

他們叩頭行禮，行完禮後，就在道觀住下了。）
tāmen kòu tóu xíng lǐ　xíng wán lǐ hòu　jiù zài dàoguàn zhùxià le

（到了第二天）
dàole　dì　èr tiān

道士：　王生　，過來！這把斧頭[32]給你，你就和師兄們
dàoshì　Wángshēng　guòlái　zhè bǎ fǔtóu gěi nǐ　nǐ jiù hàn shīxiōng men

　　　　一起　上山　工作吧。
　　　　yìqǐ　shàngshān gōngzuò ba

　王生　：好的，謝謝師父。
Wángshēng　hǎode　xièxie shīfu

（　王生　恭敬地接受了。往後的一個多月，他都
　Wángshēng gōngjìng de jiēshòu le　wǎnghòu de yí ge duō yuè　tā dōu

跟著師兄一同上山　砍柴[33]。）
gēnzhe shīxiōng yìtóng shàngshān kǎnchái

（一個多月後）
yí　ge duō yuè hòu

　王生　：天啊！怎麼這麼辛苦，天天砍柴，砍得我雙
Wángshēng　tiān a　zěnme zhème xīnkǔ tiāntiān kǎnchái kǎn de wǒ shuāng

　　　　手都長滿繭[34]了；天天爬山，爬得我鞋
　　　　shǒu dōu zhǎngmǎn jiǎn le　tiāntiān páshān　pá de wǒ xié

---

32. 斧頭：axe
　　 fǔtou

33. 砍柴：to chop firewood
　　 kǎnchái

34. 長繭：to have callus
　　 zhǎngjiǎn

77

都 磨[35] 壞 了。到底 什麼 時候 才能 休息 呢？
dōu mó huài le dàodǐ shénme shíhòu cáinéng xiūxí ne

師兄 啊！ 等等 我， 等 我 一下，我 快 走 不
shīxiōng a děngděng wǒ děng wǒ yí xià wǒ kuài zǒu bú

動 了。
dòng le

師兄 ：哎， 快點 跟上 啊！我們 還有 很多 工作 要 做
shīxiōng āi kuàidiǎn gēnshàng a wǒmen háiyǒu hěnduō gōngzuò yào zuò

呢！
ne

王生 ：我 真的 不行 了，你 看 我 雙手 都 長滿 了
Wángshēng wǒ zhēnde bùxíng le nǐ kàn wǒ shuāngshǒu dōu zhǎngmǎn le

繭，這些 工作 真的 是 太累人 了。
jiǎn zhèxiē gōngzuò zhēnde shì tài lèi rén le

師兄 ：別 抱怨 [36]了，我們 哪 一 個 不是 這樣 做 的 呢？
shīxiōng bié bàoyuàn le wǒmen nǎ yí ge búshì zhèyàng zuò de ne

如果 你 覺得 辛苦，就 回家 去 吧！
rúguǒ nǐ juéde xīnkǔ jiù huíjiā qù ba

（ 王生 心想 ：哎，對 啊！我 幹嘛 這麼 辛苦 呢？還是
Wángshēng xīnxiǎng āi duì a wǒ gànmá zhème xīnkǔ ne háishì

回家 去 吧！）
huíjiā qù ba

---

35. 磨：to grind
mó

36. 抱怨：to complain
bàoyuàn

（這天 傍晚 回到 道觀 後， 王生 看見 有 兩 個 人 在
zhètiān bāngwǎn huídào dàoguàn hòu Wángshēng kànjiàn yǒu liǎng ge rén zài

和 師父 喝酒。）
hàn shīfu hējiǔ

道士：天黑了，我來 讓 室內 亮 一 點 吧！
dàoshì tiān hēi le wǒ lái ràng shì nèi liàng yì diǎn ba

（接著 道士 就 把 一 張 紙 剪 的 像 鏡子 一樣 圓，貼 在
jiēzhe dàoshì jiù bǎ yìzhāng zhǐ jiǎn de xiàng jìngzi yíyàng yuán tiē zài

牆壁 [37] 上。才 一 下 子，那 張 紙 就 變成 了 月亮，
qiángbì shàng cái yí xià zi nà zhāng zhǐ jiù biànchéng le yuèliàng

月光 照耀 [38] 了 整 個 房間，連 桌上 的 飯粒 都 看 得
yuèguāng zhàoyào le zhěng ge fángjiān lián zhuōshàng de fànlì dōu kàn de

清清楚楚 。）
qīngqīngchǔchǔ

客人A：啊！這麼 美好 的 夜色，真是 令人 快樂 呀，不能
kèrén a zhème měihǎo de yèsè zhēnshì lìngrén kuàilè yā bùnéng

不和 大家 一起 同享 [39] 啊！
bùhàn dàjiā yìqǐ tóngxiǎng a

客人B：是 啊！大家 一起 同樂 才 盡興 [40] 嘛！
kèrén shì a dàjiā yìqǐ tónglè cái jìnxìng ma

道士：既然 你們 這麼 說，那 我 就 叫 幾個 徒弟 過來，大家
dàoshì jìrán nǐmen zhème shuō nà wǒ jiù jiào jǐ ge túdì guòlái dàjiā

---

37. 牆壁：wall
   qiángbì

38. 照耀：to shine upon
   zhoàyào

39. 同享：to share
   tóngxiǎng

40. 盡興：to enjoy oneself
   jìnxìng

一起 喝喝 酒。
yìqǐ　hē hē jiǔ

（對著 站 在 一旁 的　王生　師兄弟們　說）徒弟們，過來
duìzhe zhàn zài yìpáng de　Wángshēng shīxiōngdìmen shuō　túdìmen　guò lái

這裡 一起 喝 點 酒 吧！
zhèlǐ　yìqǐ　hē diǎn jiǔ bā

（　王生　和 師兄 們 一起 坐 下 來）
　Wángshēng hàn shīxiōng men　yīqǐ　zuò xià lái

客人Ａ：來，這 壺[41]酒 你們 就 拿去 喝 吧！一定 要 讓 自己
kèrén　　lái　zhè hú jiǔ nǐmen jiù náqù hē ba　yídìng yào ràng　zìjǐ

喝醉[42]啊！
hēzuì　a

（　王生　　心想：那 一 小 壺 酒，一 個 人 都　沒能　喝　上
　Wángshēng xīnxiǎng　nà　yì xiǎo hú jiǔ　yí　ge rén dōu méinéng hē shàng

一 杯，怎麼 可能　讓 大家 喝醉 呢？）
yì　bēi　zěnme kěnéng ràng dàjiā　hēzuì　ne

大師兄：謝謝 大師！來吧，大家 自己 找 酒杯，我們 乾
dà shīxiōng　xièxie dàshī　láiba　dàjiā　zìjǐ　zhǎo jiǔbēi　wǒmen gān

了！
le

二師兄：謝謝 師兄！來，師兄 我 敬[43]你，乾杯[44]！
èr shīxiōng　xièxie shīxiōng　lái　shīxiōng wǒ jìng　nǐ　gānbēi

---

41. 壺：pot
　　hú

42. 喝醉：drunk
　　hēzuì

43. 敬：to hold in reverence
　　jìng

44. 乾杯：cheers
　　gānbēi

（接著 七八 個 師兄弟 就 這樣 來來回回 不停 地 倒酒，
jiēzhe qī bā ge shīxiōngdì jiù zhèyàng láiláihuíhuí bùtíng de dàojiǔ

不停 地 乾杯。）
bùtíng de gānbēi

（ 王生 心想： 師兄 們 每個人 都 喝 了 好 幾 杯 了，
Wángshēng xīnxiǎng shīxiōng men měi ge rén dōu hē le hǎo jǐ bēi le

怎麼 酒壺 裡 的 酒 一 點 都 沒有 減少 呢？ 真是 奇怪
zěnme jiǔ hú lǐ de jiǔ yì diǎn dōu méiyǒu jiǎnshǎo ne zhēnshì qíguài

啊！）
a

客人B： 雖然 有 明月、有 涼風，但 還是 感覺 少 了 點
kèrén suīrán yǒu míngyuè yǒu liángfēng dàn háishì gǎnjué shǎo le diǎn

什麼，要不， 我們 請 嫦娥[45]下來 跟 我們 一起
shénme yàobù wǒmen qǐng Chángé xiàlái gēn wǒmen yìqǐ

喝酒，如何？
hējiǔ rúhé

道士：哈哈，好 啊！我們 就 請 嫦娥 來 一起 喝酒 吧！
dàoshì hāhā hǎo a wǒmen jiù qǐng Chángé lái yìqǐ hējiǔ ba

（道士 說 完，就 把 筷子 丟 向 月亮，接著 一位 美人 就
dàoshì shuō wán jiù bǎ kuàizi diū xiàng yuèliàng jiēzhe yíwèi měirén jiù

從 月亮 裡 走 了 出來。 原本 看 起來 不到 一 公尺 高，
cóng yuèliàng lǐ zǒu le chūlái yuánběn kàn qǐlái búdào yì gōngchǐ gāo

---

45. 嫦娥：Chang E ; the Chinese
cháng é moon goddess

但 到達 地面 以後，竟然 和 一般人 一樣 高 了。美人 有著
dàn dàodá dìmiàn yǐhòu jìngrán hàn yìbānrén yíyàng gāo le měirén yǒuzhe

纖細[46]的 腰 和 秀麗[47]的 脖子，翩翩 地[48]跳 起 舞 來。)
xiānxì de yāo hàn xiùlì de bózi piānpiān de tiào qǐ wǔ lái

嫦 娥 邊跳 邊唱 著：我 在 這裡 快樂 地 跳舞！是 回到 了
Cháng é biāntiào biānchàng zhe wǒ zài zhèlǐ kuàilè de tiàowǔ shì huídào le

人間 呢？還是 我 仍[49]被 幽禁[50]在
rénjiān ne háishì wǒ réng bèi yōujìn zài

月宮 [51] 中 呢？
yuègōng zhōng ne

(歌 唱 完，嫦 娥 便 起身[52] 轉圈 [53]，接著 再 跳到 茶几[54]
gē chàng wán Cháng é biàn qǐshēn zhuǎnquān jiēzhe zài tiàodào chájī

上 ，結果 又 變回 了 筷子。)
shàng jiéguǒ yòu biànhuí le kuàizi

客人A：好 啊！好 啊！跳 得 真美 ！
kèrén hǎo a hǎo a tiào de zhēnměi

客人B：是 啊，歌 也 唱 得 很好，真是 太 開心 了！
kèrén shì a gē yě chàng de hěnhǎo zhēnshì tài kāixīn le

46. 纖細：thin
   xiānxì

47. 秀麗：pretty
   xiòulì

48. 翩翩地 : to dance lightly
   piānpiān de

49. 仍 : still
   réng

50. 幽禁：to confine
   yōujìn

51. 月宮：moon palace
   yuègōng

52. 起身：to get up
   qǐshēn

53. 轉 圈 : to turn around
   zhuǎnquān

54. 茶几：tea table
   chájī

道士：哈哈哈！
dàoshì　　hāhāhā

客人A：今夜 真是 我 最 快樂 的 一夜 了，但 我 已經 沒 辦法
kèrén　　jīnyè zhēnshì wǒ zuì kuàilè de yíyè le　dàn wǒ yǐjīng méi bànfǎ

　　　　再 喝酒 了。我 希望 你們 能 到 月宮 來 為 我
　　　　zài hējiǔ le　wǒ xīwàng nǐmen néng dào yuègōng lái wèi wǒ

　　　　送行 ，可以 嗎？
　　　　sòngxíng　kěyǐ ma

道士：當然 好，我們 走 吧！
dàoshì　dāngrán hǎo　wǒmen zǒu ba

客人B：好 啊，走 吧！
kèrén　　hǎo a　zǒu ba

（於是 三人 漸漸 [55] 走進 月亮 。）
　yúshì sānrén jiànjiàn　zǒujìn yuèliàng

大師兄 ：你們 看，師父 他們 真的 到 月亮 裡去 了。
dà shīxiōng　nǐmen kàn　shīfu tāmen zhēnde dào yuèliàng lǐ qù le

二師兄 ：是 呀，他們 正在 月亮 上 喝酒 呢。
èr shīxiōng　shì yā　tāmen zhèngzài yuèliàng shàng hējiǔ ne

大師兄 ：真是 太 厲害 了，連 他們 的 鬍鬚 [56] 、 眉毛 [57] 都 還
dà shīxiōng　zhēnshì tài lìhài le　lián tāmen de húxū　　méimáo dōu hái

　　　　看得 很 清楚 呢。
　　　　kànde hěn qīngchǔ ne

55. 漸漸：gradually
jiànjiàn

56. 鬍鬚：beard
húxū

57. 眉毛：eyebrows
méimáo

二師兄：是啊，跟在鏡子 中 的 人影 一 樣。
èr shīxiōng　　shì a　　gēn zài jìngzi zhōng de rényǐng yí yàng

（過了半小時）
guò le bàn xiǎo shí

大師兄 ： 月光 漸漸 暗下來了，你們 快去 點 蠟燭[58]。
dà shīxiōng　　yuèguāng jiànjiàn àn xià lái le　　nǐmen kuàiqù diǎn làzhú

二師兄：好的，師兄。
èr shīxiōng　　hǎo de　shīxiōng

（ 等 二 師兄 點 好 蠟燭 後，就 只 剩 道士 一人 獨[59]坐
děng èr shīxiōng diǎn hǎo làzhú hòu　jiù zhǐ shèng dàoshì yì rén dú zuò

在 房間 裡，客人 們 早 已 不見 蹤影[60]了。 桌上 的 菜餚
zài fángjiān lǐ　kèrén men zǎo yǐ bújiàn zōngyǐng le　　zhuōshàng de càiyáo

還在，而 牆壁 上 的 月亮，也 回到 了 原本 紙 的 模
háizài　ér qiángbì shàng de yuèliàng　yě huídào le yuánběn zhǐ de mó-

樣 。）
yàng

道士 問 眾人：大家 酒 喝 夠 了 嗎？
dàoshì wèn zhòngrén　dàjiā jiǔ hē gòu le ma

弟子們：喝 夠 了！
dìzǐ men　hē gòu le

道士：喝 夠 了 就 早點 上床 睡覺 吧！不要 耽誤[61]了
dàoshì　hē gòu le jiù zǎodiǎn shàngchuáng shuìjiào ba　búyào dānwù le

---

58. 蠟燭：candle
　　làzhú

59. 獨：single
　　dú

60. 蹤影：trace
　　zōngyǐng

61. 耽誤：to delay
　　dānwù

明天　砍柴　割草的　工作　了。
míngtiān kǎnchái gēcǎo de gōngzuò le

弟子們：是，師父。
dìzǐ men　shì　shīfu

（　王生　　心想　：原來 師父 這麼 屬害！ 真想　跟 他 一樣
Wángshēng xīnxiǎng yuánlái shīfu zhème lìhài zhēnxiǎng gēn tā yíyàng

會 這麼 多 屬害 的 法術，我 還是 不要 回家 好 了，再 待
huì zhème duō lìhài de fǎshù wǒ háishì búyào huíjiā hǎo le zài dāi

一下 吧！）
yíxià ba

（時間 又 過了 一個 月）
shíjiān yòu guòle yíge yuè

王生：哎，這樣 的 生活 實在 是 太累、太 辛苦 了，
Wángshēng āi zhèyàng de shēnghuó shízài shì tài lèi tài xīnkǔ le

我 真的 沒有 辦法 再 繼續 這樣　工作　了。
Wǒ zhēnde méiyǒu bànfǎ zài jìxù zhèyàng gōngzuò le

師兄：那 你 就 快 回家 去 享受 吧！這裡 不 適合 你，你
shīxiōng nà nǐ jiù kuài huíjiā qù xiǎngshòu ba zhèlǐ bú shìhé nǐ nǐ

還是 別 留下 來，快 走 吧。
háishì bié liú xià lái kuài zǒu ba

王生：我 也 想　回家 啊，但 師父 都 不 教 我 道術，我
Wángshēng Wǒ yě xiǎng huíjiā a dàn shīfu dōu bù jiāo wǒ dàoshù wǒ

實在 不 甘心[62]啊！對 了，我 現在 就 直接 去 請
shízài bù gānxīn a duì le wǒ xiànzài jiù zhíjiē qù qǐng

師父 教 我 吧！
shīfu jiāo wǒ ba

師兄 ：哈哈哈！你 才 來 多久，就 想 學 道術？算 了，隨
shīxiōng hāhāhā nǐ cái lái duōjiǔ jiù xiǎng xué dàoshù suàn le suí

你 吧[63]！
nǐ ba

王生 ：你們 別 笑 我，我 這 就 去 找 師父。
Wángshēng nǐmen bié xiào wǒ wǒ zhè jiù qù zhǎo shīfu

（ 王生 來到 師父 的 房間 ）
Wángshēng láidào shīfu de fángjiān

王生 ：師父 啊，我 沒有 辦法 再 過 這樣 的 生活 了，
Wángshēng shīfu a wǒ méiyǒu bànfǎ zài guò zhèyàng de shēnghuó le

我 想要 回家。
wǒ xiǎngyào huíjiā

道士 ：好 吧，你 就 回家 吧！
dàoshì hǎo ba nǐ jiù huíjiā ba

王生 ：但 我 從 那麼 遠 的 地方 來 向 您 學習，縱使[64]
Wángshēng dàn wǒ cóng nàme yuǎn de dìfāng lái xiàng nín xuéxí zòngshǐ

不能 求得 長生 不老，也 總要 教 我 點 簡單
bùnéng qiúdé chángshēng bùlǎo yě zǒngyào jiāo wǒ diǎn jiǎndān

---

62. 不甘心：not reconciled to
　　bùgānxīn

63. 隨你吧：whatever
　　suí nǐ ba

64. 縱使：even if
　　zòngshǐ

的 吧？我 都 來 這裡 三 個 月 了，天天 都　上山
de ba　　wǒ dōu lái zhèlǐ sān ge yuè le　tiāntiān dōu shàngshān

砍柴，累 死 人 了。
kǎnchái　lèi sǐ rén le

道士 笑 說：我 早就 跟 你 說 你 不能 吃苦 了。好 吧，你
dàoshì xiào shuō　　wǒ zǎojiù gēn nǐ shuō nǐ bùnéng chīkǔ le　hǎo ba　　nǐ

明天 一 早 就 離開 吧。
míngtiān yì zǎo jiù líkāi ba

王生　：可是，師父，我 都　工作　這麼 久 了，您 就 教 我
Wángshēng　kěshì　　shīfu　wǒ dōu gōngzuò zhème jiǔ le　　nín jiù jiāo wǒ

一 點 小 法術 吧？讓 我 回去 前 至少[65]也 學 點
yì diǎn xiǎo fǎshù ba　ràng wǒ huíqù qián zhìshǎo yě xué diǎn

東西 吧！
dōngxi ba

道士：好吧，你 想 學 什麼樣 的 法術？
dàoshì　hǎoba　　nǐ xiǎng xué shénmeyàng de fǎ shù

王生　：我 想 學「穿 牆 術」。因為 我 看 您 走路 時，
Wángshēng　wǒ xiǎng xué chuān qiáng shù　　yīnwèi wǒ kàn nín zǒulù shí

遇到 牆壁，都 直接 穿[66]過去，完全 不 迴避[67]，
yùdào qiángbì dōu zhíjiē chuān guòqù　wánquán bù huíbì

我 就 想 學 這個 法術。
wǒ jiù xiǎng xué zhège fǎshù

---

65. 至少：at least
zhìshǎo

66. 穿 ：to pierce through
chuān

67. 迴避：to duck
huíbì

道士：哈哈！好啊，就 教 你 這個 吧。
dàoshì hāhā hǎoa jiù jiāo nǐ zhège ba

王生 ：真是 太 謝謝 師父 了！
Wángshēng zhēnshì tài xièxie shīfu le

道士：來，來 牆壁 這。你 要 通過 牆壁 時，只要 唸 這個
dàoshì lái lái qiángbì zhè nǐ yào tōngguò qiángbì shí zhǐyào niàn zhège

咒語，唸 完 之後 再 大聲 地 說 ：「進入！」就
zhòuyǔ niàn wán zhīhòu zài dàshēng de shuō jìnrù jiù

可以 了。
kěyǐ le

王生 ：好。急急如律令！進入！哎，不 行 啊 師父，我 不
Wángshēng hǎo jí jí rú lǜ lìng jìnrù āi bù xíng a shīfu wǒ bù

敢 進去。
gǎn jìnqù

道士：你 再 試試 看！
dàoshì nǐ zài shì shì kàn

（ 王生 慢慢 地 走近 牆壁，但 到了 牆邊 又 停 了 下
Wángshēng mànmàn de zǒujìn qiángbì dàn dàole qiángbiān yòu tíng le xià

來。）
lái

王生 ：我 不會 啊！師父。
Wángshēng wǒ bú huì a shīfu

道士：你 低 著 頭，快速 進入，不要 猶豫 不決[68]！做 就
dàoshì nǐ dī zhe tóu kuàisù jìnrù búyào yóuyù bùjué zuò jiù

68. 猶豫不決：to hesitate
yóuyù bùjué

對了！
duìle

王生　：好的，師父，我試試看！
Wángshēng　hǎode　shīfu　wǒ shì shì kàn

（　王生　離開 牆壁 幾步，奔跑 進入 牆壁。）
Wángshēng líkāi qiángbì jǐ bù　bēnpǎo jìnrù qiángbì

王生　：急急如律令！進入！
Wángshēng　jí jí rú lù lìng　jìnrù

（　王生　遇到 牆壁，真的 像 沒 有 東西 一 樣，什麼 都
Wángshēng yùdào qiángbì zhēnde xiàng méi yǒu dōngxi yí yàng　shénme dōu

沒有 碰到[69]。）
méiyǒu pèngdào

王生　：哇！我 真的 在 牆 外 面 了，真是 太 神奇 了！
Wángshēng　wa　wǒ zhēnde zài qiáng wài miàn le　zhēnshì tài shénqí le

我 學會 了！我 要 趕緊[70] 向 師父 道謝。
wǒ xuéhuì le　wǒ yào gǎnjǐn　xiàng shīfu dàoxiè

（回到 師父 的 房間 ）
huídào shīfu de fángjiān

王生　：師父，真的 太 謝謝 您 的 教導 了。
Wángshēng　shīfu　zhēnde tài xièxie nín de jiàodǎo le

道士：嗯，不 客 氣，但 你 回到 家　一定 要 保持 良善 的
dàoshì　en　bú kè qì　dàn nǐ huídào jiā　yídìng yào bǎochí liángshàn de

---

69. 碰到：to meet
pèngdào

70. 趕緊：hurry
gǎnjǐn

心，否則 就 不 靈驗 [71] 了。
xīn fǒuzé jiù bù língyàn le

王生 ：我 知道 了，謝謝 師父。
Wángshēng wǒ zhīdào le xièxie shīfu

道士：這點 小錢 就 給 你 當作 回家 的 旅費 吧！
dàoshì zhèdiǎn xiǎoqián jiù gěi nǐ dāngzuò huíjiā de lǚfèi ba

王生 ：謝謝 師父 的 幫忙 。
Wángshēng xièxie shīfu de bāngmáng

（ 王生 回到 家）
Wángshēng huídào jiā

王生 ：親愛的 老婆！親愛的 老婆！我 回來 了！
Wángshēng qīnài de lǎopó qīnài de lǎopó wǒ huílái le

王妻 ：哼，你 終於 知道 回來 了！說 什麼 一、 兩 個月，
Wángqī hēng nǐ zhōngyú zhīdào huílái le shuō shénme yì liǎng ge yuè

現在 都 三個 多 月 了，我 還 以為 你 不 回來 了呢！
xiànzài dōu sānge duō yuè le wǒ hái yǐwéi nǐ bù huílái le ne

王生 ：哈哈！怎麼 會 呢，我 跟 妳 說，我 遇到 神仙 [72]
Wángshēng hāhā zěnme huì ne wǒ gēn nǐ shuō wǒ yù dào shénxiān

了！
le

王妻 ：喔？是 嗎？
Wángqī ō shì ma

---

71. 靈驗：efficacious
   língyàn

72. 神仙：god
   shénxiān

王生 Wángshēng：對啊！我還拜他為師，他教了我一個很厲害
duì a　wǒ hái bài tā wéi shī　tā jiāo le wǒ yíge hěn lìhài

的 法術 喔！再 堅固[73]的 牆壁 都 無法 阻擋[74]我 了
de fǎshù ō　zài jiāngù de qiángbì dōu wúfǎ zǔdǎng wǒ le

啦！哇 哈哈！
la　wa hāhā

王妻 Wángqī：哈哈哈！我 才 不 相信 你 呢！
hāhāhā　wǒ cái bù xiāngxìn nǐ ne

王生 Wángshēng：哼！不 相信？我 就　穿牆　給 妳 看！妳 看好！
hēng bù xiāngxìn　wǒ jiù chuānqiáng gěi nǐ kàn　nǐ kànhǎo

（　王生　走到　牆邊，大喊 著 咒語，低頭 快速 向　牆壁
Wángshēng zǒudào qiángbiān　dàhǎn zhe zhòuyǔ　dītóu kuàisù xiàng qiángbì

奔跑。）
bēnpǎo

王生 Wángshēng：急急 如 律 令！進入！哎唷！痛 死 我 啦！
jí jí rú lǜ lìng　jìnrù　aīyō　tòng sǐ wǒ la

（結果　王生　的 頭部 直接　撞到　堅硬 的 牆壁，猛然[75]
jiéguǒ Wángshēng de tóubù zhíjiē zhuàngdào jiānyìng de qiángbì　měngrán

跌倒 在 地。）
diédǎo zài dì

王妻 Wángqī：哈哈哈哈！來，我 看看 你 的 頭。天 啊，腫[76] 了
hāhāhāhā　lái　wǒ kànkàn nǐ de tóu tiān a　zhǒng　le

73. 堅固：firm and solid jiāngù	75. 猛然：suddenly; abruptly měngrán
74. 阻擋：to stop zǔdǎng	76. 腫：swollen zhǒng

一個 大 包，就 像 一顆 雞蛋 一樣。太 好笑 了！還
yíge dà bāo jiù xiàng yìkē jīdàn yíyàng tài hǎoxiào le hái

說 你 遇到 神仙 呢，少 騙人 了！
shuō nǐ yùdào shénxiān ne shǎo piànrén le

王生 Wángshēng ：可惡的 老 頭子！哼！根本 就是 個 江湖 郎中[77]！
kě wù de lǎo tóuzi hēng gēnběn jiùshì ge jiānghú lángzhōng

太 爛 了！一 點 良心 都 沒有！害 我 撞了 一個
tài làn le yì diǎn liángxīn dōu méiyǒu hài wǒ zhuàngle yíge

大包！再 讓 我 遇到 我 鐵定[78]不 饒[79]他！
dàbāo zài ràng wǒ yùdào wǒ tiědìng bù ráo tā

思考題
sīkǎotí

1. 如果這個世界上有神奇的法術，你會想學會什麼樣的法術
   呢？為什麼？

2. 你覺得，如果王生繼續堅持下去，會不會也能像老道士一樣
   厲害呢？為什麼？

3. 你覺得，王生回家後，施行法術卻失敗的原因是什麼？

4. 當你想學習一樣技能時，你會用什麼樣的方法學習呢？然
   後，你覺得用什麼樣的態度來學習才是對的呢？

---

77. 江湖 郎中：doctor
    jiānghú lángzhōng

78. 鐵定：nalterable; firm
    tiědìng

79. 饒：to forgive
    ráo

⑥【傷 仲永】
shāng Zhòngyǒng

（在 中國 江西¹有一個五歲的小孩， 名叫 方
zài Zhōngguó Jiāngxī yǒu yí ge wǔ suì de xiǎohái míngjiào Fāng

仲永 ，他們 家 世 世 代 代 都 以 耕田² 為 生 ，家族 裡 的
Zhòngyǒng tāmen jiā shìshì dàidài dōu yǐ gēngtián wéishēng jiāzú lǐ de

人 都 沒 讀過 書。）
rén dōu méi dúguò shū

（有 一 天 ，方 仲永 突然 哭著 向 爸爸 要 紙 和 筆。）
yǒu yì tiān Fāng Zhòngyǒng tūrán kūzhe xiàng bàba yào zhǐ hàn bǐ

方 仲永 ：嗚 嗚 嗚，爸爸，我 要 文具³！給 我 文具，我
Fāng Zhòngyǒng wū wū wū bàba wǒ yào wénjù gěi wǒ wénjù wǒ

要 寫字！
yào xiězì

方 爸爸：你 要 文具 做 什麼？你 才 五 歲，又 沒 上 過
Fāng bàba nǐ yào wénjù zuò shénme nǐ cái wǔ suì yòu méi shàng guò

學，寫 什 麼 字？
xué xiě shén me zì

方 仲永 ：嗚 嗚 嗚，爸爸，我 真的 好 想 要 文具 啊，
Fāng Zhòngyǒng wū wū wū bàba wǒ zhēnde hǎo xiǎng yào wénjù a

1. 江西：Jiangxi province of China
   Jiāngxī

2. 耕田：to cultivate soil; to till
   gēngtián fields

3. 文具：stationery
   wénjù

給 我 文具！
gěi wǒ wénjù

方 爸爸：好 好 好，你 不哭，你 說說 看，要 哪 些 文具？
Fāng bàba　　hǎo hǎo hǎo　　nǐ bù kū　　nǐ shuōshuō kàn　yào nǎ xiē wénjù

方 　仲永　：爸爸，我 要 文房 四寶[4]，也 就是 筆、墨、
Fāng Zhòngyǒng　　bàba　　wǒ yào wénfáng sì bǎo　　yě jiùshì bǐ　　mò

紙、硯[5]。
zhǐ　yàn

方 爸爸：你 是 說 毛筆、墨汁、宣紙 跟 硯台 嗎？
Fāng bàba　　nǐ shì shuō máobǐ　　mòzhī　xuānzhǐ gēn yàntái ma

方 　仲永　：對，爸爸，你 可以 買 給 我 嗎？我 真的 很
Fāng Zhòngyǒng　duì　　bàba　　nǐ kěyǐ mǎi gěi wǒ ma　　wǒ zhēnde hěn

想 要。
xiǎng yào

方 爸爸：好 好 好，你 別 哭 了，我 沒 錢 買給 你，那 我 去
Fāng bàba　　hǎo hǎo hǎo　　nǐ bié kū le　　wǒ méi qián mǎigěi nǐ　　nà wǒ qù

跟 王 先生 借借 看 吧。
gēn Wáng xiānsheng jiè jiè kàn ba

（ 方 爸爸 到 村 中 少數 的 讀書 人家—— 王 先生
Fāng bàba dào cūn zhōng shǎoshù de dúshū rénjiā　　Wáng xiānsheng

家，借 文具。 ）
jiā　jiè wénjù

| 4. 文房四寶
wénfáng sì bǎo : the four treasures of the study | 5. 筆墨紙硯
bǐ mò zhǐ yàn : writing brush; ink stick; ink slab and paper |

方爸爸 王　先生　，您好。不好 意思，突然 來 打擾[6]您。
Fāng bàba　Wáng xiānsheng　nínhǎo bùhǎo yìsi　tūrán lái dǎrǎo nín

是 這 樣 的，我家 仲永 早上 起床，就
shì zhè yàng de　wǒ jiā Zhòngyǒng zǎoshàng qǐchuáng　jiù

一直 吵著 要 文房 四寶。不 知道 方 不 方便
yìzhí chǎozhe yào wénfáng sì bǎo　bù zhīdào fāng bù fāngbiàn

跟 您 借 您的 文具，就 借 一 下下，我 馬上 拿 來
gēn nín jiè nín de wénjù　jiù jiè yí xiàxià　wǒ mǎshàng ná lái

還，好嗎？
huán　hǎo ma

王書生 ： 仲永 不是 才 五 歲嗎？怎麼 會 吵著 要
Wángshūshēng　Zhòngyǒng búshì cái wǔ suì ma　zěn me huì chǎozhe yào

文具呢？
wénjù ne

方爸爸：是 啊，我 也 覺得 奇怪，一 整 個 早上 一直
Fāng bàba　shì a　wǒ yě juéde qíguài　yì zhěng ge zǎoshàng yìzhí

哭著 跟我 要，怎麼 哄[7] 都 不行，直到 我 說 要
kūzhe gēnwǒ yào　zěnme hǒng dōu bùxíng zhídào wǒ shuō yào

來 跟 您 借，他 才 不哭，您 說 奇怪 不奇怪！
lái gēn nín jiè　tā cái bù kū　nín shuō qíguài bù qíguài

王書生 ：這樣子 啊，好 吧，既然 孩子 有 興趣，就 借 給
Wángshūshēng　zhèyàngzi a　hǎo ba　jìrán háizi yǒu xìngqù jiù jiè gěi

---

6. 打擾：to disturb
　 dǎroǎ

7. 哄 ：to keep a child in good
　 hǒng　humor

他 玩玩 吧！
tā wánwan ba

方爸爸：謝謝 您的 幫忙 ！
Fāng bàba　xièxie nín de bāngmáng

（ 方 爸爸 回到 家 ）
Fāng bàba huídào jiā

方爸爸：來， 仲永 ，這就 是 你 要 的 文房 四寶 。
Fāng bàba　lái　Zhòngyǒng　zhè jiù shì nǐ yào de wénfáng sì bǎo

方 仲永 ：謝謝 爸爸，謝謝 爸爸！
Fāng Zhòngyǒng　xièxie bàba　xièxie bàba

方爸爸：不客氣，你 可要 小心 地 使用 啊。
Fāng bàba　bú kè qì　nǐ kě yào xiǎoxīn de shǐyòng a

（ 仲永 拿到 文房 四寶 後，立即 在 硯台 上 磨[8]了墨，
Zhòngyǒng nádào wénfáng sìbǎo hòu　lìjí　zài yàntái shàng mó le mò

攤開[9]了紙，用 毛筆 沾 滿[10]了墨汁，寫下 了 一 首 詩，並
tānkāi le zhǐ　yòng máobǐ zhān mǎn le mòzhī　xiě xià le yì shǒu shī bìng

在 角落[11]簽 上 了自己的 名字。）
zài jiǎoluò qiān shàng le　zìjǐ de míngzi

方 仲永 ：爸爸，您看，這是 我 想 出來 的 詩句[12]。
Fāng Zhòngyǒng　bàba　nín kàn　zhèshì wǒ xiǎng chūlái de shījù

---

8. 磨：to rub
mó

9. 攤開：to spread out
tānkāi

10. 沾 滿：to covered in
zhānmǎn

11. 角落：corner
jiǎoluò

12. 詩句：verse
shījù

神怪及傳奇
shén guài jí chúan qí

方爸爸：天 啊！兒子，你 怎 麼 會 作 詩？而且 還 能 將
Fāng bàba   tiān a   érzi   nǐ zěn me huì zuò shī   érqiě hái néng jiāng

自己 的 名字 寫得 如此 端正 [13]，太 厲害 了！
zìjǐ de míngzi xiěde rúcǐ duānzhèng   tài lìhài le

方 仲永 ：嘻嘻，謝謝 爸爸 的 稱讚 [14]。
Fāng Zhòngyǒng   xīxī   xièxie bàba de chēngzàn

方爸爸：爸爸 看 不 懂 你 寫 些 什麼 ，我 拿去 給 王
Fāng bàba   bàba kàn bù dǒng nǐ xiě xiē shénme   wǒ náqù gěi Wáng

書生 看看！
shūshēng kànkan

（到 了 王 書生 家）
dàole wáng shūshēng jiā

方爸爸： 王 先生 ！ 王 先生 ！我 拿 文具 回去 後，
Fāng bàba   Wáng xiānsheng Wáng xiānsheng wǒ ná wénjù huíqù hòu

仲永 就 寫 了 起 來，您 看，這是 仲永 寫 的
Zhòngyǒng jiù xiě le qǐ lái nín kàn zhèshì Zhòngyǒng xiě de

詩，上 頭 還 提上 了 他 的 名字 呢！
shī shàng tou hái tíshàng le tā de míngzi ne

王書生 ：什麼？怎麼 可能，快 給 我 看看！
Wángshūshēng shénme zěn me kěnéng kuài gěi wǒ kànkan

（ 王書生 仔細 地 讀 了 幾 遍 方 仲永 所寫 的 詩，
Wángshūshēng zǐxì de dú le jǐ biàn Fāng Zhòngyǒng suǒ xiě de shī

13. 端 正 : proper; correct
   duānzhèng

14. 稱 讚 : to praise
   chēngzàn

98

非常 驚訝。）
fēicháng jīngyà

王書生：這詩 寫得 可 真好 ，才 五 歲 的 孩子，竟然
Wángshūshēng　zhèshī xiěde kě zhēnhǎo　cái wǔ suì de háizi　jīngrán

能 寫出 這樣 的 詩，實在 太 了不起 了。
néng xiěchū zhèyàng de shī　shízài tài liǎobùqǐ le

方爸爸：王 先生 ，請問 仲永 寫了些 什麼 呢？
Fāng bàba　Wáng xiānsheng　qǐngwèn Zhòngyǒng xiě le xiē shén me ne

王書生：這 首 詩 的 內容 很 有 意思，他 說 做人
Wángshūshēng　zhè shǒu shī de nèiróng hěn yǒu yìsi　tā shuō zuò rén

應該 要 奉養[15]父母，要 報答 父母 的 養育[16]
yīnggāi yào fèngyàng　fùmǔ　yào bàodá fùmǔ de yǎngyù

之 恩，而且 還要 敦 親 睦 鄰[17]，對 自己 的
zhī ēn　érqiě háiyào dūn qīn mù lín　duì zìjǐ de

親人、族人，也 要 相互 尊敬[18]， 上下 一
qīnrén　zúrén　yě yào xiānghù zūnjìng　shàngxià yì

心，團結 一致 才是。 真是 好詩、好詩！ 方
xīn　tuánjié yízhì cái shì　zhēnshì hǎoshī　hǎoshī　Fāng

伯父， 仲永 這 首 詩 寫 得 真的 不錯，我
bófù　Zhòngyǒng zhè shǒu shī xiě de zhēnde búcuò　wǒ

---

15. 奉養 ：to support and wait
　　fèngyàng　　upon(one's parents)

16. 養育 ：to bring up
　　yǎngyù

17. 敦親睦鄰 ：to keep up good
　　dūnqīnmùlín　　relations with
　　　　　　　　　neighboring countries

18. 尊敬 ：respect
　　zūnjìng

想 將 這首 詩 傳給 鄉裡 的 讀書人看，不
xiǎng jiāng zhèshǒu shī chuángěi xiānglǐ de dúshūrén kàn　bù

知道 可以 不 可以 ？
zhīdào kěyǐ bù　kěyǐ

方 爸爸：哈哈哈！當然 沒 問題啦！這是 我 們 的 榮幸 [19]。
Fāng bàba　　hāhāhā　　dāngrán méi wèntí la　　zhèshì wǒ men de róngxìng

（從此 以 後， 仲永 就 成 了 大 名 人。家 門口 來了
cóngcǐ yǐ hòu　Zhòngyǒng jiù chéng le dà míng rén　jiā ménkǒu láile

好 多 人，大家 都 想 看看 這個 小 天才。來 看 仲永
hǎo duō rén　dàjiā dōu xiǎng kànkàn zhège xiǎo tiāncái　lái kàn Zhòngyǒng

的 人，都 想看 仲永 當場 作詩，於是 都 會 考考
de rén　dōu xiǎngkàn Zhòngyǒng dāngchǎng zuòshī　yúshì dōu huì kǎokǎo

他，請 他 以 某 個 東西 為 主題來 作 詩。結果， 仲永
tā　qǐng tā yǐ mǒu ge dōngxi wéi zhǔtí lái zuò shī　jiéguǒ　Zhòngyǒng

總是 能 立即 完成 ，而且 文字 漂亮 ，內容 豐富，令人
zǒngshì néng lìjí wánchéng　érqiě wénzì piàoliàng　nèiróng fēngfù lìngrén

驚豔 。）
jīngyàn

（有 一 天， 方 爸爸 到 街上 買 東西， 剛好 遇到 了 鄉里
yǒu yì tiān　Fāng bàba dào jiēshàng mǎi dōngxi　gānghǎo yùdào le xiānglǐ

的 有 錢 人 謝 先生 。）
de yǒu qián rén Xiè xiānsheng

---

19. 榮 幸 ：to be honored
　　róngxìng

謝　先生：這 不 是 方　仲永　的 爸爸 嗎？方　先生　！
Xiè xiānsheng　zhè bú shì Fāng Zhòngyǒng de bàba ma Fāng xiānsheng

　　　　　方　先生　！
　　　　　Fāng xiānsheng

方 爸爸：啊，謝　先生　，您好 啊。
Fāng bàba　ā　Xiè xiānsheng　nínhǎo a

謝　先生：方　先生　，聽說 你們 家 孩子，五 歲 就 會 寫
Xiè xiānsheng　Fāng xiānsheng　tīngshuō nǐmen jiā háizi　wǔ suì jiù huì xiě

　　　　　自己 的 名字，還 會 作 詩，這 是 真的 嗎？
　　　　　zìjǐ de míngzi　hái huì zuò shī　zhè shì zhēnde ma

方 爸爸：哈哈，是 啊！您 也 聽說 了 嗎？
Fāng bàba　hāhā　shì a　nín yě tīngshuō le ma

謝　先生：對 啊，這件 事 早 就 傳開 了，你 的 兒子 真是
Xiè xiānsheng　duì a　zhèjiàn shì zǎo jiù chuánkāi le　nǐ de érzi zhēnshì

　　　　　太 優秀 了，來 來 來，來 我 家 做客 吧！順便
　　　　　tài yōuxiù le　lái lái lái　lái wǒ jiā zuòkè ba　shùnbiàn

　　　　　給我 講講 你 到底 怎麼 教 你 的 兒子 的。
　　　　　gěi wǒ jiǎngjiǎng nǐ dàodǐ zěnme jiāo nǐ de érzi de

方 爸爸：啊，不 用 了、不 用 了，我 根本 沒有 教 他 啊！
Fāng bàba　ā　bú yòng le　bú yòng le　wǒ gēnběn méiyǒu jiāo tā a

謝　先生：哈哈，你 不 要 這麼 謙虛[20]，你 一定 有 什麼
Xiè xiānsheng　hāhā　nǐ bú yào zhème qiānxū　nǐ yídìng yǒu shén me

---

20. 謙虛：modest; self-effacing
　　 qiānxū

祕訣²¹吧？沒關係，來我家，邊吃點心 邊聊
mìjué ba méiguānxi lái wǒ jiā biān chī diǎnxīn biān liáo

吧！（ 抓著 方爸爸 往 謝家走）
ba zhuāzhe Fāng bàba wǎng Xiè jiā zǒu

方爸爸：真的 不 用 了，我 真的 沒 什麼 祕訣 啊！（ 慌
Fāng bàba zhēnde bú yòng le wǒ zhēnde méi shénme mìjué a huāng

張 地 說 ）
zhāng de shuō

謝 先生：別客氣了，我 們 走吧！
Xiè xiānsheng bié kè qì le wǒ men zǒu ba

（到了謝家）
dàole Xiè jiā

謝 先生：來人，把 最 好 的 茶 和 點心 拿 出來，今天
Xiè xiānsheng lái rén bǎ zuì hǎo de chá hàn diǎnxīn ná chūlái jīntiān

來了貴客，別 怠慢²²了！
láile guìkè bié dàimàn le

謝家婢女：是，老爺。
Xiè jiā bìnǚ shì lǎo yé

方爸爸：啊……真是 不好意思，還 讓 您 大費 周章²³。
Fāng bàba ā zhēnshì bùhǎoyìsi hái ràng nín dà fèi zhōuzhāng

謝 先生：別客氣了，快 請 用 吧！
Xiè xiānsheng bié kè qì le kuài qǐng yòng ba

---

21. 祕訣：secret (of success)
   mìjué

22. 怠慢：sligjt
   dàimàn

23. 大費周章：to take great pains
   dàfèi zhōuzhāng

方 爸爸 ：那 我 就 不 客 氣 了。嗯！這 茶 真 好喝 呢，點心
Fāng bàba　　nà wǒ jiù bú kè qì le　ēn　zhè chá zhēn hǎohē ne　diǎnxīn

也 好好 吃 啊。
yě hǎohǎo chī a

謝　先生 ：你 喜歡 就 好，那 請問 你 到底 是 怎麼 教　仲
Xiè xiānsheng　nǐ xǐhuān jiù hǎo　nà qǐngwèn nǐ dàodǐ shì zěnme jiāo Zhòng

永 讀書的 呢？我 的 兒子 七 歲 了 還是 不 會 寫
yǒng dúshū de ne　wǒ de érzi qī suì le hái shì bú huì xiě

自己 的 名字 啊！
zìjǐ　de míngzi a

方 爸爸 ：其 實 我 也 覺得 很 神奇！您 看，我 只 是 個
Fāng bàba　qí shí wǒ yě juéde hěn shénqí　nín kàn　wǒ zhǐ shì ge

農夫，沒 讀過 書，根本 就 不 識字[24]，如何 能教
nóngfū méi dúguò shū gēnběn jiù bú shìzì　rúhé néngjiāo

仲永　寫字？真 搞 不 懂 他 是 怎麼 會 的，
Zhòngyǒng xiězì　zhēn gǎo bù dǒng tā shì zěnme huì de

實在 抱歉，我 真的 沒 有 什 麼 祕訣。
shízài bàoqiàn　wǒ zhēnde méi yǒu shén me mìjué

謝　先生 ：啊……這 樣子 啊！哎，還 以為 能 找到 讓 我
Xiè xiānsheng　ā　zhè yàngzi a　āi　hái yǐwéi néng zhǎodào ràng wǒ

家 兒子 認真 學習 的 方法 呢。
jiā érzi rènzhēn xuéxí de fāngfǎ ne

---

24. 識字：become literate
　　shìzì

方爸爸：我 想 時間 到了，孩子 就會 自己 想 學 的！只是
Fāng bàba　wǒ xiǎng shíjiān dàole　háizi jiùhuì zìjǐ xiǎng xué de　zhǐshì

我們 家 仲永 提早了點。
wǒmen jiā Zhòngyǒng tízǎo le diǎn

謝 先生：也 是。對了！可以 給我 看看 仲永 寫 的 詩
Xiè xiānsheng　yě shì　duìle　kěyǐ gěiwǒ kànkàn Zhòngyǒng xiě de shī

嗎？
ma

方爸爸：好 啊！好 啊！我 最近 都 隨身 攜帶[25]著，因為
Fāng bàba　hǎo a　hǎo a　wǒ zuìjìn dōu suíshēn xīdài zhe　yīnwèi

太多人 想 看 了。
tàiduōrénxiǎng kàn le

謝 先生：謝謝，嗯……這些 真的 是 好詩，實在 不像
Xiè xiānsheng　xièxic en　zhèxiē zhēnde shì hǎoshī　shízài búxiàng

一 個 五歲 小孩 會 做 的 詩，寫 的 甚至 比 我
yí ge wǔ suì xiǎohái huì zuò de shī　xiě de shènzhì bǐ wǒ

還好！
háihǎo

方爸爸：哈哈哈，您 過獎 了！
Fāng bàba　hāhāhā　nín guòjiǎng le

謝 先生：不，這 真的 是 非常 好 的 詩，連字 都 寫得
Xiè xiānsheng　bù　zhè zhēnde shì fēicháng hǎo de shī　lián zì dōu xiěde

---

25. 攜帶：to carry
　　xīdài

104

很 美，很 工整²⁶。哎，我 實在 是 自嘆不如²⁷
hěn měi　hěn gōngzhěng　　āi　wǒ shízài shì zì tàn bù rú

啊！
a

方 爸爸：真的 有 這麼 好 嗎？
Fāng bàba　　zhēnde yǒu zhème hǎo ma

謝　先生：是 啊！我 可以 跟 你 買下 這些 詩 嗎？我　想
Xiè xiānsheng　shì　a　wǒ kěyǐ gēn nǐ mǎixià zhèxiē shī ma　wǒ xiǎng

好好 地研究 研究。
hǎohǎo de yánjiù yánjiù

方 爸爸：您 願意 花 錢 買？當然 好 啊！
Fāng bàba　　nín yuànyì huā qián mǎi dāngrán hǎo　a

謝　先生：您 願意 賣 嗎？太 好 了，謝謝。
Xiè xiānsheng　nín yuànyì mài ma　　tài hǎo le　　xièxie

方 爸爸：哪裡 哪裡，我 才 要 謝謝 您 的 賞識²⁸。
Fāng bàba　　nǎlǐ　nǎlǐ　wǒ cái yào xièxie nín de shǎngshì

（過了 兩 天，有 位 僕人 到了 方　仲永　家）
guòle liǎng tiān yǒu wèi púrén dàole Fāng Zhòngyǒng jiā

僕人：方　先生 您好，我 是 隔壁²⁹ 城 李 先生 家 的，
púrén　Fāng xiānsheng nínhǎo　wǒ shì gé bì　chéng Lǐ xiānsheng jiā de

---

26. 工 整 : careful and neat
　　gōngzhěng

27. 自嘆不如 : to consider oneself as
　　zìtàn bùrú　being not as good as
　　　　　　the others

28. 賞識 : recognize the worth of;
　　shǎngshì　appreciate

29. 隔壁 : next door
　　gébì

105

李 先生　想　邀請 您跟　仲永　到家裡作客。
Lǐ xiānsheng xiǎng yāoqǐng nín gēn Zhòngyǒng dào jiālǐ zuòkè

方爸爸：李 家 的 人？該 不 會 是 那 位 大 學士 吧？怎 麼
Fāng bàba　Lǐ jiā de rén gāi bú huì shì nà wèi dà xuéshì ba zěn me

突然 想 邀 請 我 們 呢？
tūrán xiǎng yāo qǐng wǒ men ne

僕人：因為 我們 大人 聽聞³⁰了您 到 謝 先生　家 作客 的
púrén yīnwèi wǒmen dàrén tīngwén le nín dào Xiè xiānsheng jiā zuòkè de

事，也 想 請 您 及　仲永　到 家裡 坐坐。不 知道 您
shì yě xiǎng qǐng nín jí Zhòngyǒng dào jiālǐ zuòzuò bù zhīdào nín

什 麼 時候 比較 方便 ？
shén me shíhòu bǐ jiào fāngbiàn

方爸爸：我們 現在 就 有空 ，　仲永　，我們 走 吧。
Fāng bàba wǒmen xiànzài jiù yǒukòng Zhòngyǒng wǒmen zǒu ba

方　仲永：好 的，爸爸。
Fāng Zhòngyǒng hǎo de bàba

（到了李 先生　家）
dàole Lǐ xiānsheng jiā

李 先生：歡迎！歡迎！ 仲永　啊，你 真是 厲害，
Lǐ xiānsheng huānyíng huānyíng Zhòngyǒng a nǐ zhēnshì lìhài

這麼 小 就 會 寫 詩！了不起，了不起。來人，
zhème xiǎo jiù huì xiě shī liǎobùqǐ liǎobùqǐ láirén

---

30. 聽聞：to hear (sth said)
　　tīngwén

準備　點 好吃 的、好喝 的 來 招待[31] 方　先生
zhǔnbèi diǎn hǎochī de　 hǎohē de lái zhāodài Fāng xiānsheng

跟　仲永　。
gēn Zhòngyǒng

方 爸爸：哪裡 哪裡，謝謝 您，　仲永　，快 打招呼。
Fāng bàba　　nǎ lǐ nǎ lǐ　xièxie nín　Zhòngyǒng　kuài dǎzhāohū

方　仲永　：李 叔叔，您好。
Fāng Zhòngyǒng　Lǐ shūshu　nínhǎo

李　先生：好乖，來，　仲永　，叔叔 也 想　請 你 寫　首
Lǐ xiānsheng　hǎoguāi　lái　Zhòngyǒng　shūshu yě xiǎng qǐng nǐ xiě shǒu

詩，可以 嗎？
shī　 kěyǐ ma

方　仲永　：好 啊，叔叔 希望 我 作 什麼 詩 呢？
Fāng Zhòngyǒng　hǎo a　shūshu xīwàng wǒ zuò shénme shī ne

李　先生：你就用「硯台」為題目來 寫　首　詩吧！來人啊，
Lǐ xiānsheng　nǐ jiù yòng yàntái　wéi tímù lái xiě shǒu shī ba　lái rén a

快 把紙筆拿過來！
kuài bǎ zhǐbǐ ná guòlai

方　仲永　：謝謝。
Fāng Zhòngyǒng　xièxie

（　仲永　只 花 了 一個 小時 的 時間，就　完成　了 一　首
Zhòngyǒng zhǐ huā le yíge xiǎoshí de shíjiān　jiù wánchéng le yì shǒu

31. 招待：to receive(guests), to
zhāodài　　entertain

詩。）
shī

方　仲永：叔叔，我　完成　了！請您過目[32]。
Fāng Zhòngyǒng　shūshu　wǒ wánchéng le　qǐng nín guòmù

李　先生：哇！你寫得　真快　，來，我來看看。嗯…
Lǐ xiānsheng　wa　nǐ xiě de zhēnkuài　lái　wǒ lái kànkàn　en

內容寫得　真好　，真是不錯！！
nèiróng xiě de zhēnhǎo　zhēnshì bú cuò

方　仲永：謝謝叔叔的稱讚！
Fāng Zhòngyǒng　xièxie shūshu de chēngzàn

方爸爸：李先生　，怎麼樣，我們　仲永　寫得還不錯
Fāng bàba　Lǐ xiānsheng　zěnmeyàng wǒmen Zhòngyǒng xiěde hái bú cuò

吧？
ba

李　先生：他寫得　非常　好！！我太高興了，這些禮物
Lǐ xiānsheng　tā xiě de fēicháng hǎo　wǒ tài gāoxìng le　zhèxiē lǐwù

你們帶回家用吧！還有這些錢是給仲
nǐmen dài huíjiā yòng ba　hái yǒu zhèxiē qián shì gěi Zhòng

永補貼[33]學費用的，您就收下吧！
yǒng bǔtiē xuéfèi yòng de　nín jiù shōuxià ba

方爸爸：哇，那麼多禮物跟錢，真不好意思。那我就
Fāng bàba　wa　nàme duō lǐwù gēn qián zhēn bù hǎo yì si　nà wǒ jiù

---

32. 過目：to look over
　　guòmù

33. 補貼：allowance, to supplement
　　bǔtiē　(one's salary etc.)

不客氣了，謝謝！謝謝！
bú kè qì le　xièxie　xièxie

方爸爸心想：哈哈哈，原來 寫寫 詩 就 可以拿到 那麼 多
Fāng bàba xīnxiǎng　hāhāhā　yuánlái xiěxiě shī jiù kěyǐ nádào nàme duō

錢，以後 我 就 帶著 仲永 到 處 表演
qián　yǐ hòu wǒ jiù dài zhe Zhòngyǒng dào chù biǎoyǎn

寫 詩 就 好 了。再 也 不 需要 那麼 辛苦 地
xiě shī jiù hǎo le　zài yě bú xūyào nàme xīnkǔ de

種田 了！
zhòngtián le

（結果，因為 被 爸爸 帶著 四處 幫 人家 作詩， 仲永
jiéguǒ　yīnwèi bèi bàba dàizhe sìchù bāng rénjiā zuò shī Zhòngyǒng

根本 沒 時間 上 學，也 沒 時間 讀書。）
gēnběn méi shíjiān shàng xué　yě méi shíjiān dúshū

（就 這樣 直到 仲永 十二、三歲 時，到 京城 做 官
jiù zhèyàng zhídào Zhòngyǒng shíèr　sānsuì shí　dào jīngchéng zuò guān

的 王 先生 回 金谿 縣 探 訪 舅父，偶然 見 到 了 方
de Wáng xiānsheng huí jīnxī xiàn tàn fǎng jiùfù　ǒurán jiàn dào le Fāng

仲永 ，請 他 作詩，但 內容 跟 文采 已 經 沒 有 像
Zhòngyǒng qǐng tā zuò shī　dàn nèiróng gēn wéncǎi yǐ jīng méi yǒu xiàng

之前 一 樣 好 了。之 後 又 過 了七年， 王 先生 又回
zhīqián yí yàng hǎo le　zhī hòu yòu guò le qī nián　Wáng xiānsheng yòuhuí

到 了金谿縣 探訪 舅父。）
dào le Jīnxīxiàn tàn fǎng jiùfù

神怪及傳奇
shén guài jí chúan qí

王　先生：仲永　今年 也 二十 幾 歲 了，這 幾 年 應該
Wáng xiānsheng　Zhòngyǒng jīnnián yě èrshí jǐ suì le　zhè jǐ nián yīnggāi

有 進步 不少 了 吧？
yǒu jìnbù bùshǎo le ba

舅父：哎，因為　仲永　沒有 繼續 學習，所以 他 所 作 的
jiùfù　āi　yīnwèi Zhòngyǒng méiyǒu jìxù xuéxí　suǒyǐ tā suǒ zuò de

詩 已經 和 普通 人 作 的 沒 什麼 不同 了。
shī yǐjīng hàn pǔtōng rén zuò de méi shénme bùtóng le

王　先生：是嗎……那 還 真是 遺憾[34]啊！小 時候　明明
Wáng xiānsheng　shìma　nà hái zhēnshì yíhàn a xiǎo shíhòu míngmíng

是 個 天才，長大　後 卻 和 普通人 沒 兩樣，
shì ge tiāncái　zhǎngdà hòu què hàn pǔtōngrén méi liǎngyàng

實在 是 太 可惜 了！照 這樣 看來，那些 本來
shízài shì tài kěxí le zhào zhèyàng kànlái　nàxiē běnlái

就 沒有 天賦，又 不 肯 認真 學習 的 人，不
jiù méiyǒu tiānfù yòu bù kěn rènzhēn xuéxí de rén　bú

就 連 普通人 都 不如 了 嗎？
jiù lián pǔtōngrén dōu bùrú le ma

34. 遺憾：to regret; to pity
yíhàn

思考題
sīkǎotí

1. 方仲永的天賦是作詩和寫字，那你有沒有什麼與生俱來的天賦呢？或是比較擅長的技能呢？

2. 方仲永為什麼會失去他作詩的天賦，而成為一個普通人呢？

3. 這一篇故事的標題是「傷」仲永，你覺得作者為什麼要為了仲永而傷心呢？

4. 看完方仲永的故事，你覺得成功的關鍵是什麼呢？

⑦ 【桃花源記】
tάo huā yuán jì

神怪及傳奇
shén guài jí chúan qí

劇本
jùběn

（在 東晉¹ 太元²年間，武陵³ 這 個 地方 有 個 漁夫⁴。
zài Dōngjìn Tàiyuán nián jiān Wǔlíng zhè ge dìfāng yǒu ge yúfū

有 一天，他 一 個 人 划⁵著 船 ， 順著 溪流⁶而 下，划著
yǒu yì tiān tā yí ge rén huá zhe chuán shùnzhe xīliú ér xià huázhe

划著，越 划 越 遠，眼 前⁷突然⁸ 出現 一 片 桃花林⁹。桃花
huázhe yuè huá yuè yuǎn yǎn qián túrán chūxiàn yí piàn táohuālín táohuā

開 滿 了 溪流 的 兩 岸¹⁰，好 漂亮。漁夫 被 這 美景 吸引
kāi mǎn le xīliú de liǎng àn hǎo piàoliàng yúfū bèi zhè měijǐng xīyǐn

¹¹住了，於是 繼續 輕輕 地 往 前 划，眼睛 完全 捨不得¹²
zhù le yúshì jìxù qīngqīng de wǎng qián huá yǎnjīng wánquán shěbùdé

1. 東晉：the Eastern Jin Dynasty
   Dōngjìn (317-420 AD)

2. 太元：a period of Eastern Jin
   Tàiyuán Dynasty (376-396 AD)

3. 武陵：a district
   Wǔlíng

4. 漁夫：fisherman
   yúfū

5. 划：to row a boat
   huá

6. 溪流：brook; rivulet
   xīliú

7. 眼前：before one's eyes; at
   yǎnqián present

8. 突然：suddenly
   túrán

9. 桃花林：the forest of peach
   táohuālín blossom

10. 兩岸：bilateral; both shores
    liǎngàn

11. 吸引：to attract; to draw
    xīyǐn

12. 捨不得：to hate to part with
    shěbùdé

114

離開朵朵 盛開 [13]的 桃花。）
líkāi duǒ duǒ shèngkāi de táohuā

漁夫：哇！怎麼 有 這麼 美 的 桃花林 呢？以前 怎麼 從 沒
yúfū wa zěnme yǒu zhème měi de táohuālín ne yǐqián zěnme cóng méi

看過 呢？不如 繼續 往 前 看看 吧。（到了 溪水 的
kànguò ne bùrú jìxù wǎng qián kànkàn ba dàole xīshuǐ de

盡頭[14]）咦？那裡怎麼 有 個 山洞 [15]！進去 看看 好
jìntóu yí nàlǐ zěnme yǒu ge shāndòng jìnqù kànkàn hǎo

了。
le

（於是 漁夫 就 丟下 小船 走 進 山洞，走著 走著，道路
yúshì yúfū jiù diū xià xiǎochuán zǒu jìn shāndòng zǒuzhe zǒuzhe dàolù

由 窄[16]變 寬[17]，突然 眼前 出現一 片 開闊[18]的 平原 [19]。）
yóu zhǎi biàn kuān túrán yǎnqián chūxiàn yí piàn kāikuò de píngyuán

漁夫：這裡 好 美 啊！空氣 真是 新鮮[20]！ 前面 怎麼 好像
yúfū zhèlǐ hǎo měi a kōngqì zhēnshì xīnxiān qiánmiàn zěnme hǎoxiàng

有 些 房子，哇，還 是 個 不 小 的 村落！這裡 真
yǒu xiē fángzi wa hái shì ge bù xiǎo de cūnluò zhèlǐ zhēn

13. 盛開：blooming; in full flower
   shèngkāi

14. 盡頭：end
   jìntóu

15. 山洞：cave
   shāndòng

16. 窄：narrow
   zhǎi

17. 寬：wide; broad
   kuān

18. 開闊：wide
   kāikuò

19. 平原：field; plain
   píngyuán

20. 新鮮：fresh
   xīnxiān

好，土地 平坦[21]，房子 又 排列[22]得　整整 齊齊[23]，
hǎo　tǔdì píngtǎn　fángzi yòu páiliè de zhěngzhěng qíqí

一 旁 的 農田[24]、池塘[25]、桑樹[26]跟 竹林[27]也 都 好
yì páng de nóngtián　chítáng　sāngshù gēn zhúlín　yě dōu hǎo

美。哇，走 在 這 田 間 小路[28]上，還 可以 聽到 雞
měi wa　zǒu zài zhè tián jiān xiǎolù shàng　hái kěyǐ tīngdào jī

叫 聲 和 狗 叫 聲，真 是 讓 人 忘 憂[29]啊！那
jiào shēng hàn gǒu jiào shēng　zhēn shì ràng rén wàng yōu a　nà

邊 好像 有人 在 耕種[30]，他們 穿 的 衣服 也 和
biān hǎoxiàng yǒu rén zài gēngzhòng　tāmen chuān de yīfú yě hàn

我們 差不多，我 過去 看看。看 他們老人 坐 在 樹 下
wǒmen chābùduō　wǒ guòqù kànkàn　kàn tāmen lǎorén zuò zài shù xià

乘涼[31]，小孩 在 一旁 奔跑[32]，感覺 非常 幸福 的
chéngliáng　xiǎohái zài yìpáng bēnpǎo　gǎnjué fēicháng xìngfú de

樣子。真是 不錯 的 地方 啊！怎麼 我 以前 都 不 知道
yàngzi zhēnshì búcuò de dìfāng a　zěnme wǒ yǐqián dōu bù zhīdào

21. 平坦：level; even; smooth; flat
píngtǎn

22. 排列：arrange; put in order
páiliè

23. 整整齊齊：neat and tidy
zhěngzhěng-qíqí

24. 農田：farmland; cultivated land
nóngtián

25. 池塘：pond; pool
chítáng

26. 桑樹：mulberry tree
sāngshù

27. 竹林：bamboo forest
zhúlín

28. 田間小路：the path in the field, farm
tián jiān xiǎo lù

29. 忘憂：forget to worry
wàngyōu

30. 耕種：to till; to cultivate
gēngzhòng

31. 乘涼：relax in a cool place
chéngliáng

32. 奔跑：run
bēnpǎo

呢？
ne

老王：咦？怎麼 有 個 陌生人 [33]站 在 那兒？
Lǎowáng　　yí　zěnme yǒu ge mòshēngrén zhàn zài nàer

小李：他 是 外地人[34]吧！真 奇怪，我們 村子 已經 很久 沒有
Xiǎolǐ　tā shì wàidìrén ba zhēn qíguài wǒmen cūnzi yǐjīng hěn jiǔ méiyǒu

外地人 來 了。
wàidìrén lái le

老王：你 去 問問 他 是 從 哪裡 來 的 吧！
Lǎowáng　nǐ qù wènwèn tā shì cóng nǎlǐ lái de ba

小李：好 啊！（走 向 漁夫）嘿！ 先生 ， 請問 您 從
Xiǎolǐ　hǎo a　　zǒu xiàng yúfū hēi xiānsheng　qǐngwèn nín cóng

哪兒 來 的 啊？
nǎér lái de a

漁夫：我 從 武陵 來 的，我 是 個 漁夫！您 好，您 好。
yúfū　wǒ cóng Wǔlíng lái de　wǒ shì ge yúfū　nín hǎo　nín hǎo

小李：是 嗎，真 是 稀奇[35]！大 老 遠 [36]來到 這裡 也 累 了
Xiǎolǐ　shì ma zhēn shì xīqí　dà lǎo yuǎn láidào zhèlǐ yě lèi le

吧？先 到 我 家 來 坐坐 吧！
ba　xiān dào wǒ jiā lái zuòzuò ba

漁夫：好 呀！麻煩 您 了！
yúfū　hǎo yā　máfán nín le

---

33. 陌生人：stranger
　　mòshēngrén

34. 外地人：outsider
　　wài dì rén

35. 稀奇：rare; strange; curious
　　xīqí

36. 大老遠：very far away
　　dàlǎoyuǎn

117

（漁夫 跟著 小李 往 小李 的 家 走 去）
yúfū gēnzhe Xiǎolǐ wǎng Xiǎolǐ de jiā zǒu qù

（村子 裡）
cūnzi lǐ

老王 ：欸 欸，有 個 外人 來到 我們 這 個 村子 耶！
Lǎowáng　ēi ēi　yǒu ge wàirén láidào wǒmen zhè ge cūnzi yē

阿葉：真的 嗎？我們 村子 已經 很 久 沒有 外人 來 了 耶，我
Āyè　zhēnde ma　wǒmen cūnzi yǐjīng hěn jiǔ méiyǒu wàirén lái le yē　wǒ

想 去 見 見 他。
xiǎng qù jiàn jiàn tā

老王 ：小李 請 他 到 他 的 家 裡 休息 了，我們 一起 過去 吧！
Lǎowáng　Xiǎolǐ qǐng tā dào tā de jiā lǐ xiūxí le　wǒmen yìqǐ guòqù ba

阿葉：好 啊，我 想 去 問問 他 關於 外頭37的 消息。
Āyè　hǎo a　wǒ xiǎng qù wènwen tā guānyú wàitou de xiāoxí

（小李 的 家）
Xiǎolǐ de jiā

小李：來，請 喝 茶。
Xiǎolǐ　lái　qǐng hē chá

漁夫：好 的，謝謝！請問 這裡 是 什麼 地方 呀？你們 在
yúfū　hǎo de　xièxie　qǐngwèn zhèlǐ shì shénme dìfāng yā　nǐmen zài

這裡 生活 很 久 了 嗎？
zhèlǐ shēnghuó hěn jiǔ le ma

---

37. 外頭：outside
　　wàitou

118

小李：這裡是 桃花源 ³⁸，我們 的 祖先³⁹在 秦朝 ⁴⁰的 時候 就
Xiǎolǐ　 zhè lǐ shì táohuāyuán　　 wǒmen de zǔxiān zài Qíncháo　 de shíhòu jiù

來到 了 這 個 地方　生活 。
láidào le zhè ge dìfāng shēnghuó

漁夫：秦朝？那 已經 是 五百 年 前 了 耶！
yúfū　 Qíncháo　 nà　yǐjīng shì wǔbǎi nián qián le　yē

（這時 老王　進 到 了 小李 的 家裡）
zhè shí Lǎowáng jìn dào le Xiǎolǐ de jiā　 lǐ

老王 ：五百 年 前？現在 外頭 是 什麼 朝代 ⁴¹了？
Lǎowáng　　 wǔbǎi nián qián xiànzài wàitou shì shénme cháodài　 le

漁夫：今年 都 已經 是 晉朝 太元 年 了。秦朝 之後，是
yúfū　　 jīnnián dōu yǐjīng shì Jìncháo Tàiyuán nián le　 Qíncháo zhīhòu　 shì

漢朝 ⁴²， 漢朝 之後，是 三國 時期⁴³，魏、蜀、吳⁴⁴
Hàncháo　　 Hàncháo zhīhòu　 shì Sānguó shíqī　　 Wèi　Shǔ　Wú

三國 各霸⁴⁵一方，然後 才 由 司馬家⁴⁶再次 統一天下⁴⁷。
Sānguó gè bà　 yì fāng ránhòu cái yóu Sīmǎ jiā　 zàicì tǒngyītiānxià

38. 桃花源 ：the peach blossom spring, a hidden land of peace and prosperity; utopia táohuāyuán	43. 三國時期 ：the Three kingdoms period (220-280 AD) Sān guó shíqī
39. 祖先 ：ancestor; forebears zǔxiān	44. 魏、蜀、吳 ：the Three kingdoms Wèi Shǔ Wú
40. 秦 朝 ：Qin Dynasty (221-207 BC) Qíncháo	45. 霸 ：to rule by force bà
41. 朝 代 ：Dynasty cháodài	46. 司馬家 ：the family which found the Jin dynasty Sīmǎ jiā
42. 漢 朝 ：Han Dynasty(206 BC-220 AD) Hàncháo	47. 統一天下 ：to unify; to unite the world tǒngyī tiānxià

雖然 現在 北方 被 外族[48]給 占領[49]了，但 大家 的
suīrán xiànzài běifāng bèi wàizú gěi zhànlǐng le dàn dàjiā de

生活 還過 得去，挺[50]平安 的。
shēnghuó háiguò de qù tǐng píngān de

阿葉：原來 如此 啊！這 段 時間 外頭 竟然 發生 了那麼
Āyè yuánlái rúcǐ a zhè duàn shíjiān wàitou jìngrán fāshēng le nàme

多事，也 變 了 這麼 多，我們 卻 完完 全全 不
duō shì yě biàn le zhème duō wǒmen què wánwán quánquán bù

知情[51]。
zhīqíng

漁夫：你們 一直 都 生活 在 這裡，從來 都 沒有 出去 過
yúfū nǐmen yìzhí dōu shēnghuó zài zhèlǐ cónglái dōu méiyǒu chūqù guò

嗎？
ma

小李：是 啊！當 年 因為 秦王 嬴政[52]太 過 凶殘[53]，我
Xiǎolǐ shì a dāng nián yīnwèi Qínwáng Yíngzhèng tài guò xiōngcán wǒ

們 的 祖先 深怕[54]哪 天 不 小心 惹怒[55]了 秦王 會 有
men de zǔxiān shēnpà nǎ tiān bù xiǎoxīn rěnù le Qínwáng huì yǒu

---

48. 外族：people not of the same
   wàizhú clan

49. 占領：to occupy (a territory)
   zhànlǐng

50. 挺：quite; very
   tǐng

51. 不知情：don't know the facts
   bù zhīqíng

52. 嬴政：personal name of the
   Yíngzhèng first emperor (260-210
   BC)

53. 凶殘：fearful and cruel
   xiōngcán

54. 深怕：very afraid
   shēnpà

55. 惹怒：to irritate; to provoke
   rěnù

生命　危險，所以　帶著　兒女　和　同鄉 [56]結伴　一起　來
shēngmìng wéixiǎn suǒyǐ dàizhe érnǚ hàn tóngxiāng jiébàn yìqǐ lái

到　了　這　個　地方。
dào le zhè ge dìfāng

老王：沒錯！沒錯！我們　來　到　了　這　個　與　世　隔絕[57]的　地方
Lǎowáng méicuò méicuò wǒmen lái dào le zhè ge yǔ shì géjué de dìfāng

之後，就　努力　建設 [58]家園[59]，過著　日　出　而　作，日
zhīhòu jiù nǔlì jiànshè jiāyuán guòzhe rì chū ér zuò rì

落　而　息[60]的　農耕 [61]　生活　，自此[62]就不　再　與　外界
luò ér xí de nónggēng shēnghuó zìcǐ jiù bú zài yǔ wàijiè

[63]接觸[64]了。
jiēchù le

漁夫：原來 如此。
yúfū yuánlái rúcǐ

阿葉：您 難得[65]來到 這裡，就 多留[66]幾 天 吧！
Āyè nín nándé láidào zhèlǐ jiù duōliú jǐ tiān ba

56. 同 鄉 ：person from the same village, town or province tóngxiāng	61. 農 耕 ：farming; agriculture nónggēn
57. 與世隔絕 ：isolated from the world; disconnected yǔshìgéjué	62. 自此 ：since then; henceforth zìcǐ
58. 建設 ：to build; to construct; construction jiànshè	63. 外界 ：the outside world; external wàijiè
59. 家園 ：home; homeland jiāyuán	64. 接觸 ：to touch; to contact jiēchù
60. 日落而息 ：as soon as sunset, go to rest rìluò ér xí	65. 難得 ：seldom, rare hard to come by nándé
	66. 留 ：to leave(a message), to retain; to remain liú

小李：對呀！多留幾天，我們 可以 帶你 到處 走走 看看，
Xiǎolǐ　duì yā　duō liú jǐ tiān wǒmen kěyǐ dài nǐ dàochù zǒuzǒu kànkàn

我們 也還 想 多 了解 外頭 的 事情。
wǒmen yě hái xiǎng duō liǎojiě wàitou de shìqíng

漁夫：好 啊！那 就 打擾[67]你們 了。
yúfū　hǎo a　nà jiù dǎrǎo　nǐmen le

老王 ：先 到 我 家 來 吧！我 請 我 妻子 準備 美食 跟
Lǎowáng　xiān dào wǒ jiā lái ba　wǒ qǐng wǒ qī zi zhǔnbèi měishí gēn

美酒來 招待[68]你！
měijiǔ lái zhāodài　nǐ

漁夫：好 啊 好 啊！謝謝！
yúfū　hǎo a hǎo a　xièxie

（過 了 幾 天）
guò le jǐ tiān

漁夫：我 想 我 也 該 回家 了，我 怕 我 的 家人們 會 擔心。
yúfū　wǒ xiǎng wǒ yě gāi huíjiā le　wǒ pà wǒ de jiārénmen huì dānxīn

老王 ：好 的，這 幾 天 跟 你 聊天 聊 得 很 開心，真 高興
Lǎowáng　hǎo de　zhè jǐ tiān gēn nǐ liáotiān liáo de hěn kāixīn zhēn gāoxìng

能 認識 你。
néng rènshì nǐ

小李：對 呀！你 讓 我們 知道 了 很 多 新奇[69]有趣 的
Xiǎolǐ　duì yā　nǐ ràng wǒmen zhīdao le hěn duō xīnqí　yǒuqù de

---

67. 打擾：to disturb; to bother; to
dǎrǎo　　trouble

68. 招待：to receive(guests); to
zhāodài

entertain; reception

69. 新奇：novelty; new and odd
xīnqí

122

玩意兒，真的 太 感謝 了！
wányìr　zhēn de tài gǎnxiè le

阿葉：是 啊，真 捨不得 你 離開。但 你 的 家 在 外頭，親人
Āyè　shì a zhēn shěbùdé nǐ líkāi dàn nǐ de jiā zài wàitou qīnrén

朋友 都 在 外面 ，再 怎麼 捨不得，也 不 好 再 留
péngyǒu dōu zài wàimian zài zěnme shěbùdé yě bù hǎo zài liú

你 了。謝謝 你 跟 我們 分享[70]了 那麼 多 外頭 的
nǐ le xièxie nǐ gēn wǒmen fēnxiǎng le nàme duō wàitou de

事情。
shìqíng

漁夫：哪裡 哪裡，我 受 你們 的 照顧 才 多 呢！謝謝 你們！
yúfū　nǎlǐ nǎlǐ wǒ shòu nǐmen de zhàogù cái duō ne xièxie nǐmen

老王 ：對 了，出 了 村子，千萬 不 要 跟 別人 提 起 這裡
Lǎowáng　duì le chū le cūnzi qiānwàn bú yào gēn biérén tí qǐ zhèlǐ

的 事。因為，我們 都 很 平凡 ，實在 沒 什麼 地方
de shì yīnwèi wǒmen dōu hěn píngfán shízài méi shénme dìfang

好 跟 外 人 宣揚[71]的！
hǎo gēn wài rén xuānyáng de

小李：對 呀，我 們 這 不 起 眼 的 小 村子，實在 沒 必要 去
Xiǎolǐ　duì yā wǒ men zhè bù qǐ yǎn de xiǎo cūnzi shízài méi bìyào qù

跟 別人 提起。
gēn biérén tíqǐ

---

70. 分享：to share
　　fēnxiǎng

71. 宣揚：to proclaim; to make
　　xuānyáng　public or well known

阿葉：路 上 小心 啊！
Āyè　lù shàng xiǎoxīn a

漁夫：好 的，再次 謝謝 你們 的 照顧，我 走 了，後 會 有
yúfū　hǎo de　zài cì xièxie nǐmen de zhàogù wǒ zǒu le　hòu huì yǒu

　　　期！
　　　qí

（離開 了 桃花源， 找到 了 自己 的 小 船）
líkāi　le táohuāyuán　zhǎodào le　zìjǐ　de xiǎo chuán

漁夫：這 個 地方 實在 太 棒 了，真 是 個 天堂。我 還是 把
yúfū　zhè ge dìfāng shízài tài bàng le' zhēn shì ge tiāntáng wǒ háishì bǎ

　　　路 記 下來 吧！下次 好 帶 其他 人 來 看看，讓 別人 也
　　　lù jì xiàlái ba　xiàcì hǎo dài qítā rén lái kànkàn ràng biérén yě

　　　能 有 這 個 機會 欣賞 這 美景！
　　　néng yǒu zhè ge jīhuì xīnshǎng zhè měijǐng

（在 回家 的 路 上 ， 一一 做 了 記號[72]）
zài huíjiā de lù shàng　yī yī zuò le　jìhào

漁夫：終於 回到 城 裡了。
yúfū　zhōngyú huídào chéng lǐ le

（漁夫 不 先 急著 回家，反而 跑 去 了 太守府， 想 要 去 跟
yúfū bù xiān jízhe huíjiā　fǎnér pǎo qù le tàishǒufǔ　xiǎng yào qù gēn

太守 講 這 難得 的 際遇[73]！）
tàishǒu jiǎng zhè nándé de　jìyù

---

72. 記號：mark; notation
　　jìhào

73. 際遇：luck; fate; opportunity; the
　　jìyù　　ups and downs of life

（在 太守府）
zài tàishǒufǔ

漁夫：向 太守 請安。（跪下[74]）
yúfū　xiàng tàishǒu qǐngān　　guìxià

太守：起來 吧！找 我 有 什麼 事？
tàishǒu　qǐlái　ba　zhǎo wǒ yǒu shénme shì

漁夫：太守，小 的 發現 了 一 個 天堂。
yúfū　　tàishǒu xiǎo de fāxiàn le yí ge tiāntáng

太守：什麼？真的 嗎？在 哪裡？你 說說 看。
tàishǒu shénme zhēnde ma　zài nǎlǐ　　nǐ shuōshuō kàn

漁夫：小 的 前 幾 日 去 溪 邊 捕魚[75]，偶然 發現 了 一 個
yúfū　xiǎo de qián jǐ rì qù xī biān bǔyú　　ǒurán fāxiàn le yí ge

美麗 的 村子，那裡 物產 豐饒[76]，人人 過 得 幸福
měilì de cūnzi　nàlǐ wùchǎn fēngráo　rénrén guò de xìngfú

又 快樂，真是 個 好 地方。所以 我 一 回 來，就 立刻
yòu kuàilè zhēnshì ge hǎo dìfāng　suǒyǐ wǒ yì huí lái　jiù　lìkè

跑到 您 這裡 來，想 說，您 可以 派 人 去 看看！
pǎodào nín zhèlǐ lái　xiǎng shuō nín kěyǐ pài rén qù kànkan

太守：是 嗎？那 你 還 記得 怎麼 去 那個 村子 嗎？
tàishǒu shì ma　nà nǐ hái jìde zěnme qù nàge cūnzi ma

---

74. 跪下：to kneel down
　　guìxià

75. 捕魚：to fish
　　bǔyú

76. 物產豐饒：products and natural
　　wùchǎn fēngráo　resources are rich
　　　　　　and fertile

漁夫：請 太守 放心，我 沿路[77]都 做 了 記號！
yúfū　qǐng tàishǒu fàngxīn　wǒ yánlù　dōu zuò le jìhào

太守：很 好，我 立刻 就 派人 過 去 看看。給 你 五百 銀兩
tàishǒu　hěn hǎo　wǒ　lìkè　jiù pàirén guò qù kànkan　gěi nǐ wǔbǎi yínliǎng

作 為 獎勵[78]，你 可以 回去 了。
zuò wéi jiǎnglì　　nǐ kěyǐ huíqù le

漁夫：謝謝 太守。（鞠躬[79]離開）
yúfū　xièxie tàishǒu　　júgōng　líkāi

太守：來人，去 看看 他 所 說 的 記號，一定 要 找到 那
tàishǒu　lái rén　qù kànkàn tā suǒ shuō de jìhào　yídìng yào zhǎodào nà

個 桃花源！
ge táohuāyuán

守衛 A、B：是！
shǒuwèi　　　shì

（守衛 們 來到 了溪 邊）
shǒuwèi men láidào le xī biān

守衛 A：記號……記號……在 哪兒 呢？
shǒuwèi　　jìhào　　jìhào　　zài nǎér ne

守衛 B：啊！我 看到 了，就 是 這個 吧？
shǒuwèi　　ā　wǒ kàndào le　jiù shì zhège ba

---

77. 沿路：along the way; the duration
    yánlù　　of a journey

78. 獎勵：to reward; reward (as
    jiǎnglì　encouragement)

79. 鞠躬：to bow
    júgōng

守衛 A：對對對！就是這個，終於 找到 了！漁夫 說
shǒuwèi　　duìduìduì　jiù shì zhè ge　zhōngyú zhǎodào le　yúfū shuō

沿著 記號 走 就 可以 找到 了，走 走 看 吧！
yánzhe jìhào zǒu jiù kěyǐ zhǎodào le　zǒu zǒu kàn ba

守衛 B：好，走 吧！
shǒuwèi　　hǎo　zǒu ba

（過 了 幾 個 小時）
　guò le jǐ ge xiǎoshí

守衛 A：奇怪？我們 怎麼 又 回到 了 原本 的 地方？
shǒuwèi　　qíguài　wǒmen zěnme yòu huídào le yuánběn de dìfāng

守衛 B：對 呀，根本 沒有 看到 桃花林。我們 到底 在
shǒuwèi　　duì yā　gēnběn méiyǒu kàndào táohuālín　wǒmen dàodǐ zài

哪裡？
nǎlǐ

守衛 A：天色 也 變 暗 了，我 想 我們 還是 先 回 城
shǒuwèi　　tiān sè yě biàn àn le　wǒ xiǎng wǒmen hái shì xiān huí chéng

裡 吧！
lǐ ba

守衛 B：那 漁夫 會 不 會 在 整[80] 我們 啊？！真 是 太 可惡
shǒuwèi　　nà yúfū huì bú huì zài zhěng wǒmen a　　zhēn shì tài kěwù

了！天 都 黑 了，我們 還是 先 回去 吧。
le　tiān dōu hēi le　wǒmen hái shì xiān huíqù ba

---

80. 整：to mess with sb
　　zhěng

（回到了太守府）
huí dào le tàishǒufǔ

守衛 A：太守，我們 到了漁夫 所 說 的 溪 邊， 找到 了
shǒuwèi　　tàishǒu wǒmen dào le yúfū suǒ shuō de xī biān　zhǎodào le

記號，但 怎麼 也 找不到 進 桃花源 的 路。
jìhào　　dàn zěnme yě zhǎobúdào jìn táohuāyuán de　lù

守衛 B：是 啊！連 一 棵 桃花樹 的 影子 都 沒 看到，老
shǒuwèi　　shì a　　lián yì kē táohuāshù de yǐngzi dōu méi kàndào　lǎo

是在 相同 的 地方 轉來 轉去，還差一點 迷路
shì zài xiāngtóng de dìfāng zhuǎnlái zhuǎnqù háichā yìdiǎn　mílù

呢！
ne

太守：這 樣子 啊？看來，那 個 人間 仙境，並 不 是 想 去
tàishǒu zhè yàngzi a　kàn lái　nà ge rénjiān xiānjìng bìng bú shì xiǎng qù

就 能 去 的！不 用 再 找 了，那 個 地方 有緣人[81]才
jiù néng qù de　bú yòng zài zhǎo le　nà ge dìfāng yǒuyuánrén cái

去 得 了。
qù de liǎo

（後來，有 一 個 叫 做 劉 子驥 的 高人[82]， 聽說 了 桃花源
hòulái　yǒu yí ge jiào zuò Liú Zǐjì de gāorén　　tīngshuō le táohuāyuán

的 事，很 想 要 親自 看看 這 個 美麗 的 地方，然而，
de shì　hěn xiǎng yào qīnzì kànkàn zhè ge měilì de dìfāng　ránér

---

81. 有緣人：the one met by fate
　　yǒuyuánrén

82. 高人：very able person
　　gāorén

沒想到，他 竟然 在 出發 去 尋找 桃花源 之前 就 病 死
méixiǎngdào tā jìngrán zài chūfā qù xúnzhǎo táohuāyuán zhīqián jiù bìng sǐ

了。從此 以後，再也 沒有 人 在 討論 關於 桃花源 的 事
le cóngcǐ yǐhòu zài yě méiyǒu rén zài tǎolùn guānyú táohuāyuán de shì

了。）
le

思考題
sīkǎotí

1. 你覺得人間真的有桃花源這個地方嗎？為什麼？

2. 你覺得，為什麼桃花源的村民要求漁夫不要把「桃花源」的
   事告訴外面的人？

3. 你覺得，為什麼漁夫明明就沿途做了記號，但守衛卻找不到
   桃花源呢？

4. 桃花源是一個平安幸福的地方，跟西方所說的烏托邦
   （utopia）的意思相近，那你心目中的桃花源（或utopia）是
   怎麼樣的地方呢？請描述一下。

8 【愚公移山】

Yúgōng yí shān

劇本
jùběn

（很 久 以前，有 個 地方 有 兩座 大山，一座 叫 太行，
hěn jiǔ yǐqián　yǒu ge dìfāng yǒu liǎngzuò dà shān yízuò jiào Tàiháng

一座 叫 王屋 ， 兩座 山 實在 是 太 大 了，造成 交通
yízuò jiào Wángwū　liǎngzuò shān shízài shì tài dà le zàochéng jiāotōng

阻塞[1]，讓 附近 的 居民 生活 很 不 方便 。）
zǔsè　ràng fùjìn de jūmín shēnghuó hěn bù fāngbiàn

路人A：嗨！你 怎麼 啦？看 起來 好 累 啊！
lùrén　　hāi　nǐ zěnme la　kàn qǐlái hǎo lèi a

路人B：（氣喘吁吁[2]）我 剛 從 山 另一邊 的 市場 買
lùrén　　　　qìchuǎnxūxū　wǒ gāng cóng shān lìngyìbiān de shìchǎng mǎi

　　　東西 回來，累得 要命 ！
　　　dōngxi huílái　lèi de yàomìng

路人A：唉！是 啊， 太行 和 王屋 這 兩座 大 山 實在
lùrén　　āi　shì a　Tàiháng hàn Wángwū zhè liǎngzuò dà shān shízài

　　　很 煩人[3]，這麼 高、這麼 大，每次 到 另一邊 的
　　　hěn fánrén　zhème gāo　zhème dà　měicì dào lìngyìbiān de

　　　城鎮[4] 都 很 不 方便 ，不 知道 有 什麼 解決 辦法
　　　chéngzhèn dōu hěn bù fāngbiàn　bù zhīdào yǒu shénme jiějué bànfǎ

---

1. 阻塞：block, obstruct
   zǔsè

2. 氣喘吁吁：breathless
   qìchuǎnxūxū

3. 煩人：annoying
   fánrén

4. 城 鎮：town
   chéngzhèn

啊！
a

（在 一旁 買 東西 的 愚公 聽到 兩人 的 對話，默默 地 記
zài yìpáng mǎi dōngxi de Yúgōng tīngdào liǎngrén de duìhuà mòmò de jì

了 下來。）
le xiàlái

愚公：我 回來 了！快 來 幫 我 一下！（卸下[5]水果）
Yúgōng wǒ huílái le kuài lái bāng wǒ yíxià xièxià shuǐguǒ

愚公 妻子：（幫忙 提 水果）唉唷 真 重 呀！你 今天 怎麼
Yúgōng qīzi bāngmáng tí shuǐguǒ āiyō zhēn zhòng ya nǐ jīntiān zěnme

比較 晚 回來？
bǐjiào wǎn huílái

愚公：我 在 市場 聽到 別人 在 抱怨 太行 和 王屋
Yúgōng wǒ zài shìchǎng tīngdào biérén zài bàoyuàn Tàiháng hàn Wángwū

兩座 山，就 忍不住 多 聽 了 兩句。
liǎngzuò shān jiù rěnbúzhù duō tīng le liǎngjù

愚公 妻子：唉呀！那 有 什麼 好 聽 的？大家 抱怨 的 事
Yúgōng qīzi āiya nà yǒu shénme hǎo tīng de dàjiā bàoyuàn de shì

都 一樣 啊！不就是 兩座 山 太 大 太 高，所以
dōuyíyàng a bújiùshì liǎngzuò shān tài dà tài gāo suǒyǐ

交通 很 不 方便？
jiāotōng hěn bù fāngbiàn

---

5. 卸下：unload
xièxià

133

愚公： 所以 才 更 要 重視[6] 這個 問題！既然 大家
Yúgōng　　suǒyǐ　cái　gèng　yào　zhòngshì　zhège　wèntí　　jìrán　　dàjiā

都 抱怨， 顯示[7] 問題 的　嚴重性[8]，我們 一定 得
dōu　bàoyuàn　xiǎnshì　wèntí　de　yánzhòngxing　　wǒmen　yídìng　děi

想想　辦法。
xiǎngxiǎng　bànfǎ

愚公 妻子： 那你 說說　看，有 什麼 辦法 可以 解決 呢？
Yúgōng qīzi　　nà　nǐ　shuōshuō kàn　yǒu shénme bànfǎ　kěyǐ　jiějué　ne

愚公： 我 認為 我們 可以 集結[9] 眾人[10] 之 力 搬 山。一天
Yúgōng　wǒ rènwéi wǒmen kěyǐ　jíjié　zhòngrén　zhī lì bān shān yìtiān

挖 一點，絕對 能　剷平[11] 太行山 和　王屋山
wā yìdiǎn　juéduì néng chǎnpíng　Tàihángshān hàn Wángwūshān

的。
de

愚公 妻子： 天 啊！老頭子[12]你 瘋 了 嗎？你　剛剛　光 是
Yúgōng qīzi　tiān a　lǎotóuzi　nǐ fēng le ma　nǐ gānggāng guāng shì

拿一袋 水果 都 快 走 不 動 了，還 想 去 挖
ná yídài shuǐguǒ dōu kuài zǒu bú dòng le　hái xiǎng qù wā

6. 重視：pay attention to	10. 眾人：everyone
zhòngshì	zhòngrén
7. 顯示：display	11. 剷平：raze, root out
xiǎnshì	chǎnpíng
8. 嚴重性：severity	12. 老頭子：old man (informal way)
yánzhòngxing	lǎotóuzi
9. 集結：gather, assemble	
jíjié	

山？
shān

愚公： 當然 不是 只有 我 一個 人 去 挖 啊！我們 有 兒子、
Yúgōng　dāngrán búshì zhǐyǒu wǒ yíge rén qù wā a　wǒmen yǒu érzi

孫子，還有 整個 村子[13]的 人，一定 可以 把 山
sūnzi　háiyǒu zhěngge cūnzi　de rén　yídìng kěyǐ bǎ shān

剷平 的。
chǎnpíng de

愚公兒子： 是 啊！媽，不 試試看 怎麼 知道？總 不能 一直
Yúgōng érzi　shìa a　mā　bú shìshìkàn zěnme zhīdào　zǒng bùnéng yìzhí

抱怨[14]而 沒有 行動[15]吧！這樣 永遠 不會
bàoyuàn　ér méiyǒu xíngdòng　ba zhèyàng yǒngyuǎn búhuì

有 任何 改變 的。
yǒu rènhé gǎibiàn de

愚公： 說 得 好 啊！我們 明天 就 開始 挖 山 吧！
Yúgōng　shuō de hǎo a　wǒmen míngtiān jiù kāishǐ wā shān ba

（ 愚公 和 他 的 兒子 隔天[16]就 開始 挖 兩座 大 山，他 的
Yúgōng hàn tā de érzi gétiān jiù kāishǐ wā liǎngzuò dà shān tā de

孫子 也 一蹦 一跳[17]地來 幫忙 。）
sūnzi yě yíbèng yítiào　de lái bāngmáng

---

13. 村子：village
cūnzi

14. 抱怨 ：complain
bàoyuàn

15. 行動：action
xíngdòng

16. 隔天：the next day
gétiān

17. 一蹦 一跳：bouncing and
yíbèng yítiào　vivacious

愚公 兒子：呼……（用 手 擦汗）今天 太陽 真 大 啊！一
Yúgōng érzi　hū　　　yòng shǒu cā hàn　jīntiān tàiyáng zhēn dà　a　yí

動 起來，汗就 流 個 不 停。
dòng qǐlái　　hàn jiù liú ge bù tín

愚公：少 說 兩句，趕快 來 幫 我，這一 塊 石頭 太 重
Yúgōng　shǎo shuō liǎngjù gǎnkuài lái bāng wǒ　zhè yí kuài shítou tài zhòng

啦！我 一個 人 搬 不 動！（很 吃力[18]地抬 石頭）
la　wǒ yíge rén bān bú dòng　hěn chīlì　de tái shítou

愚公 孫子：爺爺，讓 我 來 幫 你 吧！
Yúgōng sūnzi　yéye　ràng wǒ lái bāng nǐ ba

愚公 兒子：小心 一點！不要 幫倒忙[19] 了。我們 一起 來
Yúgōng érzi　xiǎoxīn yìdiǎn　búyào bāngdàománg　le　wǒmen yìqǐ lái

幫 爺爺 搬，一、二、三……用力 抬！（三個 人
bāng yéye bān　yī　èr　sān　　　yònglì tái　　sānge rén

同時 舉 起 石頭，搬 到 路 旁）
tóngshí jǔ qǐ shítou　bān dào lù páng

愚公：呼……真的 好 重 啊！還好 有 你們 幫 我。辛苦
Yúgōng　hū　　zhēnde hǎo zhòng a　háihǎo yǒu nǐmen bāng wǒ　xīnkǔ

大家 了！
dàjiā　le

愚公 孫子：哈 哈 哈，一點 也 不 辛苦，好 好玩 啊，我 覺得
Yúgōng sūnzi　hā hā hā　yìdiǎn yě bù xīnkǔ　hǎo hǎowán a　wǒ juéde

---

18. 吃力：strenuously
　　 chīlì

19. 幫 倒 忙：do a disservice
　　 bāngdàománg

我 是 大力士[20]！
wǒ shì dàlìshì

愚公 兒子：唉 你 這 小子，根本 就 是 在 玩 嘛！
Yúgōng érzi　　āi nǐ zhè xiǎozi　gēnběn jiù shì zài wán ma

愚公：（哈哈 大笑）有 這 小鬼頭[21]在，工作 起來 也
Yúgōng　　　hāhā dàxiào　yǒu zhè xiǎoguǐtóu　zài gōngzuò qǐlái yě

輕鬆 有 趣 多 啦！之後 繼續 幫 爺爺 的 忙，
qīngsōng yǒu qù duō la　zhīhòu jìxù bāng yéye de máng

好不好？
hǎobùhǎo

愚公 孫子：耶！當然 好 啊！
Yúgōng sūnzi　ye dāngrán hǎo a

（就 這樣 過了 三個月，他們 已經 挖 掉 了 山 的 一 小角。）
jiù zhèyàng guò le sānge yuè　tāmen yǐjīng wā diào le shān de yì xiǎojiǎo

路人A：欸，你 看，愚公 挖 山 挖 了 三個 月，山 好像
lùrén　　èi　nǐ kàn　Yúgōng wā shān wā le sānge yuè　shān hǎoxiàng

真的 有 小 一點！
zhēnde yǒu xiǎo yìdiǎn

路人B：真的！或許 這個 辦法 確實 可以 改善[22] 交通 問題，
lùrén　　zhēnde　huòxǔ zhège bànfǎ quèshí kěyǐ gǎishàn　jiāotōng wèntí

我們 也 一起 下去 幫忙 吧！
wǒmen yě yìqǐ xiàqù bāngmáng ba

---

20. 大力士：Hercules
　　dàlìshì

21. 小鬼頭：boy (informal way)
　　xiǎoguǐtóu

22. 改善：improve
　　gǎishàn

路人A：好 啊！人 多 一點 就 能 更快 見效²³！（這時 在
lùrén　　hǎo a　　rén duō yìdiǎn jiù néng gèngkuài jiànxiào　　　zhèshí zài

一旁 的 智叟 聽 不 下去 了，跳 出來 制止²⁴）
yìpáng de Zhìsǒu tīng bú xiàqù le　tiào chūlái zhìzhǐ

智叟：等等 ！你們 可 千萬 別 跟 他 一起 笨 下去！人
Zhìsǒu　dǒngdǒng　nǐmen kě qiānwàn bié gēn tā yìqǐ bèn xiàqù　rén

怎麼 可能 把 山 挖掉 呢？讓 我 來 罵 醒 他！（智叟
zěnme kěnéng bǎ shān wā diào ne ràng wǒ lái mà xǐng tā　　Zhìsǒu

走向 正在 忙碌 的 愚公，拍拍 他 的 肩膀）
zǒu xiàng zhèngzài mánglù de Yúgōng　pāipāi tā de jiānbǎng

愚公：（轉過身）請問 你 有 什麼 事 嗎？
Yúgōng　　zhuǎn guò shēn　qǐngwèn nǐ yǒu shénme shì ma

智叟：愚公 啊，你 要不要 停 下來，好好 地 想一想 呢？
Zhìsǒu　Yúgōng a　　nǐ yàobúyào tíng xiàlái　hǎohǎo de xiǎngyìxiǎng ne

山 如此 高大，怎麼 可能 因為 你 天真²⁵、愚蠢²⁶的
shān rúcǐ gāodà　zěnme kěnéng yīnwèi nǐ tiānzhēn　　yúchǔn de

行為 而 消失？我 看 你 還是 放棄 吧！
xíngwéi ér xiāoshī　wǒ kàn nǐ háishì fàngqì ba

愚公：唉，你 真是 死腦筋²⁷。即使 我 一個 人 挖 不 完，
Yúgōng　āi　nǐ zhēnshì sǐnǎojīn　jíshǐ wǒ yíge rén wā bù wán

---

23. 見效：become effective
jiànxiào

24. 制止：stop
zhìzhǐ

25. 天真：naive
tiānzhēn

26. 愚蠢：silly
yúchǔn

27. 死腦筋：block-headed
sǐnǎojīn

可是 山 不會 長高 ，而 我 又 有 兒子、孫子，他們
kěshì shān búhuì zhǎnggāo　ér wǒ yòu yǒu érzi　sūnzi　tāmen

以後 又 會 有 更多 的子子孫孫。這樣 一代 接著
yǐhòu yòu huì yǒu gèngduō de zǐzǐsūnsūn zhèyàng yídài jiēzhe

一代，還 怕 有 挖 不 完 的 一天 嗎？
yídài　hái pà yǒu wā bù wán de yìtiān ma

智叟：可是……
Zhìsǒu　kěshì

愚公：別 可是 了，如果 你 沒有 要 幫忙 的 話，就 請
Yúgōng　bié kěshì le　rúguǒ nǐ méiyǒu yào bāngmáng de huà jiù qǐng

離開 吧！我們 還有 很多 事 要 做 呢！
líkāi ba　wǒmen háiyǒu hěnduō shì yào zuò ne

（智叟 默默 轉身 離開。同時， 愚公 要 挖 掉 太行山 、
Zhìsǒu mòmò zhuǎnshēn líkāi　tóngshí　Yúgōng yào wā diào Tàihángshān

王屋山 的 消息 也 傳 到 這 兩座 山 的 山神 耳裡，
Wángwūshān de xiāoxí yě chuán dào zhè liǎngzuò shān de shānshén ěr lǐ

祂 非常 著急[28]， 趕忙 向 天帝 報告 這件 事。）
tā fēicháng zhāojí　gǎnmáng xiàng tiāndì bàogào zhè jiàn shì

山神：天帝 陛下[29]，最近 幾個 月 我 的 頭 痛 得 不得了，
shānshén　tiāndì bìxià　zuìjìn jǐge yuè wǒ de tóu tòng de bùdéliǎo

希望 您 能 幫幫忙 ！
xīwàng nín néng bāngbāngmáng

---

28. 著急：anxious
　　zhāojí

29. 陛下：your majesty
　　bìxià

天帝： 發生 什麼 事了？我可不會 治病 啊！
tiāndì fāshēng shénme shì le wǒ kě búhuì zhìbìng a

山神： 是 這樣 的，有 一個 叫 愚公 的人，這 三個 月
shānshén shì zhèyàng de yǒu yíge jiào Yúgōng de rén zhè sānge yuè

來，一直 在 太行山 和 王屋山 敲敲打打，吵 得
lái yìzhí zài Tàihángshān hàn Wángwūshān qiāoqiāodǎdǎ chǎo de

我 頭 痛 得 要命⋯⋯
wǒ tóu tòng de yàomìng

天帝： 喔？他 什麼 要 這麼 做？
tiāndì ō tā wèishénme yào zhème zuò

山神： 因為 這 兩座 山 擋住 了他 住 的 城鎮 對外
shānshén yīnwèi zhè liǎngzuò shān dǎngzhù le tā zhù de chéngzhèn duìwài

的 交通，居民 困擾³⁰ 很 久，所以 愚公 挖 了 三個
de jiāotōng jūmín kùnrǎo hěn jiǔ suǒyǐ Yúgōng wā le sānge

月，現在 已經 挖 掉 太行山 的 一角 了！請您 快
yuè xiànzài yǐjīng wā diào Tàihángshān de yìjiǎo le qǐng nín kuài

阻止 他，不然 我 這 條 命 就 不保 了！
zǔzhǐ tā bùrán wǒ zhè tiáo mìng jiù bùbǎo le

天帝： 原來 如此⋯⋯（沉思）不如 這樣 好 了，我 請
tiāndì yuánlái rúcǐ chénsī bùrú zhèyàng hǎo le wǒ qǐng

大力神 把 你 的 兩座 山 背 去 不會 阻擋 交通 的
dàlìshén bǎ nǐ de liǎngzuò shān bēi qù búhuì zǔdǎng jiāotōng de

---

30. 困擾：puzzle, worry
   kùnrǎo

地方。 這樣 一來，你 不用 為了 健康 煩惱，有 毅力[31]
dìfāng zhèyàng yì lái nǐ búyòng wèile jiànkāng fánnǎo yǒu yìlì

的 愚公 也 不必 這麼 辛苦， 當作 給他 的 獎勵 吧！
de Yúgōng yě búbì zhème xīnkǔ dāngzuò gěi tā de jiǎnglì ba

山神：太 感謝 您 了！這 真是 個 兩全其美[32] 的 好
shānshén tài gǎnxiè nín le zhè zhēnshì ge liǎngquánqíměi de hǎo

辦法！
bànfǎ

（當晚， 趁著 夜色，大力神 就 把 兩座 山 背 走 了。隔天
dāngwǎn chènzhe yèsè dàlìshén jiù bǎ liǎngzuò shān bēi zǒu le gétiān

一早，所有人 都 驚喜地 望 著 沒有 山 的 平原 。）
yì zǎo suǒyǒu rén dōu jīngxǐ de wàng zhe méiyǒu shān de píngyuán

路人A：看 啊！過了 一夜，竟然 兩座 大 山 就 不見 了！
lùrén kàn a guò le yíyè jìngrán liǎngzuò dà shān jiù bújiàn le

路人B：真是 太 奇怪 了！可是 正好[33] 解決 了 我們 的 煩惱
lùrén zhēnshì tài qíguài le kěshì zhènghǎo jiějué le wǒmen de fánnǎo

和 不便[34]，萬歲！
hàn búbiàn wànsuì

愚公：嗯……（摸摸 下巴）這 大概 是 冥冥之中[35]，有
Yúgōng ēn mōmō xiàbā zhè dàgài shì míngmíngzhīzhōng yǒu

31. 毅力：have perseverance 　　yìlì	33. 正好：exactly 　　zhènghǎo
32. 兩全其美：a solution that solves 　　liǎngquánqíměi　both problems; best 　　of both worlds	34. 不便：inconvenience 　　búbiàn
	35. 冥冥之中：in the unseen 　　míngmíng zhīzhōng　world, somewhere

神怪及傳奇
shén guài jí chúan qí

人在 幫助 我們 吧！（微笑）
rén zài bāngzhù wǒmen ba　　wéixiào

（從此 以後，這個 村子 的 人 再也 不用 為了 交通
cóngcǐ yǐhòu　 zhège cūnzi de rén zài yě búyòng wèile jiāotōng

傷腦筋 [36]，有了 更 舒適[37] 的 生活。）
shāngnǎojīn　　 yǒu le gèng shūshì　 de shēnghuó

思考題
sīkǎotí

1. 如果你是那個村子的居民，你有什麼辦法解決交通問題呢？

2. 愚公用實際行動試著解決問題，可是在某些人看來，卻是個
　 笨方法。你覺得愚公到底聰不聰明？為什麼？

3. 如果你是天帝，聽到山神這樣報告，你會怎麼處理？

4. 這個故事是成語「愚公移山」的由來，也是中國人常說的
　 「有志者，事竟成」。你有這種憑著堅強意志和努力而成功
　 的經驗嗎？請和大家分享。

---

36. 傷腦筋：upset, fret
　　shāngnǎojīn

37. 舒適：cozy, comfortable
　　shūshì

⑨【指喻】
zhǐ yù

神怪及傳奇
shén guài jí chúan qí

劇本
jùběn

（在 浦陽 縣，有一位 青年，姓 鄭 名 仲辨。他 是
zài Pǔyáng Xiàn yǒu yí wèi qīngnián xìng Zhèng míng Zhòngbiàn tā shì

一位 非常 健康 的 人。有 一 天，他 正在 菜市場 賣
yí wèi fēicháng jiànkāng de rén yǒu yì tiān tā zhèngzài càishìchǎng mài

菜，有 一 位 常客 阿姨 來 買菜。）
cài yǒu yí wèi chángkè ā yí lái mǎi cài

仲辨 ：來 喔！來 喔！新鮮 的 蔬菜 水果，大家 快 來 買
Zhòngbiàn lái ō lái ō xīnxiān de shūcài shuǐguǒ dàjiā kuài lái mǎi

喔！
ō

阿姨： 仲辨 啊，早 啊！今天 有 些 什麼 菜 呢？我 看 你
ā yí Zhòngbiàn a zǎo a jīntiān yǒu xiē shénme cài ne wǒ kàn nǐ

每天 精神 都 這麼 好，真是 令人 羨慕！你 是 不 是
měitiān jīngshén dōu zhè me hǎo zhēnshì lìngrén xiànmù nǐ shì bú shì

也 能 教 我 一些 養生[1]的 祕訣[2]呢？
yě néng jiāo wǒ yìxiē yǎngshēng de mìjué ne

仲辨 ：阿姨，哪有 什麼 祕訣，還 不 是 早睡 早起，多 做
Zhòngbiàn ā yí nǎyǒu shénme mìjué hái bú shì zǎoshuì zǎoqǐ duō zuò

運動 罷了！您 每 一 天 這麼 做，保證 您 一
yùndòng bàle nín měi yì tiān zhème zuò bǎozhèng nín yì

---

1. 養生：health preservation yǎngshēng		2. 祕訣：trade secret mìjué

整 天 都 神清 氣爽 ！
zhěng tiān dōu shénqīng qìshuǎng

阿姨：啊呀，我 這 人 就 是 懶。好 吧，我 也 來 學學 你
ā yí   ā yā   wǒ zhè rén jiù shì lǎn   hǎo ba   wǒ yě lái xuéxué nǐ

每天 早起 做 運動 ！
měitiān zǎo qǐ zuò yùndòng

仲辨 ：對 了，我 每天 還 吃 很 多 我們 家 的 蔬菜
Zhòngbiàn   duì le   wǒ měitiān hái chī hěn duō wǒmen jiā de shūcài

水果，所以 身體 健康 得 很，從小到大 少病
shuǐguǒ   suǒyǐ shēntǐ jiànkāng de hěn   cóngxiǎodàodà shǎobìng

少痛 ！
shǎotòng

阿姨：真的 啊？那 我 也 得 給 我們 家 小孩 多 吃 點 你們
ā yí   zhēnde a   nà wǒ yě děi gěi wǒmen jiā xiǎohái duō chī diǎn nǐmen

的 蔬菜 水果 了！
de shūcài shuǐguǒ le

仲辨 ：哈 哈，沒錯！我們 家 的 蔬果 最 健康 了！那阿
Zhòngbiàn   hā hā   méicuò wǒmen jiā de shūguǒ zuì jiànkāng le   nà ā

姨，今天 要 買些 什麼 菜 呢？
yí   jīntiān yào mǎixiē shénme cài ne

阿姨：高麗菜 給 我 兩 顆，紅蘿蔔 五 根，那 個 青菜 怎麼
ā yí   gāolìcài gěi wǒ liǎng kē   hóngluóbo wǔ gēn   nà ge qīngcài zěnme

賣？
mài

仲辨 ：那個 三 把 五十 元 喔！
Zhòngbiàn　　nà ge sān bǎ wǔ shí yuán ō

阿姨：好，那 給 我 三 把！
ā yí　hǎo　 nà gěi wǒ sān bǎ

仲辨 ：這些 就 好 了 嗎？這個 洋蔥 也 不錯 喔，要 不 要
Zhòngbiàn　　zhèxiē jiù hǎo le ma　 zhège yángcōng yě búcuò ō　yào bú yào

　　拿 個 兩 顆？
　　ná ge liǎng kē

阿姨：好 啊，那 也 給 我 兩 顆，這樣 就 好 了！
ā yí　hǎo a　 nà yě gěi wǒ liǎng kē　zhèyàng jiùhǎo le

仲辨 ：好，這些 總共 120 元 ，阿姨，下次 再 來 買
Zhòngbiàn　　hǎo　zhèxiē zǒnggòng　　yuán　ā yí　xiàcì zài lái mǎi

　　喔！
　　ō

阿姨：一定、一定！
ā yí　yídìng　yídìng

（在 收攤[3]的 時候，　仲辨　跟 隔壁 賣 豬肉 的 阿寬 和 賣
　zài shōutān　de shíhòu　Zhòngbiàn gēn gébì mài zhūròu de Ākuān hàn mài

雞肉 的 阿賢 聊 起 天 來。）
jīròu de Āxián liáo qǐ tiān lái

阿寬：欸！ 仲辨 、阿賢，你們 今天 生意 怎 麼 樣，好
Ākuān　è　 Zhòngbiàn　Āxián　nǐmen jīntiān shēngyì zěn me yàng　hǎo

---

3. 收攤：pack up the stall
　　shōutān

146

不好？
bù hǎo

仲辨　：馬馬虎虎[4]啦！現在 的 菜價 其實 並 不是 很 好，多
Zhòngbiàn　　mǎmahūhū la xiànzài de càijià qíshí bìng búshì hěn hǎo duō

　　　　虧[5] 鄉親 們 的 照顧 與 捧場[6]，所以 生意 還
　　　　kuī xiāngqīn men de zhàogù yǔ pěngchǎng　　suǒyǐ shēngyì hái

　　　　過 得 去 啦。
　　　　guò de qù la

阿賢：真 是 羨慕 你 啊！我 家 的 生意 就 很 慘 囉！最近
Āxián　zhēn shì xiànmù nǐ a　wǒ jiā de shēngyì jiù hěn cǎn luō zuìjìn

　　　禽流感[7]大 流行，大家 都 不 太 敢 吃 雞，一 整 個
　　　qínliúgǎn dà liúxíng　dàjiā dōu bú tài gǎn chī jī　yì zhěng ge

　　　早上 根本 賣 不 出 幾隻，可憐 喔！阿寬 你 呢？
　　　zǎoshàng gēnběn mài bù chū jǐ zhī　kělián ō　Ākuān nǐ ne

阿寬：阿賢，沒 關係 啦，別 擔心，過 一 陣 子 大家 就 忘
Ākuān　Āxián　méi guānxi la　bié dānxīn guò yí zhèn zi dà jiā jiù wàng

　　　了，就 又 會 開始 買 雞 了，更 何 況[8] 你們 家 的
　　　le　jiù yòu huì kāishǐ mǎi jī le　gèng hé kuàng nǐmen jiā de

　　　雞 那麼 好吃，有 什麼 好 怕 的！我 今天 的 生意 還
　　　jī nàme hǎochī yǒu shénme hǎo pà de　wǒ jīntiān de shēngyì hái

---

4. 馬馬虎虎：not very good; so-so
　mǎmahūhū

5. 多虧：thanks to
　duōkuī

6. 捧場：root for; cheer on
　pěngchǎng

7. 禽流感：bird flu
　qínliúgǎn

8. 何況：moreover; besides; in addition
　hé kuàng

不錯喲，肉 全部 都 賣 光光 了！
búcuò yō ròu quánbù dōu mài guāngguāng le

仲辨 ：哇，那 很 好 啊！欸 對了，你們 看 我 的 拇指[9]，
Zhòngbiàn wa nà hěn hǎo a èi duìle nǐmen kàn wǒ de mǔzhǐ

指腹 這裡 長 了 一 個 小 疙瘩[10]，你們 見過 嗎？
zhǐfù zhèlǐ zhǎng le yí ge xiǎo gēda nǐmen jiànguò ma

知道 這是 什麼 嗎？
zhīdào zhèshì shénme ma

（伸 手 給 阿寬、阿賢 看）
shēn shǒu gěi Ākuān Āxián kàn

阿寬：我 看，在 哪裡？（阿寬、阿賢 探頭 看 仲辨 的
Ākuān wǒ kàn zài nǎlǐ Ākuān Āxián tàntóu kàn Zhòngbiàn de

手）
shǒu

仲辨 ：這裡 啊！這裡！（指著 左手 拇指）
Zhòngbiàn zhèlǐ a zhèlǐ zhǐ zhe zuǒshǒu mǔzhǐ

阿寬：喔，看 到 了，拜託，那個 那 麼 小，就 只是 個 米粒
Ākuān ō kàn dào le bàituō nàge nà me xiǎo jiù zhǐshì ge mǐlì

大，大 男人 的，有 什麼 好 唉 唉 叫 的？
dà dà nánrén de yǒu shénme hǎo āi āi jiào de

阿賢：是 啊，那 麼 小，沒事 啦！
Āxián shì a nà me xiǎo méishì la

---

9. 拇指：thumb
   mǔzhǐ

10. 疙瘩：a swelling on the skin;
    gēda pimple

仲辨：你們 說 得 沒錯，是 很 小， 但 因為 以前 從來
Zhòngbiàn　nǐmen shuō de méicuò　shì hěn xiǎo　dàn yīnwèi yǐqián cónglái

沒 長 過 這種 東西，看 了，還 真 有 點 擔
méi zhǎng guò zhèzhǒng dōngxi kàn le　hái zhēn yǒu diǎn dān

心。
xīn

阿賢：不用 擔心 吧？這 小 東西 過 幾天 就 會 消 了，
Āxián　búyòng dānxīn ba　zhè xiǎo dōngxi guò jǐtiān jiù huì xiāo le

說不定 你 一 覺 醒 來 就 好 了 啊！
shuōbúdìng nǐ yí jiào xǐng lái jiù hǎo le a

阿寬：對了，之前 我 隔壁 鎮 的 親戚 好像 手 上 也
Ākuān　duìle　zhīqián wǒ gébì zhèn de qīnqī hǎoxiàng shǒu shàng yě

長 過 這 東西，但 聽 他 說 才 幾 天 就 消 了，你
zhǎng guò zhè dōngxi　dàn tīng tā shuō cái jǐ tiān jiù xiāo le　nǐ

就 別 瞎 操心 [11] 了。
jiù bié xiā cāoxīn　le

仲辨：是 嗎？
Zhòngbiàn　shì ma

阿賢：啊 喲！看 你 一 個 大 男人 的，還 真 像 個 小
Āxián　ā yō　kàn nǐ yí ge dà nánrén de　hái zhēn xiàng ge xiǎo

姑娘 ！放心 啦，那麼 小， 能 有 什麼 事？
gūniáng　fàngxīn la　nàme xiǎo　néng yǒu shénme shì

---

11. 瞎操心：worry groundlessly
　　xiā cāoxīn

149

阿寬：對啊，阿賢 說 得 對。你 就別 像 個 姑娘 似 的，
Ākuān　duì a　Āxián shuō de duì　nǐ jiù bié xiàng ge gūniáng sì de

擔心 東 擔心 西。你 看你 壯 得 像 頭 牛 似 的，
dānxīn dōng dānxīn xī　nǐ kàn nǐ zhuàng de xiàng tóu niú sì de

那麼 健康 ，沒事 的 啦。
nàme jiànkāng　méishì de la

仲辨 ：好 吧，那 我 就 再 觀察 幾 天 看看 好 了。
Zhòngbiàn　hǎo ba　nà wǒ jiù zài guānchá jǐ tiān kànkàn hǎo le

（三 天 後，大家 在 準備 開店 的 時候）
sān tiān hòu　dàjiā zài zhǔnbèi kāidiàn de shíhòu

仲辨 ：欸欸欸！你們 看！我 的 大 拇指 腫¹²得 越 來 越
Zhòngbiàn　èèè　nǐmen kàn　wǒ de dà mǔzhǐ zhǒng de yuè lái yuè

大 了 欸！
dà lc è

阿賢：的確¹³是 大 了 些，但 也 還 好 吧？只 不 過 大 一 點
Āxián　díquè shì dà le xiē　dàn yě hái hǎo ba　zhǐ búguò dà yì diǎn

點 而已 啊。
diǎn éryǐ a

阿寬：我 看看，哇！現在 跟 一 個 銅錢 ¹⁴一樣 大 了 欸，
Ākuān　wǒ kànkàn　wa　xiànzài gēn yí ge tóngqián yíyàng dà le è

會痛 嗎？
huìtòng ma

---

12. 腫 ：swelling; swollen
　　zhǒng

13. 的確 ：indeed; really
　　díquè

14. 銅錢 ：copper cash
　　tóngqián

仲辨 ：痛 是 不痛，但 看 著 它 一直 長大 ，說 不 擔心 是
Zhòngbiàn　tòng shì bútòng　dàn kàn zhe tā yìzhí zhǎngdà shuō bù dānxīn shì

騙人 的。你們 不是 說 它 會 自己 消掉 嗎？怎麼
piànrén de　nǐmen búshì shuō tā huì zìjǐ xiāodiào ma　zěnme

越 長 越 大 了？
yuè zhǎng yuè dà le

阿賢：我 怎麼 知道，但 有 時候 病痛 就是 這樣 啊，看
Āxián　wǒ zěnme zhīdào　dàn yǒu shíhòu bìngtòng jiùshì zhèyàng a　kàn

起來 好像 變 嚴重 了，其實 是 快 好 了！
qǐlái hǎoxiàng biàn yánzhòng le　qíshí shì kuài hǎo le

阿寬：對 啊！對 啊！搞不好 是 在 排毒[15]，毒 排 完 了 就 快
Ākuān　duì a　duì a　gǎobùhǎo shì zài páidú　dú pái wán le jiù kuài

好 了。
hǎo le

仲辨 ：真的 嗎？ 阿寬，你 上回 說 你 親戚 也 長 了
Zhòngbiàn　zhēnde ma　Ākuān　nǐ shànghuí shuō nǐ qīnqī yě zhǎng le

一個 像 我 這樣 的，那他 後來 怎麼 樣 了？拖[16]
yíge xiàng wǒ zhèyàng de　nà tā hòulái zěnmeyàng le　tuō

了多久 才痊癒[17]啊？
le duōjiǔ cáiquányù a

阿寬：我 不 清楚 耶，很 久 沒 見 到他了，下回 如果 有 遇
Ākuān　wǒ bù qīngchǔ yē　hěn jiǔ méi jiàn dào tā le　xiàhuí rúguǒ yǒu yù

15. 排毒：detoxify
　　páidú

16. 拖：delay; drag on
　　tuō

17. 痊癒：recover completely
　　quányù

151

到 他 的 話 ，我 再 幫 你 問問 。
dào tā de huà　wǒ zài bāng nǐ wènwèn

仲辨 ：你 可 別 忘 了 ，一定 要 幫 我 問 ，我 真的 有
Zhòngbiàn　nǐ kě bié wàng le　yídìng yào bāng wǒ wèn　wǒ zhēnde yǒu

點 擔心 。
diǎn dānxīn

阿賢：哎唷 ，你 怎麼 這麼 扭扭捏捏[18]的 ，小 病痛 而已 ，就
Āxián　āi yō　nǐ zěnme zhème niǔniǔniēniē de　xiǎo bìngtòng éryǐ　jiù

這麼 緊張 。
zhème jǐnzhāng

仲辨 ：我 不是 緊張 ，是 謹慎[19]！我 怕 這是 什麼 大病
Zhòngbiàn　wǒ búshì jǐnzhāng　shì jǐnshèn　wǒ pà zhèshì shénme dàbìng

的 徵兆[20]啊 ！
dc zhēngzhào　a

阿寬：好 啦！好 啦！你 不要 緊張 ，有 機會 我 一定 會 幫
Ākuān　hǎo la　hǎo la　nǐ búyào jǐnzhāng　yǒu jīhuì wǒ yídìng huì bāng

你 問 的 。
nǐ wèn de

仲辨 ：好 ，謝謝 你 啦！
Zhòngbiàn　hǎo　xiè xie nǐ la

---

18. 扭扭捏捏 : affecting shyness or
　　niǔniǔniēniē　　embarrassment

19. 謹慎 : prudent; careful; cautious
　　jǐnshèn

20. 徵兆 : sign; omen; portent
　　zhēngzhào

阿寬：不會 啦，啊！不 聊 了，我 有 客人 來 了，我 先 去
Ākuān　búhuì la　ā　bù liáo le　wǒ yǒu kèrén lái le　wǒ xiān qù

招呼 客人，你 不 要 太 擔心，笑 一個！
zhāohū kèrén　nǐ bú yào tài dānxīn xiào yíge

阿賢：那 我 也 先 回去 攤位 了，你 不要 那麼 小題大作[21]
Āxián　nà wǒ yě xiān huíqù tānwèi le　nǐ búyào nàme xiǎotídàzuò

啦，沒事 的。
la　méishì de

仲辨：好 好，快 回去 做 生意 吧！我 再 看看 它 這
Zhòngbiàn　hǎo hǎo　kuài huíqù zuò shēngyì ba　wǒ zài kànkàn tā zhè

兩天 會 不 會 自己 痊癒。
liǎngtiān huì bú huì zìjǐ quányù

（過了 兩 天，收攤 的 時候）
guò le liǎngtiān shōutān de shíhòu

仲辨：阿寬，你 幫 我 問 你 親戚 了 沒？我 的 拇指 一直
Zhòngbiàn　Ākuān　nǐ bāng wǒ wèn nǐ qīnqī le méi　wǒ de mǔzhǐ yìzhí

沒有 消 下去 的 跡象[22]耶。
méiyǒu xiāo xiàqù de jīxiàng　yē

阿寬：啊，抱歉！抱歉！我 一直 沒有 遇到 他 耶，今天
Ākuān　ā　bàoqiàn bàoqiàn　wǒ yìzhí méiyǒu yùdào tā yē　jīntiān

剛好 我 跟 老婆 要 去 隔壁 村 吃 喜酒[23]，我 再
gānghǎo wǒ gēn lǎopó yào qù gébì cūn chī xǐjiǔ　wǒ zài

---

21. 小題大作：make a big fuss over a
xiǎotídàzuò　minor issue

22. 跡象：sign; indication
jīxiàng

23. 喜酒：wedding feast
xǐjiǔ

順道 去 拜訪 他一下！
shùndào qù bàifǎng tā yíxià

仲辨 ：好，你要記得 幫 我 問 喔！
Zhòngbiàn　hǎo　nǐ yào jìdé bāng wǒ wèn ō

阿寬：好好，我 一定 幫 你 問， 明天 跟 你 講！
Ākuān　hǎo hǎo　wǒ yídìng bāng nǐ wèn　míngtiān gēn nǐ jiǎng

仲辨 ：拜託 你 了。
Zhòngbiàn　bàituō nǐ le

（下午，阿寬 回到 家。）
　xià wǔ　Ākuān huídào jiā

阿寬：老 婆！我 回來 了！
Ākuān　lǎo pó　wǒ huílái le

寬嫂 ：老公，你 回來 啦？辛苦 了！今天 生意 好 嗎？
Kuānsǎo　lǎogōng　nǐ huílái la　xīnkǔ le　jīntiān shēngyì hǎo ma

阿寬：還 不錯！對 了，妳 趕快 準備 準備， 我們 今天
Ākuān　hái búcuò　duì le　nǐ gǎnkuài zhǔnbèi zhǔnbèi　wǒmen jīntiān

早點 出門。
zǎodiǎn chūmén

寬嫂 ：為什麼 這麼 早？現在 才 兩 點，我們 不是 六 點
Kuānsǎo　wèishénme zhème zǎo　xiànzài cái liǎng diǎn wǒmen búshì liù diǎn

才 要 吃喜酒 嗎？
cái yào chī xǐjiǔ ma

阿寬：我 打算 先 去 拜訪 一 下 叔叔，因為 隔壁 攤的
Ākuān　wǒ dǎsuàn xiān qù bàifǎng yí xià shúshu　yīnwèi gébì tān de

154

仲辨啊，手上長了一個小疙瘩，本來小
Zhòngbiàn a shǒu shàng zhǎng le yí ge xiǎo gēda běnlái xiǎo

小一顆，結果才過了兩、三天，就長得跟
xiǎo yìkē jiéguǒ cái guò le liǎng sān tiān jiù zhǎng de gēn

銅錢一樣大，仲辨有些擔心。我記得住隔壁
tóngqián yíyàng dà Zhòngbiàn yǒu xiē dānxīn wǒ jìdé zhù gébì

村的那個叔叔，之前也長過一樣的東西，既然
cūn de nà ge shúshu zhī qián yě zhǎng guò yíyàng de dōngxi jìrán

仲辨擔心，我想說，就去幫他問問，看看叔
Zhòngbiàn dānxīn wǒ xiǎng shuō jiù qù bāng tā wènwèn kànkàn shú

叔的手是怎麼痊癒的。
shu de shǒu shì zěnme quányù de

寬嫂：原來如此，那我趕快去準備，你也快去洗個
Kuānsǎo yuánlái rúcǐ nà wǒ gǎnkuài qù zhǔnbèi nǐ yě kuài qù xǐ ge

澡吧！
zǎo ba

阿寬：好，我洗完澡我們就出門！
Ākuān hǎo wǒ xǐ wán zǎo wǒmen jiù chūmén

（到了阿寬叔叔的家）
dào le Ākuān shú shu de jiā

阿寬：叔叔、叔叔！我是阿寬，我來拜訪您了！這是我
Ākuān shúshu shúshu wǒ shì Ākuān wǒ lái bàifǎng nín le zhè shì wǒ

的老婆，小芬。
de lǎopó Xiǎofēn

寬叔：是 阿寬 啊！哇，我 還是 第一 次 見 到 你 的 老婆
Kuānshú　shì Ākuān a　　wa　wǒ hái shì dì yī cì jiàn dào nǐ de lǎopó

　　　呢！
　　　ne

寬嫂：叔叔 好。
Kuānsǎo　shúshu hǎo

寬叔：妳好，妳好，外面 風 大，快 進來 吧！
Kuānshú　nǐhǎo　nǐhǎo　wàimiàn fēng dà　kuài jìnlái ba

（進 到 了 寬 叔叔 的 家）
　jìn dào le Kuān shúshu de jiā

寬叔：阿寬，你 可 真是 稀客[24]啊，今天 是 什麼 風 把 你
Kuānshú Ākuān　nǐ kě zhēnshì xīkè　a　jīntiān shì shénme fēng bǎ nǐ

　　　給 吹 來 了 啦？
　　　gěi chuī lái le la

阿寬：叔叔 不 瞞 您 說，其實，今天 我們 本來 只是 要 來
Ākuān　shúshu bù mán nín shuō　qíshí　jīntiān wǒmen běnlái zhǐshì yào lái

　　　這 附近 吃 喜酒 的，但 有 件 事 想 問 叔叔，就
　　　zhè fùjìn chī xǐjiǔ de　dàn yǒu jiàn shì xiǎng wèn shúshu　jiù

　　　順道 來 拜訪 叔叔 您 了。
　　　shùndào lái bàifǎng shúshu nín le

寬叔：這 樣 啊，想 問 我 什麼 事 呢？
Kuānshú　zhè yàng a　xiǎngwèn wǒ shénme shì ne

---

24. 稀客：a rare visitor
　　xīkè

156

阿寬：叔叔，你 之前 手 上 是 不 是 也 長 了個 小 疙
Ākuān　shúshu　nǐ zhīqián shǒu shàng shì bú shì yě zhǎng le ge xiǎo gē

瘩？
da

寬叔：對 啊，的確 有 這件 事，怎麼 了嗎？
Kuānshú　duì a　díquè yǒu zhè jiàn shì　zěn me le ma

阿寬：我 的 朋友 也 長 了一個，他 很 擔心 是 什麼 大
Ākuān　wǒ de péngyǒu yě zhǎng le yí ge　tā hěn dānxīn shì shénme dà

病，但 我 看 那 個 很 小，就 告訴 他 不用 擔心，很
bìng　dàn wǒ kàn nà ge hěn xiǎo　jiù gàosù tā búyòng dānxīn　hěn

快 就 好 了，但 它 居然 越 長 越 大欸！
kuài jiù hǎo le　dàn tā jūrán yuè zhǎng yuè dà èi

寬叔：什麼！你 沒有 跟 他 說 要 趕快 去 看 醫生 嗎？
Kuānshú　shénme　nǐ méiyǒu gēn tā shuō yào gǎnkuài qù kàn yīshēng ma

阿寬：沒有 啊……我 記得 你 之前 長 這個 的 時候，也
Ākuān　méiyǒu a　wǒ jìdé nǐ zhīqián zhǎng zhège de shíhòu　yě

很 快 就 好 了不是 嗎？
hěnkuài jiù hǎo le búshì ma

寬叔：是 很 快 就 好 了沒錯，那 是 因為 我 一 發現 疙
Kuānshú　shì hěn kuài jiù hǎo le méicuò　nà shì yīnwèi wǒ yì fāxiàn gē

瘩，就 馬上 去 看 醫 生 ，去 接受 治療[25]，所以
da　jiù mǎshàng qù kàn yī shēng　qù jiēshòu zhìliáo　suǒ yǐ

---

25. 治療：cure
　　zhìliáo

一天 就 好 了。
yìtiān jiù hǎo le

阿寬：您 還 真是 緊張 ，那 不 是 個 小病 嗎？有 嚴重
Ākuān　　nín hái zhēnshì jǐnzhāng　　nà bú shì ge xiǎobìng ma　　yǒu yánzhòng

到 要 馬上 去看 醫生 嗎？
dào yào mǎshàng qù kàn yīshēng ma

寬叔：這你就 錯 了！這個 小 疙瘩 可是 反應 了身體 的
Kuānshú　zhè nǐ jiù cuò le　zhè ge xiǎo gēda kě shì fǎnyìng le shēntǐ de

狀況 ，不 趕快 看 醫生 可是 會 變 得 越來越
zhuàngkuàng　bù gǎnkuài kàn yīshēng kěshì huì biàn de yuè lái yuè

嚴重 的！你的 朋友 長 了疙瘩幾 天 了？
yánzhòng de　nǐ de péngyǒu zhǎng le gēda jǐ tiān le

阿寬：（用 手 數一數） 好像 有 五天 了。
Ākuān　　yòng shǒu shǔ yì shǔ　hǎoxiàng yǒu wǔ tiān le

寬叔：糟糕，太久 了，你 回去 一定 要 提醒 他 趕快 去 看
Kuānshú　zāo gāo　tài jiǔ le　nǐ huíqù yídìng yào tíxǐng tā gǎnkuài qù kàn

醫生 。
yīshēng

阿寬：有那麼嚴 重 嗎？
Ākuān　yǒu nà me yán zhòng ma

寬叔：有，這可 不 是 開玩笑 的，如果 拖 太 久 的 話，
Kuānshú　yǒu　zhè kě bú shì kāiwánxiào de　rúguǒ tuō tài jiǔ de huà

搞不好 還 有 可 能 會死掉！你 明天 一 定 要 叫
gǎobùhǎo hái yǒu kě néng huì sǐ diào　nǐ míngtiān yídìng yào jiào

他 趕快 去 看 醫生 啊！
tā gǎnkuài qù kàn yīshēng a

阿寬： 真 的？有 這麼 嚴重 ？ 好，我 知道 了，我 回去
Ākuān zhēn de yǒu zhème yánzhòng hǎo wǒ zhīdào le wǒ huíqù

一定 馬上 叫 他 去 看 醫生，謝謝 叔叔。
yídìng mǎshàng jiào tā qù kàn yīshēng xièxie shúshu

寬嫂 ：（拉 拉 阿寬 的 衣袖，小 聲 說）阿寬，快 六 點
Kuānsǎo lā lā Ākuān de yīxiù xiǎo shēng shuō Ākuān kuài liù diǎn

了，我們 快 來 不 及 了。
le wǒmen kuài lái bù jí le

阿寬：（跟 寬嫂 說 ）好。（跟 寬 叔 說 ）叔叔，那 我們
Ākuān gēn Kuānsǎo shuō hǎo gēn Kuānshú shuō shúshu nà wǒmen

也 差 不 多 該 走 了，抱歉 這次 有 點 趕，下次 再來
yě chā bù duō gāi zǒu le bàoqiàn zhècì yǒu diǎn gǎn xiàcì zàilái

拜訪 您！
bàifǎng nín

寬 叔：不會，你 來 找 我 我 很 開 心，下次 再 來 玩 吧！
Kuānshú búhuì nǐ lái zhǎo wǒ wǒ hěn kāi xīn xi cì zài lái wán ba

記得 一定 要 請 你 朋友 明天 就 去 看 醫生 啊！
jìde yídìng yào qǐng nǐ péngyǒu míngtiān jiù qù kàn yīshēng a

阿寬：好 的，叔叔 再見！
Ākuān hǎo de shúshu zàijiàn

寬嫂 ：叔叔 再見！
Kuānsǎo shúshu zàijiàn

寬叔：再見！
Kuānshú　zàijiàn

（隔天 一 大 早，到 了 市場 ，阿寬 趕緊 告訴 仲辨 這個
gétiān yí dà zǎo dào le shìchǎng Ākuān gǎnjǐn gàosù Zhòngbiàn zhège

消息。）
xiāoxí

阿寬：仲辨 ！仲辨 ！我 叔叔 要 我 轉告 你 說，不管
Ākuān Zhòngbiàn Zhòngbiàn wǒ shúshu yào wǒ zhuǎngào nǐ shuō bùguǎn

如何，你 今 天 一定 要 去 看 醫生。 仲辨 ，你 還
rúhé nǐ jīn tiān yídìng yào qù kàn yīshēng Zhòngbiàn nǐ hái

好 吧？你 的 臉色 好 蒼白 [26]。
hǎo ba nǐ de liǎnsè hǎo cāngbái

仲辨：我 整個 人 都 很 不 舒服。今天 早上 一 起床，
Zhòngbiàn wǒ zhěngge rén dōu hěn bù shūfú jīntiān zǎoshàng yì qǐchuáng

就 感到 全 身 無力，沒有 一個 地方 不痛。我
jiù gǎndào quán shēn wúlì méiyǒu yíge dìfāng bútòng wǒ

難受 [27] 到 沒 辦法 去 做 運動。
nánshòu dào méi bànfǎ qù zuò yùndòng

（阿賢也 來 到 仲辨 的 攤位）
Āxián yě lái dào Zhòngbiàn de tānwèi

阿賢：天 啊！ 仲辨 ，你 的 大 拇指 怎麼 腫 得 那麼 大，
Āxián tiān a Zhòngbiàn nǐ de dà mǔzhǐ zěnme zhǒng de nà me dà

---

26. 蒼白：pale
　　cāngbái

27. 難受：feel unwell; suffer pain
　　nánshòu

都 快 跟 掃把 柄 一樣 粗 了。
dōu kuài gēn sàobǎ bǐng yíyàng cū le

仲辨 ：我 也 不 知道，今天 一 起床 就 這樣 了。
Zhòngbiàn　wǒ yě bù zhīdào　jīntiān yì qǐchuáng jiù zhèyàng le

現在，我 的 食指 跟 中指 痛 得 像 針 在 刺
xiànzài　wǒ de shízhǐ gēn zhōngzhǐ tòng de xiàng zhēn zài cì

一樣， 難受 極 了。昨晚，我 整晚 都 沒 睡
yíyàng　nánshòu jí le　zuówǎn　wǒ zhěngwǎn dōu méi shuì

好……
hǎo

阿寬： 仲辨 ，我 跟 你 說，你 今天 不要 去 做 生意 了，
Ākuān　Zhòngbiàn　wǒ gēn nǐ shuō　nǐ jīntiān búyào qù zuò shēngyì le

快 去 看 醫生 吧，看 醫生 要緊[28]！
kuài qù kàn yīshēng ba　kàn yīshēng yàojǐn

仲辨 ：我 菜 都 批 來 了，沒 賣 怎麼 行？我 看，不 差
Zhòngbiàn　wǒ cài dōu pī lái le　méi mài zěnme xíng　wǒ kàn　bù chā

那麼 點 時間，就 讓 我 做 完 生意 再 去 看 吧！
nàme diǎn shíjiān　jiù ràng wǒ zuò wán shēngyì zài qù kàn ba

阿寬：不行，人命 關天 ！昨天 我 叔叔 說，你 這 大 拇指
Ākuān　bùxíng　rénmìng guāntiān　zuótiān wǒ shúshu shuō　nǐ zhè dà mǔzhǐ

乃 是 反應 了 整個 身體 的 狀況 ，腫越 大，
nǎi shì fǎnyìng le zhěngge shēntǐ de zhuàngkuàng zhǒng yuè dà

28. 要緊 : important; essential
　　 yàojǐn

161

表示 身體 狀況 越 不好，如果 沒有 早點 去看
biǎoshì shēntǐ zhuàngkuàng yuè bùhǎo rúguǒ méiyǒu zǎodiǎn qù kàn

醫生，是 有 可能 會 死掉 的！
yīshēng shì yǒu kěnéng huì sǐdiào de

阿賢：真 的 假的？
Āxián zhēn de jiǎ de

仲辨 ：什麼？你 叔叔 真的 這麼 說？真 有 這麼
Zhòngbiàn shénme nǐ shúshu zhēnde zhème shuō zhēn yǒu zhème

嚴重 ？
yánzhòng

阿寬：對 啊！所以 你 現在 趕快 去看 醫生 吧！
Ākuān duì a suǒyǐ nǐ xiànzài gǎnkuài qù kàn yīshēng ba

仲辨 ：那 你們 幫 我 看 一 下 攤位，我 這 就 去 看
Zhòngbiàn nà nǐmen bāng wǒ kàn yí xià tānwèi wǒ zhè jiù qù kàn

醫生 。
yīshēng

（ 說 完， 仲辨 立刻 就 去看 醫生 了。）
shuō wán Zhòngbiàn lìkè jiù qù kàn yīshēng le

醫生：下 一 位，鄭 仲辨 。
yīshēng xià yí wèi Zhèng Zhòngbiàn

仲辨 ：您 好。
Zhòngbiàn nín hǎo

醫生：請 進，你 哪裡 不 舒服？
yīshēng qǐng jìn nǐ nǎlǐ bù shūfú

仲辨 ：醫生，您 看 我 的 大 拇指， 腫 得 跟 棍棒
Zhòngbiàn yīshēng nín kàn wǒ de dà mǔzhǐ zhǒng de gēn gùnbàng

一樣粗，而且 刺痛 得很， 全身 到處 都 酸痛
yíyàng cū érqiě cìtòng dehěn quánshēn dàochù dōu suāntòng

無力……請 問，我得了什麼 病？
wúlì qǐng wèn wǒ dé le shénme bìng

醫生 ：啊，你 長 這 個 疙瘩 幾 天 了？一 開始 是 不 是
yīshēng ā nǐ zhǎng zhè ge gēda jǐ tiān le yì kāishǐ shì bú shì

只有 米粒 那麼 大 而已？
zhǐyǒu mǐlì nàme dà éryǐ

仲辨 ：對對對！您 怎麼 知道？一 開始 就 小 小 一個，
Zhòngbiàn duìduìduì nín zěnme zhīdào yì kāishǐ jiù xiǎo xiǎo yí ge

所以我 也 沒 特別 去 注意。再 說 一 旁 的 朋友
suǒyǐ wǒ yě méi tèbié qù zhùyì zài shuō yì páng de péngyǒu

也 告訴 我 不用 擔心，所以才 會 拖 到 今天 才 來
yě gàosù wǒ búyòng dānxīn suǒyǐ cái huì tuō dào jīntiān cái lái

看 您。
kàn nín

醫生 ：（搖搖 頭 說 ）哎，你 怎麼 不 早點 來 呢？怎麼
yīshēng yáoyáo tóu shuō āi nǐ zěnme bù zǎodiǎn lái ne zěnme

可以 隨便 聽信 朋友 的 意見 呢？他們 又 不 是
kěyǐ suíbiàn tīngxìn péngyǒu de yìjiàn ne tāmen yòu búshì

醫生！幸好[29]你 今天 來 了，要不然 就 要 出 大事 了。
yīshēng xìnghǎo nǐ jīntiān lái le yào bùrán jiù yào chū dàshì le

29. 幸好： fortunately
xìnghǎo

163

仲辨 ：我 聽說 了，這個 嚴重 的 話 會 死掉，是 真的
Zhòngbiàn　　wǒ tīngshuō le　 zhè ge yánzhòng de huà huì sǐdiào　 shì zhēnde

嗎 ？
ma

醫生 ：是 啊！這個 是 一 個 很 特殊 的 病，雖然 病兆 在
yīshēng　　 shì a　 zhège shì yí ge hěn tèshū de bìng suīrán bìngzhào zài

指頭 上 ，但 其 實 是 全身 的 病。如果 你 在 一
zhǐtou shàng　 dàn qí shí shì quánshēn de bìng rúguǒ nǐ zài yì

剛 開始 長 小 疙瘩 就 來 治療 的 話，只 要 用
gāng kāishǐ zhǎng xiǎo gēda jiù lái zhìliáo de huà　 zhǐ yào yòng

艾草³⁰塗抹³¹一 天 ， 馬上 就 會 消 下 去，隔天 就
àicǎo túmǒ yì tiān　　 mǎshàng jiù huì xiāo xià qù　 gétiān jiù

痊癒 了。如果 到 了 病 發 第 三 天 才 來 就醫，也
quányù lc　 rúguǒ dào le bìng fā dì sān tiān cái lái jiùyī　 yě

不會 太 嚴重， 只 要 每天 三 餐 飯後 喝 個 藥，
búhuì tài yánzhòng　 zhǐ yào měitiān sān cān fànhòu hē ge yào

大概 兩 個 禮拜 就 會 痊癒 了。
dàgài liǎng ge lǐbài jiùhuì quányù le

仲辨 ：那 我 已經 發病 六 天 了，還 有 救 嗎？
Zhòngbiàn　　 nà wǒ yǐjīng fābìng liù tiān le　 hái yǒu jiù ma

醫生 ：還 好 是 六 天，再 拖 個 一、 兩 天 的 話，這 個 病
yīshēng　 hái hǎo shì liù tiān　 zài tuō ge yì　 liǎng tiān de huà　 zhè ge bìng

---

30. 艾草：Asian mugwort
　　àicǎo

31. 塗抹：spread; smear
　　túmǒ

會 蔓延³² 到 肝 臟³³、橫隔膜³⁴這些要害³⁵，要 治 就
huì mànyán　dào gān zàng　hénggémó zhèxiēyàohài　yào zhì jiù

麻煩 了。即便 沒 危及 到 性命 ，也 可能 需要 切除
máfán le　jíbiàn méi wéijí dào xìngmìng　yě kěnéng xūyào qiēchú

你 的 左手。你 說，這 病 嚴 不 嚴重 呢？
nǐ de zuǒshǒu nǐ shuō zhè bìng yán bù yánzhòng ne

仲辨 ：天 啊！不行，沒有 左手 ，我 就 不能 搬貨、做
Zhòngbiàn　tiān a　bùxíng　méiyǒu zuǒshǒu　wǒ jiù bùnéng bānhuò　zuò

生意 了！
shēngyì le

醫生 ：對 啊！好 險 你 現 在 來 了。
yīshēng　duì a　hǎo xiǎn nǐ xiàn zài lái le

仲辨 ：那 醫生 ，我 要 怎麼 樣 才會 痊癒 呢？我 真的
Zhòngbiàn　nà yīshēng　wǒ yào zěnme yàng cáihuì quányù ne　wǒ zhēnde

痛 得 受 不 了 了。
tòng de shòu bù liǎo le

醫生 ：你 現在 已經 拖 了 六天 了，要 治療 好 的 話，
yīshēng　nǐ xiànzài yǐjīng tuō le liùtiān le　yào zhìliáo hǎo de huà

一定 要 內服³⁶跟 外用³⁷，一併 治療 才行。 從
yídìng yào nèifú　gēn wàiyòng　yíbìng zhìliáo cáixíng　cóng

---

32. 蔓延：spread; extend
    mànyán

33. 肝臟：liver
    gānzàng

34. 橫隔膜：diaphragm
    hénggémó

35. 要害：vital part; crucial point
    yàohài

36. 內服：take medicine orally
    nèifú

37. 外用：external use
    wàiyòng

現在開始，你 每天 三 餐 飯後 和 睡前 都 要
xiànzài kāishǐ　nǐ měitiān sān cān fànhòu hàn shuìqián dōu yào

服用 湯藥，並且 要 塗抹 我 給 的 上 好 藥膏[38]。
fúyòng tāngyào　bìngqiě yào túmǒ wǒ gěi de shàng hǎo yàogāo

切記[39]，你一定要 認真地 吃藥 跟 擦藥，這樣 才 能
qièjì　nǐ yídìng yào rènzhēnde chīyào gēn cā yào zhèyàng cái néng

趕快 痊癒。
gǎnkuài quányù

仲辨：我知道了，謝謝 醫生。我 一定 會 依照 您 的 吩咐[40]，
Zhòngbiàn　wǒ zhīdào le　xièxie yīshēng wǒ yídìng huì yīzhào nín de fēnfù

好 好 去 做 的。
hǎo hǎo qù zuò de

醫生：那 就 好。 等等 護士 會 先 拿 一 個 禮拜 的 藥 給
yīshēng　nà jiù lǎo　děngděng hùshì huì xiān ná yí ge lǐbài de yào gěi

你，以後 你 每 個 禮拜 都 要 回來 複診，直 到 痊癒
nǐ　yǐhòu nǐ měi ge lǐbài dōu yào huílái fùzhěn　zhí dào quányù

為 止。
wéi zhǐ

仲辨：好，謝謝 醫生。
Zhòngbiàn　hǎo　xièxie yīshēng

（之後， 仲辨 非常 認真 的 吃藥 跟 擦藥，兩 個 月
zhīhòu　Zhòngbiàn fēicháng rènzhēn de chīyào gēn cāyào　liǎng ge yuè

38. 藥膏：ointment
　　yàogāo

39. 切記：be sure to keep in mind
　　qièjì

40. 吩咐：instructions
　　fēnfù

後，大 拇指 終於 恢復 到 原本 的 樣子，身體 也 不再
hòu　dà mǔzhǐ zhōngyú huīfù dào yuánběn de yàngzi　shēntǐ yě búzài

疼痛 了。但 直到 三個 月後，氣色 才 恢復 成 以 往
téngtòng le　dàn zhídào sān ge yuèhòu　qìsè cái huīfù chéng yǐ wǎng

健康 紅潤 的 模樣。）
jiànkāng hóngrùn de móyàng

思考題
sīkǎotí

1. 看完仲辨的故事後，你有什麼感觸呢？這個故事要告訴我們
什麼？

2. 請問，如果你是仲辨，你會一發現小疙瘩就去看醫生嗎？為
什麼？

3. 你或身邊的人有沒有曾經因為聽信謠言，沒有尋求專業，而
導致嚴重的後果呢？

4. 請想一想，在你的國家，有什麼事情是因為在還不嚴重的時
候大家並不重視，最後卻演變成一個大問題的呢？對於這個
問題，你覺得應該要怎麼解決比較好呢？

⑩【枕中記】

zhěnzhōng jì

（ 唐朝[1] 的 時候，有位 姓 呂 的 道士，一天，恰巧[2] 經過
Tángcháo de shíhòu yǒuwèi xìng Lǚ de dàoshì yì tiān qiàqiǎo jīngguò

邯鄲 道，由於 天色 已經 很 晚 了，於是 就 在 附近 的 一
HánDān dào yóuyú tiānsè yǐjīng hěn wǎn le yúshì jiù zài fùjìn de yì

間 旅店 休息。道士 才 歇 下 沒 多 久，有 個 從 鄉下 來 的
jiān lǚdiàn xiūxí dàoshì cái xiē xià méi duō jiǔ yǒu ge cóng xiāngxià lái de

年輕人 也 跟 著 進來。那 位 年輕人 名 叫 盧 萃之，牽[3]
niánqīngrén yě gēn zhe jìn lái nà wèi niánqīngrén míng jiào Lú Cuìzhī qiān

著 一 匹 馬，打算 要 到 城 裡 去，因為 天暗 了，所以 也
zhe yì pī mǎ dǎsuàn yào dào chéng lǐ qù yīnwèi tiān àn le suǒyǐ yě

進到 這 家 旅店 休息。）
jìndào zhè jiā lǚdiàn xiūxí

盧 生：老闆，我 要 住宿！
Lúshēng lǎobǎn wǒ yào zhùsù

老闆：好 是 好，但是 我們 就 只 剩下 一個 床位 了，您
lǎobǎn hǎo shì hǎo dànshì wǒmen jiù zhǐ shèngxià yí ge chuángwèi le nín

可 願意 和 那 位 道士 睡 一 間 房？
kě yuànyì hàn nà wèi dàoshì shuì yì jiān fáng

---

1. 唐 朝：Tang dynasty (618-907)
   Tángcháo

2. 恰巧：by chance
   qiàqiǎo

3. 牽：hand in hand
   qiān

盧生：這 有 什麼 問題！出門 在 外，將就[4] 一下 無 所 謂，
Lúshēng　zhè yǒu shénme wèn tí　chūmén zài wài　jiāngjiù　yíxià wú suǒ wèi

再 說，一起 睡 反而 有 個 伴。
zài shuō　　yìqǐ shuì fǎnér yǒu ge bàn

（進 房 後，盧 生 和 道士 一見如故[5]，聊 了 一 整 晚。）
jìn fáng hòu　Lúshēng hàn dàoshì yíjiànrúgù　　liáo le yì zhěng wǎn

盧 生：道士，您好！我 姓 盧，從 縣 裡 來 的，您 呢？
Lúshēng　dàoshì　nínhǎo　wǒ xìng Lú　cóng xiàn lǐ lái de　nín ne

呂道士：我 是 這 山上 道觀[6] 裡 的 道士。
Lǚdàoshì　wǒ shì zhè shānshàng dàoguàn　lǐ de dàoshì

盧 生：真 的 啊？！真 是 太 巧 了！我 前 幾 天 才 聽
Lúshēng　zhēn de a　　zhēn shì tài qiǎo le　wǒ qián jǐ tiān cái tīng

旁人 談 起 你 們 道觀 裡 的 道士 呢！聽說，你們
pángrén tán qǐ nǐ men dàoguàn lǐ de dàoshì ne　tīngshuō　nǐmen

各 個 身懷絕技[7]，每 一 位 都 是 厲害 的 高人。今天
gè ge shēnhuáijuéjì　měi yí wèi dōu shì lìhài de gāorén　jīntiān

能 遇見 您，真 是 我 的 榮幸[8]啊！
néng yùjiàn nín　zhēn shì wǒ de róngxìng　a

呂道士：哪裡，哪裡，您 過獎[9]了。
Lǚdàoshì　nǎ lǐ　nǎ lǐ　nín guòjiǎng le

---

4. 將就：to accept; to put up with
   jiāngjiù

5. 一見如故：feel like old friends at
   yíjiànrúgù　the first meeting

6. 道觀：daoist temple
   dàoguàn

7. 身懷絕技：a man with unique skill
   shēnhuáijuéjì

8. 榮幸：be honoured
   róngxìng

9. 過獎：overpraise
   guòjiǎng

盧 生：對了，您 為什麼 會下 山 呢？打算 去 哪兒？
Lúshēng　duì le　nín wèishénme huì xià shān ne　dǎsuàn qù nǎ ér

呂道士：我 要 到 城 裡 探望 一 位 老 朋友 。
Lǚ dàoshì　wǒ yào dào chéng lǐ tànwàng yí wèi lǎo péngyǒu

盧 生：原來 是 這樣 啊！我 猜，您 的 朋友 一定 也 不 是
Lúshēng yuánlái shì zhèyàng a　wǒ cāi　nín de péngyǒu yídìng yě bú shì

個 普通 人 吧！既 能 住 在 城市 裡，又 有 高人
ge pǔtōng rén ba　jì néng zhù zài chéngshì lǐ　yòu yǒu gāorén

朋友 ，他 應該 也 是 個 有 所 作為 的 人，是 不
péngyǒu　tā yīnggāi yě shì ge yǒu suǒ zuòwéi de rén　shì bú

是？真 是 令人 羨慕！
shì　zhēn shì lìngrén xiànmù

呂道士：嗯，他 的確 是 很 優秀。
Lǚ dàoshì　èn　tā díquè shì hěn yōuxiù

盧 生：唉！您 看看，我 這 一 身 衣服，破破 爛爛 的；
Lúshēng　āi　nín kànkàn wǒ zhè yì shēn yīfú　pòpò lànlàn de

明明 正值 青年 ，是 大有可為[10]的 時候，但 卻
míngmíng zhèngzhí qīngnián　shì dàyǒukěwéi de shíhòu　dàn què

如此 窮困潦倒[11]！您 說說 ，這 怎 能 不 讓 人
rúcǐ qióngkùnliáodǎo　nín shuōshuō　zhè zěn néng bú ràng rén

---

10. 大有可為：be well worth doing;
　　dàyǒukěwéi　　have bright prospects

11. 窮困潦倒：fall in evil days
　　qióngkùnliáodǎo

灰心喪氣[12]？
huīxīn-sàngqì

呂道士：怎 麼 會 呢 ？我 看 您 不但 身強 體壯 ，言談
Lǚdàoshì　zěn me huì ne　wǒ kàn nín búdàn shēnqiáng tǐzhuàng　yántán

風趣[13]，舉止 有禮，甚至 還有 一 匹 馬， 完全 看
fēngqù　jǔzhǐ yǒulǐ shènzhì háiyǒu yì pǐ mǎ　wánquán kàn

不出來 有 什麼 不如意 的 地方 啊 ？不 知 您 為何
bù chūlái yǒu shénme bù rúyì de dìfāng a　bù zhī nín wèi hé

說 自己 生活 困頓[14]呢 ？
shuō zìjǐ shēnghuó kùndùn　ne

盧 生 ：唉，有 匹 馬 算 什麼 ？我 覺得 自己 一無是處[15]，
Lúshēng　āi　yǒu pǐ mǎ suàn shénme　wǒ juéde zìjǐ yìwúshìchù

現在 這樣 不過 是 苟活[16]而已 ，一 點 也 不 順心 。
xiànzài zhèyàng búguò shì gǒuhuó éryǐ　yì diǎn yě bú shùnxīn

呂道士：不 順心 ？您 有 什麼 煩心 的 事 嗎 ？像 您 這樣
Lǚdàoshì　bú shùnxīn　nín yǒu shénme fánxīn de shì ma　xiàng nín zhèyàng

年輕 體健，又 能 自由 地 雲遊 四方[17]，都 不
niánqīng tǐjiàn　yòu néng zìyóu de yúnyóu sìfāng　dōu bù

---

12. 灰心喪氣：frustrated; be
　　huīxīn-sàngqì　disheartened; get
　　discouraged

13. 風趣：humour
　　fēngqù

14. 困頓：tired out; exhausted
　　kùndùn

15. 一無是處：without a single
　　yìwúshìchù

redeeming feature;
having no saving grace

16. 苟活：live on in degradation
　　gǒuhuó

17. 雲遊四方：(of a buddhist monk
　　yúnyóu sìfāng　or a taoist priest)
　　wander about

感到 順心 了，那要 怎麼樣 才叫 順心 呢？
gǎndào shùnxīn le　nà yào zěnmeyàng cái jiào shùnxīn ne

盧 生：依 我 看，大 丈夫 就 應該 要 建功立業[18]、 名揚
Lúshēng　yī wǒ kàn　dà zhàngfū jiù yīnggāi yào jiàngōnglìyè　míngyáng

四方 才是！俗話 說：「學 而 優 則 仕[19]」，一 個
sìfāng cái shì　súhuà shuō　xué ér yōu zé shì　yí ge

有 出息 的 男人 必須「出 為 將，入 為 相[20]」，
yǒu chūxi de nánrén bìxū　chū wéi jiàng　rù wéi xiàng

為 國 爭光 ，為 人民 謀 求福祉，然後 讓 妻 小
wèi guó zhēngguāng　wèi rénmín móu qiú fúzhǐ　ránhòu ràng qī xiǎo

享受 榮華 富貴的 生活 才是！您 說 不是嗎？
xiǎngshòu rónghuá fùguì de shēnghuó cái shì　nín shuō bú shì ma

呂道士：那，勞煩 您 跟 我 說說 ，怎樣 才 算 是 榮華
Lǚdàoshì　nà　láofán nín gēn wǒ shuōshuō　zěnyàng cái suàn shì rónghuá

富貴的 生活 呢？
fùguì de shēnghuó ne

盧 生：嗯，我 夢想 中 的 富貴 生活 ，就 是 要 在
Lúshēng　èn　wǒ mèngxiǎng zhōng de fùguì shēnghuó　jiù shì yào zài

經濟 上 有 餘裕[21]， 能 住 大 房子，出入 有 人
jīngjì shàng yǒu yúyù　néng zhù dà fángzi　chūrù yǒu rén

---

18. 建功立業：to achieve or
jiàngōnglìyè　accomplish goals

19. 學而優則仕：one who is
xué ér yōu zé shì　successful in one's
studies can become
an official

20. 出 為 將 ，入 為 相：have both
chū wéi jiàng　rù wéi xiàng　civil and
military
abilities

21. 餘裕：enough and to spare
yúyù

174

伺候²²，衣食無缺；溫飽之餘，還能悠閒得
cìhòu　　　yīshíwúquē　wēnbǎo zhī yú　hái néng yōuxián de

享受 歌舞。而要 享有 這樣 的 生活，一
xiǎngshòu gēwǔ　ér yào xiǎngyǒu zhèyàng de shēnghuó yí

定 得 要 有 相當 的 社會 地位，這樣 才 能
dìng děi yào yǒu xiāngdāng de shèhuì dìwèi　zhèyàng cái néng

有 不錯 的 收入，而且 也 才 能 受到 旁人 的
yǒu búcuò de shōurù　érqiě yě cái néng shòudào pángrén de

敬重 。對了，我 還 要 設 私塾²³，讓 我 的 子子
jìngzhòng　duì le　wǒ hái yào shè sīshú　ràng wǒ de zǐzǐ

孫孫 都 能 接受 良好 的 教育，然後 讓 這個
sūnsūn dōu néng jiēshòu liánghǎo de jiàoyù　ránhòu ràng zhège

家族 持續 地 興旺 ²⁴ 下去！
jiāzú chíxù de xīngwàng　xià qù

呂道士： 這樣 就是 您 想要 的 順心 的 生活 嗎？
Lǚdàoshì　zhèyàng jiùshì nín xiǎngyào de shùnxīn de shēnghuó ma

盧生： 是 啊，這 就 是 我 一 直 以 來 的 夢想 ，為 了
Lúshēng　shì a　zhè jiù shì wǒ yì zhí yǐ lái de mèngxiǎng　wèi le

實現 這個 夢 想，我 每天 都 埋頭 苦讀²⁵，希望
shíxiàn zhège mèng xiǎng　wǒ měitiān dōu máitóu kǔdú　xīwàng

自己 能 得到 功名 ，然後 當 高官、得 厚祿。
zìjǐ néng dédào gōngmíng　ránhòu dāng gāoguān　dé hòulù

22. 伺候：serve cìhòu	24. 興旺：prosper; flourish; thrive xīngwàng
23. 私塾：old-style private school sīshú	25. 埋頭苦讀：to bury oneself in study máitóu kǔdú

但是，努力了 這麼 些 年，總是 屢試 不第[26]，眼 看
dànshì　nǔlì le zhème xiē nián zǒngshì lǔshì búdì　yǎn kàn

都 已經 過 三十 了，我 卻 只 能 靠著 種田 來
dōu yǐjīng guò sānshí le　wǒ què zhǐ néng kàozhe zhòngtián lái

補貼 家用，您 說，這樣 還 不困頓 嗎？（打 哈
bǔtiē jiāyòng　nín shuō zhèyàng hái bú kùn dùn ma　　dǎ hā

欠）說著 說著，突然 覺得 好 睏。
qiàn　　shuōzhe shuōzhe　túrán juéde hǎo kùn

（這時 天都 微 亮 了，旅店 的 主人 都 起床 了，正
zhè shí tiān dōu wéi liàng le　lǔdiàn de zhǔrén dōu qǐchuáng le　zhèng

準備 蒸 黃粱[27]要 做飯。道士 從 自己 的 包包 裡拿 出
zhǔnbèi zhēng huángliáng yào zuòfàn　dàoshì cóng zìjǐ de bāobāo lǐ ná chū

一 個 枕頭 遞給 盧 生 。）
yí ge zhěntou dì gěi Lúshēng

呂道士：你 改 睡 這個 枕頭 吧！這 枕頭 或許 能 讓 你
Lǔdàoshì　nǐ gǎi shuì zhège zhěntou ba　zhè zhěntou huòxǔ néng ràng nǐ

如願以償[28]，順 利 得到 你 心中 想要 的 榮華
rúyuànyǐcháng　shùn lì dédào nǐ xīnzhōng xiǎngyào de rónghuá

富貴，並 讓 你 過 著 順心 的 生活 喔。
fùguì　bìng ràng nǐ guò zhe shùnxīn de shēnghuó ō

---

26. 屢試 不第：put to repeated tests
    lǔshì búdì　and cannot succeed
    every time

27. 黃 粱 ：golden millet
    huángliáng

28. 如 願 以 償 ：to have one's wish
    rúyuànyǐcháng　fulfilled

176

盧生：（打哈欠）真的 假的⋯⋯好，那 我 就 先 睡 了，
Lúshēng　　 dǎ hāqiàn zhēnde jiǎde　 hǎo　 nà wǒ jiù xiān shuì le

晚安。
wǎnān

（盧生 將 原本 的 枕頭， 換成 道士 給 的 枕頭，一
　Lúshēng jiāng yuánběn de zhěntou　 huànchéng dàoshì gěi de zhěntou　 yí

下 子 就 睡著 了。）
xià zi jiù shuìzháo le

（在 夢 中）
zài mèng zhōng

盧生：咦？那裡 怎麼 有 個 洞？ 好像 可以 進去 耶，
Lúshēng　 yí　 nàlǐ zěnme yǒu ge dòng　 hǎoxiàng kěyǐ jìnqù yē

進去 看看 好 了。
jìnqù kànkàn hǎo le

（盧生 抬 起 腳 走 了 進去）
　Lúshēng tái qǐ jiǎo zǒu le jìnqù

盧生：這 不是 我 家 嗎！我 剛剛 不是 還 在 旅店 裡，
Lúshēng　 zhè búshì wǒ jiā ma　 wǒ gānggāng búshì hái zài lǚdiàn lǐ

怎麼 一 下 子 就 回到 家 了 呢？
zěnme yí xià zi jiù huí dào jiā le ne

（這 時 盧生 的 妻子崔氏，從 家裡 走 了 出來。）
　zhè shí Lúshēng de　 qīzi Cuīshì cóng jiā lǐ zǒu le chūlái

崔氏：老公，你 回來 了 呀？
Cuīshì lǎogōng　 nǐ huílái le ya

（盧生 心 想：奇怪？我 娶妻 了嗎？這 女子 長 得很有
Lúshēng xīn xiǎng qíguài wǒ qǔqī le ma zhè nǚzǐ zhǎng de hěn yǒu

氣質，又 知書 達禮[29]的 樣 子，如果 真的 是 我 的 妻子 就 太
qìzhí yòu zhīshū dálǐ de yàng zi rúguǒ zhēnde shì wǒ de qīzi jiù tài

好 了！）
hǎo le

盧 生：老公？是 在 說 我 嗎？
Lúshēng lǎogōng shì zài shuō wǒ ma

崔氏：（掩[30]著 嘴 笑）呵呵，別 開玩笑 了！不 是 說 你，
Cuīshì yǎn zhe zuǐ xiào hē hē bié kāiwánxiào le bú shì shuō nǐ

還 有 誰？怎麼？你 才 出去 一 下子，就 把 我 給 忘
hái yǒu shéi zěn me nǐ cái chūqù yí xià zi jiù bǎ wǒ gěi wàng

了？
le

盧 生：沒……沒 有 啦！我 怎麼 會 把 這麼 漂亮 的 老婆
Lúshēng méi méi yǒu la wǒ zěnme huì bǎ zhème piàoliàng de lǎopó

給 忘記 呢？
gěi wàngjì ne

崔氏：呵呵，快 進來 吧！我 已經 叫 僕人[30]們 準備 好 晚餐
Cuīshì hē hē kuài jìnlái ba wǒ yǐjīng jiào púrén men zhǔnbèi hǎo wǎncān

了 喔！
le ō

---

29. 知書達禮：be well-educated and
    zhīshūdálǐ   sensible

30. 僕人：servant
    púrén

（盧生 心 想 ：哇，我們 家 有 僕人？）
Lúshēng xīn xiǎng wa wǒmen jiā yǒu púrén

盧 生 ：好 好 好，那 我們 快 進去 吃 晚餐 吧。
Lúshēng hǎo hǎo hǎo nà wǒmen kuài jìnqù chī wǎncān ba

（進 家 門 後，盧 生 發現 自己 的 家 變得 又 大 又
jìn jiā mén hòu Lú shēng fāxiàn zìjǐ de jiā biànde yòu dà yòu

漂亮 。）
piàoliàng

（盧生 心 想 ：哇，我 的 家 什麼 時候 多 了 這麼 多
Lú shēng xīn xiǎng wa wǒ de jiā shénme shíhòu duō le zhème duō

房間 ？哇，家具 也 都 好 高級！）
fángjiān wa jiājù yě dōu hǎo gāojí

盧 生 ：這⋯⋯真的 是 我 的 家 嗎？
Lúshēng zhè zhēnde shì wǒ de jiā ma

崔氏：呵呵，老公，你 怎麼 一直 犯傻[31]，這 當然 是 你 的
Cuīshì hē hē lǎogōng nǐ zěnme yìzhí fànshǎ zhè dāngrán shì nǐ de

家 啊！
jiā a

盧 生 ：哈哈哈，沒什麼，我 只是 有 點 不 習慣。
Lúshēng hā hā hā méi shénme wǒ zhǐshì yǒu diǎn bù xíguàn

崔氏：來來來，快 來 吃 晚餐 吧！老公，對 不 起，今天
Cuīshì lái lái lái kuài lái chī wǎncān ba lǎogōng duì bù qǐ jīntiān

---

31. 犯傻 : pretend to be naïve,
   fànshǎ   ignorant or stupid

市場 沒開，僕人們 只能 用 家裡 剩下 的 材料
shìchǎng méi kāi　púrén men zhǐnéng yòng jiā lǐ shèngxià de cáiliào

準備 晚餐，希望 你 別 介意。
zhǔnbèi wǎncān　xīwàng nǐ bié jièyì

（盧生 看著 一 桌子 的 菜，心 想：這些 菜 都 夠 我 吃
Lúshēng kàn zhe yì zhuō zi de cài　xīn xiǎng　zhèxiē cài dōu gòu wǒ chī

三餐 了，我 怎麼 會 介意 呢？）
sāncān le　wǒ zěnme huì jièyì ne

盧生：不會不會，這裡 少說 也 有 十 道 菜，這麼 豐盛 ，
Lúshēng　búhuì búhuì　zhèlǐ shǎoshu yě yǒu shí dào cài　zhème fēngshèng

我 怎麼 會 介意 呢？這樣 就 夠 了！
wǒ zěnme huì jièyì ne zhèyàng jiù gòu le

崔氏：太 好 了，那 我們 趕快 開動[32]吧！
Cuīshì　tài hǎo le　nà wǒmen gǎnkuài kāidòng ba

（吃 完 晚餐）
chī wán wǎncān

崔氏：老公，再 三 個 月 就 要 考試 了，你 緊 不 緊張 啊？
Cuīshì lǎogōng　zài sān ge yuè jiù yào kǎoshì le　nǐ jǐn bù jǐnzhāng a

（盧生 心 想：什麼？我 要 參加 考試 了 嗎？那 我 真的
Lúshēng xīn xiǎng　shénme　wǒ yào cānjiā kǎoshì le ma　nà wǒ zhēnde

得 趕快 讀書 才 行。）
děi gǎnkuài dúshū cái xíng

32. 開動：start to eat
kāidòng

盧生：我 覺得 這次 上榜 的 機會 非常 大，但是 我 還是
Lúshēng　wǒ juéde zhècì shàngbǎng de jīhuì fēicháng dà　dànshì wǒ háishì

會 好好 用功 讀書 的，妳 放 心。
huì hǎohǎo yònggōng dúshū de　nǐ fàng xīn

崔氏：聽 你 這麼 一 說，我 就 放心 了。嗯，你 先 到
Cuīshì　tīng nǐ zhème yì shuō　wǒ jiù fàngxīn le　èn　nǐ xiān dào

後院 散 個 步，我 去 準備 洗 澡 水，讓 你 放鬆
hòuyuàn sàn ge bù　wǒ qù zhǔnbèi xǐ zǎo shuǐ　ràng nǐ fàngsōng

放鬆 ，你 加油 喔！
fàngsōng　nǐ jiāyóu ō

盧生：好，我 這次 一定 會 好好 努力 的，為 了 妳，也 為
Lúshēng　hǎo　wǒ zhècì yídìng huì hǎohǎo nǔlì de　wèi le nǐ　yě wèi

了 我們 的 未來！
le wǒmen de wèilái

崔氏：哇，老公 最 帥 了！加油 加油！
Cuīshì　wa lǎogōng zuì shuài le　jiāyóu jiāyóu

（盧生 在 老婆 的 加油 打氣 下，每天 都 很 認真 地
　Lú shēng zài lǎopó de jiāyóu dǎqì xià　měitiān dōu hěn rènzhēn de

念書。三 個 月 後，果然 通過 了 國家 考試，高中 進士！
niànshū sān ge yuè hòu　guǒrán tōngguò le guójiā kǎoshì　gāozhòng jìnshì

終於 成為 了 官員 ，不用 再 種田 了。）
zhōngyú chéngwéi le guānyuán　búyòng zài zhòngtián le

崔氏：天 啊，老公，你 真的 上榜 了！我 就 知道 你 一定
Cuīshì　tiān a　lǎogōng nǐ zhēnde shàngbǎng le　wǒ jiù zhīdào nǐ yídìng

可以 的，你 真是 太 棒 了！
kěyǐ de　nǐ zhēnshì tài bàng le

盧 生：老婆，這 一 切 都 是 妳 的 功勞 ，沒有 妳 在 旁邊
Lúshēng　lǎopó　zhè yí qiē dōu shì nǐ de gōngláo　méiyǒu nǐ zài pángbiān

照顧 我、督促[33]我，我 是 不 可能 有 今天 的。
zhàogù wǒ　dūcù　wǒ　wǒ shì bù kěnéng yǒu jīntiān de

崔 氏：老公，你 說 什麼 呢？是 你 自己 願意 努力、願意 下
Cuīshì　lǎogōng　nǐ shuō shénme ne　shì nǐ zìjǐ yuànyì nǔlì　yuànyì xià

功夫，才 有 今天 的 成就 。我 身為 你 的 妻子， 幫
gōngfu　cái yǒu jīntiān de chéngjiù　wǒ shēnwéi nǐ de qīzi　bāng

你 是 應該 的。老公，你 辛苦 了，謝謝 你 為了 我們
nǐ shì yīnggāi de lǎogōng　nǐ xīnkǔ le　xièxie nǐ wèile wǒmen

家 這麼 努力。
jiā zhème nǔlì

盧 生：哪裡，這些 都 是 我 應該 做 的。我 的 好老婆，我
Lúshēng　nǎ lǐ　zhèxiē dōu shì wǒ yīnggāi zuò de　wǒ de hǎo lǎopó　wǒ

功成名就 [34]以後，一定 會 對 妳 更好 的，讓 妳
gōngchéng-míngjiù　yǐhòu　yídìng huì duì nǐ gènghǎo de ràng nǐ

吃 香 的，喝 辣 的！
chī xiāng de　hē là de

崔 氏：哈哈，你 說 錯 了，不是 對 我 一 個 人 好，是 對
Cuīshì　hā hā　nǐ shuō cuò le　búshì duì wǒ yí ge rén hǎo　shì duì

---

33. 督促：supervise and urge
　　dūcù

34. 功 成 名 就 ：to win success
　　gōngchéng-míngjiù　and recognition

「我們」 更 好！
wǒmen　gèng hǎo

盧 生 ：什麼 意思？
Lúshēng　shénme　yìsi

崔 氏：老公，我 跟 你 說，我 懷孕 了！
Cuīshì　lǎogōng　wǒ gēn nǐ shuō　wǒ huáiyùn le

盧 生 ：真的？我 太 高興 了！太 好 了！那 我 要 努力 工作
Lúshēng　zhēnde　wǒ tài gāoxìng le　tài hǎo le　nà wǒ yào nǔlì gōngzuò

才 行。我 要 趕快 升 官，賺 更 多 錢 來 養
cái xíng　wǒ yào gǎnkuài shēng guān zuàn gèng duō qián lái yǎng

你們！
nǐmen

崔 氏：老公，謝謝 你。我 愛 你。
Cuīshì　lǎogōng　xiè xie nǐ　wǒ ài nǐ

盧 生 ：我 也 愛 妳。
Lúshēng　wǒ yě ài nǐ

（盧 生 果然 不負眾望 [35]，在 面見 皇上 的 時候，他
Lúshēng guǒrán búfùzhòngwàng　zài miànjiàn huángshàng de shíhòu　tā

對 於 皇上 的 提問，不但 對答 如流，還 頗 有 見解，因此
duì yú huángshàng de tíwèn　búdàn duìdá rúliú　hái pǒ yǒu jiànjiě　yīncǐ

深受 皇上 喜愛。 皇上 便 將 他 留 在 身邊 當
shēnshòu huángshàng xǐài　huángshàng biàn jiāng tā liú zài shēnbiān dāng

---

35. 不負眾望：to live up to
búfùzhòngwàng　expectations

祕書，盧生 全家 也 搬到 京城 生活 。）
mìshū　Lúshēng quánjiā yě bāndào jīngchéng shēnghuó

（某 天）
mǒu tiān

皇上 ：哎，最近 西邊 的 外族 又 開始 在 邊疆[36] 作亂
huángshàng　āi　zuìjìn xībiān de wàizú yòu kāishǐ zài biānjiāng　zuòluàn

了。他們 燒殺擄掠[37] 樣樣 來 ，真是 可惡 極
le　tāmen shāoshālǔluè　yàngyàng lái　zhēnshì kěwù jí

了。前 一 陣 子，我 派 了 王 將軍 前 去 鎮壓
le　qián yí zhèn zi　wǒ pài le Wáng jiāngjūn qián qù zhènyā

[38]他們，結果 居然 輸 了！真是 沒用 ！
tāmen　jiéguǒ jūrán shū le　zhēnshì méiyòng

盧生 ： 皇上 ，您 先 別 急。依 我 看，這 回 敵人 的
Lúshēng　huángshàng　nín xiān bié jí　yī wǒ kàn　zhè huí dírén de

人數 實在 是 太多 了，他們 又 占有 地利 之 便，
rénshù shízài shì tàiduō le　tāmen yòu zhànyǒu dìlì zhī biàn

要 一舉攻下，還 真 有 點 不 容易。不過 話 又 說
yào yìjǔgōngxià　hái zhēn yǒu diǎn bù róngyì　búguò huà yòu shuō

回來，這 回 王 將軍 也 真是 大意[39]了 點，如果
huílái　zhè huí Wáng jiāngjūn yě zhēnshì dàyì le diǎn　rúguǒ

能 觀察 敵情 再出擊，就 不會 輸 得 這麼 慘 了。
néng guānchá díqíng zài chūjí　jiù búhuì shū de zhème cǎn le

---

36. 邊 疆 ：border area
    biānjiāng

37. 燒殺擄掠 ：burning, killing and
    shāoshālǔluè　pillaging(looting)

38. 鎮壓 ：suppress; put down
    zhènyā

39. 大意 ：careless
    dàyì

皇上 huángshàng：他何只大意了點？簡直是太大意了！他 tā hé zhǐ dàyì le diǎn jiǎnzhí shì tài dà yì le tā

因為自己一時失察[40]，不但沒能鎮壓住那些 yīnwèi zìjǐ yìshíshīchá bú dàn méi néng zhènyā zhù nàxiē

夷族[41]，自己還被殺了。唉，你說，我能不急 yízú zìjǐ hái bèi shā le āi nǐ shuō wǒ néng bùjí

嗎？他可是目前最好的人選啊，現在他死 ma tā kěshì mùqián zuìhǎo de rénxuǎn a xiànzài tā sǐ

了，我該去找誰來鎮壓才好？ le wǒ gāi qù zhǎo shéi lái zhènyā cái hǎo

盧生 Lúshēng：皇上，如果您信得過微臣，就請您讓 huángshàng rúguǒ nín xìn de guò wéichén jiù qǐng nín ràng

微臣帶兵去討伐[42]那些夷族吧！ wéichén dài bīng qù tǎofā nàxiē yízú ba

（跪下） guì xià

皇上 huángshàng：盧萃之，不是我信不過你，而是你從未帶 Lú Cuìzhī búshì wǒ xìn bú guò nǐ ér shì nǐ cóng wèi dài

過兵，怎麼可能打得贏？這可不是兒戲啊！ guò bīng zěnme kěnéng dǎ de yíng zhè kě búshì érxì a

---

40. 一時失察：to fail in observing or supervising
   yìshíshīchá

41. 夷族：barbarian
   yízú

42. 討伐：send armed forces to suppress
   tǎofā

盧生： 稟告 皇上 ，臣 雖然 從 未 帶 過 兵，但 由於
Lúshēng bǐnggào huángshàng chén suīrán cóng wèi dài guò bīng dàn yóuyú

對於 打 仗 相當 感興趣，所以 臣 不但 讀 了
duìyú dǎ zhàng xiāngdāng gǎn xìngqù suǒyǐ chén búdàn dú le

許多 兵書，還 時常 向 將領 們 請 教 兵法。
xǔduō bīngshū hái shícháng xiàng jiànglǐng men qǐng jiào bīngfǎ

研究 了 這麼 久，就是 希望 有 一 天 能 為 國家
yánjiù le zhème jiǔ jiùshì xīwàng yǒu yì tiān néng wèi guójiā

效勞 啊！
xiàoláo a

皇上 ：是 嗎？不過，你 剛剛 也 提到 了，敵人 有 地利
huángshàng shì ma búguò nǐ gānggāng yě tídào le dírén yǒu dìlì

之 便，你 對 當地 的 地形、氣候 熟悉 嗎？
zhī biàn nǐ duì dāngdì de dìxíng qìhòu shúxī ma

盧生： 皇上 ，不 瞞 您 說，我 的 母親 正是 當地
Lúshēng huángshàng bù mán nín shuō wǒ de mǔqīn zhèngshì dāngdì

人，我 在 那兒 住 了 十 來 年，因此 對 那 附近 的
rén wǒ zài nàér zhù le shí lái nián yīncǐ duì nà fùjìn de

地形 非常 熟悉！
dìxíng fēicháng shúxī

皇上 ：真的 ？太 好 了！好，那 我 就 信 你 一 次，命 你
huángshàng zhēnde tài hǎo le hǎo nà wǒ jiù xìn nǐ yí cì mìng nǐ

為 大 將軍，派 你 前往 西邊 鎮壓 夷族！
wéi dà jiāngjūn pài nǐ qiánwǎng xībiān zhènyā yízú

盧生：謝　皇上　，微臣　一定　不會　辜負[43]您的　厚望　的！
Lúshēng　xiè huángshàng wéichén yídìng búhuì　gūfù　nín de hòuwàng de

皇上　：萃之，你　需要　什麼　儘管[44]告訴　我，這次　一定　要
huángshàng　Cuìzhī　nǐ xūyào shénme jǐnguǎn gàosù wǒ　zhècì yídìng yào

做　好　萬全　的　準備，只　准　成功　不許　失敗！
zuò hǎo wànquán de zhǔnbèi zhǐ zhǔn chénggōng bù xǔ shībài

聽到　沒？
tīngdào méi

盧生：是，　皇上　。請　給我　十　天　好　好　張羅[45]一切，
Lúshēng　shì　huángshàng　qǐng gěi wǒ shí tiān hǎo hǎo zhāngluó yí qiè

您　放心，我　會　帶著　勝利　回　京城　見　您的！
nín fàngxīn　wǒ huì dài zhe shènglì huí jīngchéng jiàn nín de

皇上　：好，就　靠　你　了！
huángshàng　hǎo　jiù kào nǐ le

（盧　生　率領[46]大軍　前　往　邊疆　討伐　夷族，這　一　去
Lú shēng shuàilǐng　dàjūn qián wǎng biānjiāng tǎofā yízú　zhè yí qù

果然　不負　眾望　，將　敵軍　打　得　落花流水[47]，並　準備
guǒrán búfù zhòngwàng　jiāng díjūn dǎ de luòhuā-liúshuǐ　bìng zhǔnbèi

在　邊疆　建　城牆　及　城門　來　鎮守，好　讓　其他　的
zài biānjiāng jiàn chéngqiáng jí chéngmén lái zhènshǒu hǎo ràng qítā de

---

43. 辜負 ：let down; disappoint
　　 gūfù

44. 儘管 ：though; even though;
　　 jǐnguǎn　 despite

45. 張羅 ：prepare; get busy about
　　 zhāngluó

46. 率領 ：lead; head; command
　　 shuàilǐng

47. 落花流水 ：to be utterly defeated;
　　 luòhuāliúshuǐ　 like fallen flowers
　　　　　　　　 carried away by
　　　　　　　　 flowing water

187

夷族 不 再 敢 輕舉 妄動 。這回,盧 萃之 可以 說 拯救 [48]
yízú bú zài gǎn qīngjǔ wàngdòng zhè huí Lú Cuìzhī kěyǐ shuō zhěngjiù

了 邊疆 的 居民,他 讓 大家 又 恢復 了 安居 樂業 [49] 的
le biānjiāng de jūmín tā ràng dàjiā yòu huīfù le ānjū lèyè de

日子。)
rìzi

居民A:打 贏 了!打 贏 了!盧 將軍 打 贏 了!我們 的 好
jūmín dǎyíng le dǎyíng le Lú jiāngjūn dǎyíng le wǒmen de hǎo

日子 又 回來 了!
rìzi yòu huílái le

居民B:太 好 了!盧 將軍 真 有 一 套,我們 終於 不用
jūmín tài hǎo le Lú jiāngjūn zhēn yǒu yí tào wǒmen zhōngyú búyòng

再 過 苦 日子 了。
zài guò kǔ rìzi le

居民C:我 聽說 啊,盧 將軍 要 興建 堅固 的 城牆 ,
jūmín wǒ tīngshuō a Lú jiāngjūn yào xīngjiàn jiāngù de chéngqiáng

並 派兵 駐守 [50],好 繼續 保護 我們 喔!
bìng pàibīng zhùshǒu hǎo jìxù bǎohù wǒmen ō

居民A:對 對 對,我 也 聽說 了,盧 將軍 真是 用心 啊,
jūmín duì duì duì wǒ yě tīngshuō le Lú jiāngjūn zhēnshì yòngxīn a

---

48. 拯救 : save; rescue
    zhěngjiù

49. 安居樂業 : live in peace and work
    ānjūlèyè   happily

50. 派兵駐守 : to dispatch troops
    pàibīng zhùshǒu   and defend

思前 顧後[51]的。如果 真 能 建 城牆 ，那 我們 就
sīqián gùhòu de rúguǒ zhēn néng jiàn chéngqiáng nà wǒmen jiù

可以 安心 了。
kěyǐ ānxīn le

居民B：各位，盧 將軍 真是 我們 的貴人！他 不但 要 為
jūmín gèwèi Lú jiāngjūn zhēnshì wǒmen de guìrén tā búdàn yào wèi

我們 建 城牆 ，還帶了 很 多 的 糧食 要 來救濟[52]
wǒmen jiàn chéngqiáng hái dài le hěn duō de liángshí yào lái jiùjì

我們，此外，最 感人 的 是，他 還 讓 士兵 們 幫
wǒmen cǐwài zuì gǎnrén de shì tā hái ràng shìbīng men bāng

我們 重建 家園。
wǒmen chóngjiàn jiāyuán

居民C：什麼？盧 將軍 真是 太 好 了！有 了 士兵 們 的
jūmín shénme Lú jiāngjūn zhēnshì tài hǎo le yǒu le shìbīng men de

幫忙 ，這 破碎 的 家園，沒 多 久 就 能 恢復 昔日
bāngmáng zhè pòsuì de jiāyuán méi duō jiǔ jiù néng huīfù xírì

的 榮景 了。我們 終於 可以 好好 的 工作 、好好
de róngjǐng le wǒmen zhōngyú kěyǐ hǎohǎo de gōngzuò hǎohǎo

的 生活 了。
de shēnghuó le

居民A：盧 將軍 真是 我們 的 救命 恩人 啊。
jūmín Lú jiāngjūn zhēnshì wǒmen de jiùmìng ēnrén a

---

51. 思前顧後：to recall the former and
sīqiángùhòu   care for the later

52. 救濟：emergency relief
jiùjì

189

居民B：是 啊，他 簡 直 就 像 是 我們 的 神 一 樣！
jūmín　　shì a　　tā jiǎn zhí jiù xiàng shì wǒmen de shén yí yàng

居民C：我 覺得 我們 應該 要刻 一 個 雕像 [53] 來 紀念 他，
jūmín　　wǒ juéde wǒmen yīnggāi yào kē yí ge diāoxiàng　lái jìniàn tā

你們 覺得 怎麼樣 ？
nǐmen juéde zěnmeyàng

居民A：好 啊，好 啊！我 贊成 ！
jūmín　　hǎo a　hǎo a　wǒ zànchéng

居民B：嗯（點 頭）他 的確 很 值得 我們 紀念，我們 就 來刻
jūmín　　èn　diǎn tóu　tā díquè hěn zhídé wǒmen jìniàn　wǒmen jiù lái kē

一 尊 [54] 盧 將軍 的 雕像 吧！
yì zūn Lú jiāngjūn de diāoxiàng ba

（盧 生 因為 打了 勝仗 ，又 為 人民 做了 很 多 事，
Lúshēng yīnwèi dǎ le shèngzhàng　yòu wèi rénmín zuò le hěn duō shì

所以 名聲 非 常 好， 皇上 也 非常 高 興。）
suǒyǐ míngshēng fēi cháng hǎo　huángshàng yě fēicháng gāo xìng

皇上 ：萃之，你 表現 得 真 是 太 好 了！我 決定 送
huángshàng Cuìzhī nǐ biǎoxiàn de zhēn shì tài hǎo le　wǒ juédìng sòng

你 一 間 房 子，還 有 一 千 萬，並且 升 你 為
nǐ yì jiān fáng zi　hái yǒu yì qiān wàn bìngqiě shēng nǐ wéi

院長 ！
yuànzhǎng

---

53. 雕 像：statue
diāoxiàng

54. 尊：measure word for statue and cannon
zūn

盧生：謝 皇上 。 微臣 只是 盡一己之力 罷了。
Lúshēng　xiè huángshàng　wéichén zhǐshì jìn yì jǐ zhī lì bà le

皇上 ：你 不用 客氣，這 一 切 都 是 你 應得 的。你 為
huángshàng　nǐ búyòng kèqì　zhè yí qiè dōu shì nǐ yīngdé de　nǐ wèi

我 解決 了 這 件 心 頭 大事， 朕 是 一定 要 好好
wǒ jiějué le zhè jiàn xīn tóu dàshì　zhèn shì yídìng yào hǎohǎo

謝謝 的。我 看，你 也 累 了，先 回去 休息 吧！
xièxie de　wǒ kàn　nǐ yě lèi le　xiān huíqù xiūxí ba

盧生：謝 皇上 ，那臣 就 先 告退 了。
Lúshēng　xiè huángshàng　nà chén jiù xiān gàotuì le

（盧 萃之 在 新 工作 上 做 得 非常 好，所以 其他
Lú Cuìzhī zài xīn gōngzuò shàng zuò de fēicháng hǎo　suǒyǐ qítā

官員 也 都 很 敬重 、很 喜愛 他。盧 生 就 這樣 當 了
guānyuán yě dōu hěn jìngzhòng　hěn xǐài tā　Lúshēng jiù zhèyàng dāng le

朝廷 官員 十 幾 年。這 十 幾 年 來，職位 越做 越高，
cháotíng guānyuán shí jǐ nián zhè shí jǐ nián lái　zhíwèi yuèzuò yuègāo

權力 越來 越大， 當然 錢 也 越賺 越多。但是， 就 在 這 個
quánlì yuèlái yuèdà　dāngrán qián yě yuèzuàn yuèduō dànshì　jiù zài zhè ge

時候，開始 有 官員 對盧萃之心 生 不 滿，嫉妒 他 一直
shíhòu　kāishǐ yǒu guānyuán duì Lú Cuìzhī xīn shēng bù mǎn　jídù tā yìzhí

升官 晉爵。其中 最 討厭 盧 萃之 的 就 屬 宰相[55]了，
shēngguān jìnjué　qízhōng zuì tǎoyàn Lú Cuìzhī de jiù shǔ zǎixiàng　le

因為 如果 盧 萃之 再 升官 的 話，他 的 官位 就 不保
yīnwèi rúguǒ Lú Cuìzhī zài shēngguān de huà　tā de guānwèi jiù bùbǎo

---

55. 宰相 prime minister
zǎixiàng

了。）
le

官員 A：欸，聽說 盧大人 又要 升官 了！真是 的，也
guānyuán　ě　tīngshuō Lú dàrén yòu yào shēngguān le zhēnshì de yě

不知他給 皇上 灌了什麼 迷湯？
bù zhī tā gěi huángshàng guàn le shénme mítāng

官員 B：對啊，這些 年 他 真是 平步青雲[56] 啊。但是，
guānyuán　duì a zhè xiē nián tā zhēnshì píngbùqīngyún　a dànshì

我 怎麼 也 看 不 出來 他 到底 有 什麼 能耐？
wǒ zěnme yě kàn bù chūlái tā dàodǐ yǒu shénme néngnài

官員 C：就是 說 啊，真 搞 不 懂 他 憑 什麼 不斷 高
guānyuán　jiù shì shuō a zhēn gǎo bù dǒng tā píng shénme búduàn gāo

升？最 可 惡 的 是，就 連 他 的 兒子 們 也 都
shēng zuì kě wù de shì jiù lián tā de érzi men yě dōu

輕鬆 地 通過 了考試，全 都 當官 了。你 們
qīngsōng de tōngguò le kǎoshì quán dōu dāngguān le nǐ men

說說 ，這裡 頭 是 不 是 大 有 文章[57]啊？
shuōshuō zhè lǐ tóu shì bú shì dà yǒu wénzhāng a

宰相：這 還 用 說？你們 不 覺得 奇怪 嗎？怎麼 會 有 人
zǎixiàng zhè hái yòng shuō nǐmen bù juéde qíguài ma zěnme huì yǒu rén

---

56. 平步青雲：rapidly go up in the
píngbùqīngyún　world; have a meteoric
rise

57. 大 有 文 章：there's something
dà yǒu wénzhāng behind all this;
there's more to
this than meets the
eye

做 什麼 都 那麼 順利？ 肯定 有 問題！
zuò shénme dōu nà me shùnlì　　kěndìng yǒu wèntí

官員 A：的確，他 的 人生 真是 過得 太 順遂 了。
guānyuán　　　díquè　　tā de rénshēng zhēnshì guò de tài shùnsuì le

官員 B：會不會⋯⋯他 拜了 什麼 靈驗[58]的 鬼神 呢？
guānyuán　　　huì bú huì　　　tā bài le shénme língyàn de guǐshén ne

官員 C：不會吧，　皇上　最 討厭 迷信 的 人 了！
guānyuán　　　búhuì ba　　huángshàng zuì tǎoyàn míxìn de rén le

宰相：不過，這 也 不是 不 可能 的 事！除 此 之 外，前 幾
zǎixiàng　búguò　zhè yě búshì bù kěnéng de shì　chú cǐ zhī wài qián jǐ

天，我 要 出 宮 的 時候，還 看到 盧 大人 跟 大
tiān　wǒ yào chū gōng de shíhòu　hái kàndào Lú dàrén gēn dà

將軍 在 說 悄悄 話！
jiāngjūn zài shuō qiǎoqiǎo huà

官員 A：嗯？他們 說 了 些 什麼？
guānyuán　　　èn　tāmen shuō le xiē shénme

宰相：可惜 我 沒有 聽 得 很 清楚 ，只有 聽到 類似
zǎixiàng　kěxí wǒ méiyǒu tīng de hěn qīngchǔ　zhǐyǒu tīngdào lèisì

邊疆 、大軍 這 類 的 語辭⋯⋯其實，他們 一 發現
biānjiāng　dàjūn zhè lèi de yǔcí　　qíshí　tāmen yì fāxiàn

我 經過 ，馬上 就 結束 話 題 了。
wǒ jīngguò　mǎshàng jiù jiéshù huà tí le

---

58. 靈驗：efficacious; effective
　　língyàn

官員 B：哦？不知道 他們 之間 有 什麼 祕密？
guānyuán 　　ó　　bù zhīdào tāmen zhījiān yǒu shénme mìmì

官員 C：聽 大人 這麼 一 說，我 也 想 起 來 了，我 最近也
guānyuán 　　tīng dàrén zhème yì shuō wǒ yě xiǎng qǐ lái le 　wǒ zuìjìn yě

蠻 常 看見 他們 走 在 一起。
mán cháng kàn jiàn tāmen zǒu zài yìqǐ

官員 A：他們 該 不會 是 在 策劃[59] 什麼 陰謀[60]吧？
guānyuán 　　tāmen gāi bú huì shì zài cèhuà 　shénme yīnmóu 　ba

宰相 ：這 可 難說 了！看 他們 兩 個 鬼鬼祟祟 的，一定
zǎixiàng 　zhè kě nánshuō le　kàn tāmen liǎng ge guǐguǐsuìsuì de 　yídìng

有 什麼 見不得人 的 祕密！
yǒu shénme jiàn bù dé rén de mì mì

官員 B：如果 從 宰相 大人 聽到 的 語辭 來 推測……
guānyuán 　　rúguǒ cóng zǎixiàng dàrén tīngdào de 　yǔcí lái tuīcè

官員 C：啊，他們 該 不會 是 想 造反[61]吧！
guānyuán 　　ā 　tāmen gāi bú huì shì xiǎng zàofǎn 　ba

官員 A：如果 不是 想 造反，怎麼 會 提到 邊疆 或
guānyuán 　　rúguǒ búshì xiǎng zàofǎn 　zěnme huì tídào biānjiāng huò

大軍？我 看，我們 這樣 的 推測 是 合理 的！
dàjūn 　wǒ kàn wǒmen zhèyàng de tuīcè shì hélǐ de

官員 B：但是，我 真 搞 不 懂，盧 大 人 都 已經 如此
guānyuán 　　dànshì 　wǒ zhēn gǎo bù dǒng Lú dà rén dōu yǐjīng rúcǐ

59. 策劃：plan; plot; scheme
　　cèhuà

60. 陰謀：conspiracy; plot; scheme
　　yīnmóu

61. 造反：rise in rebellion; rebel; revolt
　　zàofǎn

位高　權重　了，哪　還　需要　造反？
wèigāo quánzhòng le　　nǎ hái xūyào zàofǎn

宰相：哎，人　都　是　貪心　的，好　還　要　再　更　好！你們　想
zǎixiàng　āi　rén dōu shì tānxīn de　hǎo hái yào zài gèng hǎo　nǐmen xiǎng

想　，有　誰　會　嫌　錢　太多　呢？不　都是　多　還　要　再
xiǎng　yǒu shuí huì xián qián tàiduō ne　bù dōushì duō hái yào zài

更　多　嗎？
gèng duō ma

官員 C：既然　如此，那　我們　是　不　是　應該　趕快　蒐集　一
guānyuán　jìrán rúcǐ　nà wǒmen shì bú shì yīnggāi gǎnkuài sōují yì

些　證據，好　儘早　稟告　皇上　啊！
xiē zhèngjù　hǎo jìn zǎo bǐnggào huángshàng　a

官員 A：是　啊，是　啊，可　不能　讓　他們　得逞 [62]了！
guānyuán　shì a　shì a　kě bùnéng ràng tāmen déchěng　le

宰相：好，那　我們　就　開始　分頭　蒐集　證據　吧！
zǎixiàng　hǎo　nà wǒmen jiù kāishǐ fēntóu sōují zhèngjù ba

（宰相　跟　這些　嫉妒　盧萃之　的　官員　們，找　了　幾個　看
　　zǎixiàng gēn zhèxiē jídù Lú Cuìzhī de guānyuán men zhǎo le　jǐge kàn

過　盧萃之　跟　大　將軍　走在　一起　的　人　來　當　證人。）
guò Lú Cuìzhī gēn dà jiāngjūn zǒu zài　yìqǐ　de rén lái dāng zhèngrén

宰相：你　說　你　曾經　看　過　盧大人　跟　大　將軍　走　在　一
zǎixiàng　nǐ shuō nǐ céngjīng kàn guò Lú dà rén gēn dà jiāngjūn zǒu zài yì

---

62. 得逞 ：prevail; have one's way;
déchěng　 succeed

195

起，是不是？
qǐ　shì bú shì

證人 A：沒錯，他們　常常　走 在 一 起。
zhèngrén　　méicuò　tāmen chángcháng zǒu zài yì qǐ

宰相 ：那 你 有沒有 聽到 他們 在 說 些 什麼？
zǎixiàng　　nà nǐ yǒuméiyǒu tīngdào tāmen zà shuō xiē shénme

證人 A：嗯……因為 離 太 遠 了……所以 沒 能 聽 清楚。
zhèngrén　　èn　　yīnwèi lí tài yuǎn le　　suǒyǐ méi néng tīng qīngchǔ

宰相 ：（ 拿 了 很多 金子 給 證人 A） 你 應該 有
zǎixiàng　　ná le hěnduō jīnzǐ gěi zhèngrén　　nǐ yīnggāi yǒu

聽到 他們 說 了 關於 邊疆 、大軍，以 及 要 攻打
tīngdào tāmen shuō le guānyú biānjiāng　dàjūn　yǐ jí yào gōngdǎ

京城 的 事 吧？
jīngchéng de shì ba

（ 證人 A 看到 那麼 多 的 金子，眼睛 都 亮 了，拿 了
　zhèngrén　kàndào nàme duō de jīnzǐ　yǎnjīng dōu liàng le　ná le

之後 直 點頭）
zhīhòu zhí diǎntóu

證人 A：有 有 有，我 聽到 了。雖然 離 得 有點 遠，但 我
zhèngrén　　yǒu yǒu yǒu　wǒ tīngdào le　suīrán lí de yǒudiǎn yuǎn dàn wǒ

還是 隱約[63] 聽到 他們 講 了 這些。
háishì yǐnyuē tīngdào tāmen jiǎng le zhèxiē

宰相 ：太 好 了，那 跟 我 到 皇上　面前　去 吧。
zǎixiàng　　tài hǎo le　nà gēn wǒ dào huángshàng miànqián qù ba

---

63. 隱約：indistinct; faint; vague
　　yǐnyuē

（宰相 帶著 官員 們 和 證人 來到 皇宮 ，一群人
zǎixiàng dài zhe guānyuán men hàn zhèngrén láidào huánggōng yìqún rén

到了 皇宮 就 跪下。）
dào le huánggōng jiù guìxià

皇上 ：怎麼了？有 什麼 事？起來 說 吧！
huángshàng zěnme le yǒu shénme shì qǐ lái shuō ba

宰相 ：謝 皇上 。臣 等 有 要事要 向 皇上 稟告。
zǎixiàng xiè huángshàng chén děng yǒu yào shì yào xiàng huángshàng bǐnggào

皇上 ：說 吧。
huángshàng shuō ba

宰相 ：最近 盧 大 人 跟 大 將軍 常常 走 在 一起
zǎixiàng zuìjìn Lú dà rén gēn dà jiāngjūn chángcháng zǒu zài yìqǐ

討論 事情，但 只要 有 他人 經過，他們 便 馬上
tǎolùn shìqíng dàn zhǐyào yǒu tārén jīngguò tāmen biàn mǎshàng

噤聲 64，所以 我們 覺得 事有蹊翹65。
jìnshēng suǒyǐ wǒmen juéde shìyǒuxīqiāo

官員A：是 啊， 皇上 ，我們 覺得 事情 不 單純 。
guān yuán shì a huángshàng wǒmen juéde shìqíng bù dānchún

官員B：所以 我們 便 派人 暗 中 觀察 他們 兩 個，
guān yuán suǒyǐ wǒmen biàn pàirén àn zhōng guānchá tāmen liǎng ge

發現 他們 除 了 彼此 見面 ，私下 也 會 跟 其他
fāxiàn tāmen chú le bǐcǐ jiànmiàn sīxià yě huì gēn qítā

---

64. 噤 聲：don't talk; gag
jìnshēng

65. 事有蹊翹：things are strange
shìyǒu xīqiāo

將軍 們 吃飯。
jiāngjūn men chīfàn

官 員 C：吃飯 的地點 都 非常 隱密，有 很多 人 在
guān yuán　　chīfàn de dìdiǎn dōu fēicháng yǐnmì　yǒu hěnduō rén zài

外面 守 著。
wàimiàn shǒu zhe

宰相 ：沒錯，所以 我們 懷疑 他們 在 計畫 什麼 不可告人[66]
zǎixiàng　méicuò　suǒyǐ wǒmen huáiyí tāmen zài jìhuà shénme bù kě gào rén

的 行動 ！
de xíngdòng

官 員 A：後來，這位 先生 來 找 我們，說 他 好像
guān yuán　hòulái　zhèwèi xiānsheng lái zhǎo wǒmen shuō tā hǎoxiàng

聽到 盧 大 人 跟 大 將軍 在 討論 要 造反 的
tīngdào Lú dà rén gēn dà jiāngjūn zài tǎolùn yào zàofǎn de

事 ！
shì

官 員 B：來，你 說 ，你 是 不 是 聽到 了什麼？
guān yuán　lái　nǐ shuō　nǐ shì bú shì tīngdào le shénme

證 人 A：是！雖然 距離 兩 位 大人 有點 遠，但 我 的確
zhèng rén　shì　suīrán jùlí liǎng wèi dàrén yǒudiǎn yuǎn dàn wǒ díquè

聽到 了他們 提到 邊疆 、大軍 跟 攻打 京城
tīngdào le tāmen tídào biānjiāng　dàjūn gēn gōngdǎ jīngchéng

66. 不可告人 ： not to be divulged;
　　bù kě gào rén　hidden

等 等 的 話。
děng děng de huà

皇上 ：這 怎麼 可能？盧 大人 跟 了 朕 這麼 久 了，他 對
huángshàng zhè zěnme kěnéng Lú dàrén gēn le zhèn zhème jiǔ le tā duì

朕 可是 忠心耿耿 [67]。怎麼 可能 會 有 造反 之
zhèn kě shì zhōngxīngěnggěng zěnme kěnéng huì yǒu zàofǎn zhī

心！
xīn

宰相 ： 皇上 ，不瞞 您 說，微臣 也 曾經 聽到 他們
zǎixiàng huáng shàng bùmán nín shuō wēichén yě céngjīng tīngdào tāmen

在 談論 此事。
zài tánlùn cǐshì

官員C： 皇上 ，不 只 如此，微臣 也 查到 他們 有
guān yuán huángshàng bù zhǐ rúcǐ wēichén yě chádào tāmen yǒu

大量 的金 錢 往 來。微臣 以 為，這些 錢 很
dàliàng de jīn qián wǎng lái wēichén yǐ wéi zhèxiē qián hěn

有 可能 是 拿來 買 軍糧 的 啊！
yǒu kěnéng shì nálái mǎi jūnliáng de a

皇上 ：嗯，如果 真是 如此，那 就 實在 是 太 可 惡 了。
huángshàng èn rúguǒ zhēnshì rúcǐ nà jiù shízài shì tài kě wù le

朕 待 他 不 薄，他 居然 想 聯合 大 將軍 來 造
zhèn dài tā bù báo tā jūrán xiǎng liánhé dà jiāngjūn lái zào

反！來 人 啊，立刻 去 捉拿 盧 萃之 及 大 將軍！
fǎn lái rén a lìkè qù zhuōná Lú Cuìzhī jí dà jiāngjūn

67. 忠 心 耿 耿：loyal and devoted
zhōngxīngěnggěng

199

宰相、官員 ABC：是！
zǎixiàng guānyuán shì

（在 盧 萃之 的 家，盧生 跟 妻子 聽到 了 皇上 要 抓
zài Lú Cuìzhī de jiā Lúshēng gēn qīzi tīngdào le huángshàng yào zhuā

他 的 消息，盧生 跟 妻子 非常 害怕。）
tā de xiāoxí Lúshēng gēn qīzi fēicháng hàipà

崔氏：老公，他們 說 你 要 造反，是 真的 嗎？
Cuīshì lǎogōng tāmen shuō nǐ yào zàofǎn shì zhēnde ma

盧生：誰 說 的？我 怎麼 可能 會 造反，我 想 都 沒
Lúshēng sheí shuō de wǒ zěnme kěnéng huì zàofǎn wǒ xiǎng dōu méi

想 過！
xiǎng guò

崔氏：那 為什麼 四處 都 流傳 著 你 打算 造反 的 消息
Cuīshì nà wèishénme sìchù dōu liúchuán zhe nǐ dǎsuàn zàofǎn de xiāoxí

呢？你 看，現在 皇上 已經 派人 來 抓 我們 了，
ne nǐ kàn xiànzài huángshàng yǐjīng pài rén lái zhuā wǒmen le

我們 該 怎麼 辦 好 呢？
wǒmen gāi zěnme bàn hǎo ne

盧生：一定 是 宰相 嫉妒 我，刻意[68]要 陷害[69]我 的。啊，
Lúshēng yídìng shì zǎixiàng jídù wǒ kèyì yào xiànhài wǒ de ā

皇上 一定 不會 放 過 我 的！
huángshàng yídìng búhuì fàng guò wǒ de

---

68. 刻意 ：be painstaking; be
　　kèyì meticulous about

69. 陷害 ：frame; to set up
　　xiànhài

崔氏：老公，你去跟 皇上 好好解釋， 皇上 一定會
Cuīshì lǎogōng nǐ qù gēn huángshàng hǎo hǎo jiěshì huángshàng yídìng huì

相信 你 的 啊。
xiàngxìn nǐ de a

盧生：沒用 的！ 皇上 現在 正在 氣頭 上 ， 說
Lúshēng méi yòng de huángshàng xiànzài zhèngzài qìtóu shàng shuō

什麼 他 都 不會 相信 的！（ 說著 說著 就 哭
shénme tā dōu búhuì xiàngxìn de shuōzhe shuōzhe jiù kū

了 ）
le

崔氏：天 啊⋯⋯那 我們 到底 該 怎麼辦 啊！（ 也 哭 了 起
Cuīshì tiān a nà wǒmen dàodǐ gāi zěnmebàn a yě kū le qǐ

來 ）
lái

盧 生 ：老婆，我 對 不 起 妳 跟 孩子⋯⋯是 我 連累 了
Lúshēng lǎopó wǒ duì bù qǐ nǐ gēn háizi shì wǒ liánlèi le

你們，真的 很 抱 歉⋯⋯
nǐmen zhēnde hěn bào qiàn

崔氏：老公⋯⋯嗚 嗚。
Cuīshì lǎogōng wū wū

盧 生 ：（ 哭 著 說 ）我 真的 很 後悔，原本 家裡 有 很多
Lúshēng kū zhe shuō wǒ zhēnde hěn hòuhuǐ yuánběn jiālǐ yǒu hěnduō

良田， 只 要 好好 耕種 ，就 不愁 溫飽，何苦
liángtián zhǐ yào hǎohǎo gēngzhòng jiù bùchóu wēnbǎo hékǔ

自尋 煩惱 去 追求 高官 厚祿……結果 現在 卻 落到
zìxún fánnǎo qù zhuīqiú gāoguān hòulù jiéguǒ xiànzài què luòdào

這個 地步，真是 想念 當時 悠哉 的 日子 啊，但
zhège dìbù zhēnshì xiǎngniàn dāngshí yōuzāi de rìzi a dàn

現在 再也 回不去了……
xiànzài zài yě huí bú qù le

（盧生 說 完，就 和 崔氏 兩 人 抱頭 痛哭。後來，來
Lú shēng shuō wán jiù hàn Cuī shì liǎng rén bàotóu tòngkū hòulái lái

捉拿 盧生 的 士兵 也 到 了，就 把 盧生 捉 到 牢裡 關
zhuōná Lúshēng de shìbīng yě dào le jiù bǎ Lúshēng zhuō dào láolǐ guān

起來。過 沒 幾 天， 皇上 就 下令 要 將 盧生 還有 其他
qǐlái guò méi jǐ tiān huángshàng jiù xiàlìng yào jiāng Lúshēng háiyǒu qítā

和 盧生 交好 的 官員 們 一同 處死。）
hàn Lúshēng jiāo hǎo de guānyuán men yìtóng chǔsǐ

（到了 處死 的 這一天）
dào le chǔsǐ de zhè yī tiān

盧生 哭著 對 皇上 說： 皇上 ，臣 這 輩子 從 沒
Lúshēng kū zhe duì huángshàng shuō huángshàng chén zhè bèizi cóng méi

想 過 造反 的 事，我 是 被
xiǎng guò zào fǎn de shì wǒ shì bèi

陷害 的 啊！
xiànhài de a

皇上：不要再 狡辯[70]了，我已經查得非常清楚，
huángshàng　búyào zài jiǎobiàn　le　wǒ yǐjīng chá de fēicháng qīngchǔ

你們的確有 想 造反的嫌疑！
nǐmen díquè yǒu xiǎng zàofǎn de xiányí

盧生：皇上 ，冤枉 啊！冤枉 啊！
Lúshēng　huángshàng　yuānwǎng a　yuānwǎng a

皇上：你們還在等什麼？快 行刑 ！
huángshàng　nǐmen hái zài děng shénme　kuài xíngxíng

劊子手：是！
kuài zi shǒu　shì

（盧生 突然 驚醒 ，翻身 而起，張開 雙眼 發現自己
Lúshēng túrán jīngxǐng fān shēn ér qǐ zhāngkāi shuāngyǎn fāxiàn zìjǐ

正在 旅店裡面，身邊坐著道士 正在 看書。睡前，
zhèngzài lǚdiàn lǐ miàn　shēnbin zuò zhe dàoshì zhèngzài kàn shū shuìqián

旅館 老闆還在 蒸 黃 梁 飯，飯都 還沒煮熟呢。）
lǚguǎn lǎopǎn háizài zhēng huáng liáng fàn　fàndōu háiméizhǔshóu ne

盧生：咦？原來 剛才是在作 夢啊？
Lúshēng　yí　yuánlái gāngcái shì zài zuò mèng a

道士：呵呵， 人生 如夢，如此而已！
dàoshì　hē hē　rénshēng rúmèng　rúcǐ éryǐ

盧生 發呆了許久，說 道：唉，是啊， 成功 也 好，
Lúshēng fādāi le xǔjiǔ　shuō dào　āi　shì a　chénggōng yě hǎo

70. 狡辯：to quibble
jiǎobiàn

203

不 成功 也好，也不就是
bù chénggōng yě hǎo　yě bú jiù shì

這樣 嗎？
zhèyàng ma

道士：嗯，所以 活 得 順 不 順心，和 有 沒有 功名
dàoshì　èn　suǒyǐ huó de shùn bú shùnxīn　hàn yǒu méi yǒu gōngmíng

利祿 並 沒有 直接 關係，是 不 是？
lìlù　bìng méiyǒu zhí jiē guānxì　shì bú shì

盧生：沒錯！我 之前 一直 以為，唯 有 得 到 功名 利祿
Lúshēng　méicuò　wǒ zhīqián yìzhí yǐ wéi　wéi yǒu dé dào gōngmíng lìlù

才 能 過 上 順心 的 日子。結果，這 一 場
cái néng guò shàng shùnxīn de rìzi　jiéguǒ　zhè yì chǎng

夢 讓 我 了解 到 了，人生 在 世，一 切 的 榮華
mèng ràng wǒ liǎojiě dào le rénshēng zài shì　yí qiè de rónghuá

富貴，一 切 的 功名 利祿，到 頭 來 都 是 一 場
fùguì　yí qiè de gōngmíng lìlù　dào tóu lái dōu shì yì chǎng

空。感謝 您！您 讓 我 明白，只 要 不 愁 吃
kōng　gǎnxiè nín　nín ràng wǒ míngbái　zhǐ yào bù chóu chī

穿，又 過 得 自由 自在，就 是 最 順 心 的 人生
chuān　yòu guò de zìyóu zìzài　jiù shì zuì shùn xīn de rénshēng

了。師父，我 會 謹記[71]在 心 的！
le　shī fu　wǒ huì jǐnjì zài xīn de

71. 謹記：to remember with
　　jǐnjì　reverence; to bear in mind;
　　　　to keep in mind

道士：嗯，很好，很好！啊，時間不早了，我該啟程
dàoshì èn hěn hǎo hěn hǎo ā shíjiān bù zǎo le wǒ gāi qǐchéng

了。祝你過得愉快。
le zhù nǐ guò de yúkuài

盧生：我會的，希望有緣再相見。
Lúshēng wǒ huì de xīwàng yǒuyuán zài xiāngjiàn

思考題
sīkǎotí

1. 如果有一天，你做了一個和盧生一樣夢，醒來以後，你的心
   情會是如何呢？為什麼？

2. 盧生認為當大官、賺大錢，是他所嚮往的美好人生。那你
   呢？你所嚮往的完美人生又是怎樣呢？請說出來和大家分
   享。

3. 這個故事想要表達什麼呢？你認同這個故事的觀點嗎？為什
   麼？

4. 如果你能選擇，你會選平凡無奇的人生，還是大起大落、精
   彩豐富的人生呢？請詳細述說原因。

⑪ 【牛郎織女】

Niúláng Zhīnǚ

劇本
jùběn

（很久 很久 以前，有 個 孤兒[1] 跟 著 他 的 哥哥 和
　hěnjiǔ hěnjiǔ yǐqián yǒu ge guér gēn zhe tā de gēge hàn

嫂嫂 過 日子。哥哥 嫂嫂 對 他 很 不好，總是 讓 他 吃
sǎosao guò rìzi gēge sǎosao duì tā hěn bùhǎo zǒngshì ràng tā chī

剩飯 、 穿 破掉 的 衣服，甚至 每天 天 還沒 亮， 就 叫
shèngfàn chuān pòdiào de yīfú shènzhì měitiān tiān háiméi liàng jiù jiào

他 趕快 上山 放牛。這個 可憐 的 孤兒 沒有 名字，大家
tā gǎnkuài shàngshān fàngniú zhège kělián de guér méiyǒu míngzi dàjiā

看 他 整天 都在 放牛，就 叫 他 牛郎 。)
kàn tā zhěngtiān dōu zài fàngniú jiù jiào tā Niúláng

牛郎 嫂嫂：牛郎！牛郎！你 在 做 什麼？都 這麼 晚 了，還
Niúláng sǎosao Niúláng Niúláng nǐ zài zuò shénme dōu zhème wǎn le hái

　　　　不 快點 帶牛 去 吃草！
　　　　bú kuàidiǎn dài niú qù chī cǎo

牛郎 哥哥：欸，妳 小聲 點 好不好！我 還沒 睡 飽 呢！
Niúláng gēge èi nǐ xiǎoshēng diǎn hǎobùhǎo wǒ háiméi shuì bǎo ne

　　　　（ 翻身 繼續 睡 ）
　　　　fānshēn jìxù shuì

牛郎：（ 慌慌張張 ）來了來了！我 這 就 準備 要
Niúláng huānghuāngzhāngzhāng lái le lái le wǒ zhè jiù zhǔnbèi yào

---

1. 孤兒：orphan
　 guér

出門　去了。
chūmén qù　le

（　衝　　向　門口）
chōng xiàng ménkǒu

牛郎　嫂嫂：這才　像話　。趕快　出門，把牛餵飽一點，
Niúláng sǎosao　zhè cái xiànghuà　gǎnkuài chūmén　bǎ niú wèi bǎo yìdiǎn

別再打混摸魚[2]！知不知道？
bié zài dǎhùnmōyú　zhī bù zhīdào

牛郎：知道了……
Niúláng　zhīdào　le

（　牛郎　到　院子　裡把唯一的一頭老牛牽　出來，往
Niúláng dào yuànzi lǐ bǎ wéiyī de yì tóu lǎo niú qiān chūlái wǎng

平常　常　去的草原走。其實，牛郎　只有放牛的
píngcháng cháng qù de cǎoyuán zǒu　qíshí　Niúláng zhǐyǒu fàng niú de

時候，才能稍稍[3]鬆一口氣，不用看哥哥嫂嫂的
shíhòu　cái néng shāoshāo sōng yì kǒu qì　búyòng kàn gēge sǎosao de

臉色[4]。）
liǎnsè

牛郎：呼……還好今天嫂嫂　心情　不錯，不然不曉得又
Niúláng　hū　háihǎo jīntiān sǎosao xīnqíng búcuò　bùrán bù xiǎodé yòu

要被念多久。老牛，你看我今天的運氣是不是
yào bèi niàn duōjiǔ　lǎo niú　nǐ kàn wǒ jīntiān de yùnqì shìbúshì

---

2. 打混摸魚：Fool around
   dǎhùnmōyú

3. 稍稍：slightly
   shāoshāo

4. 臉色：facial expression
   liǎnsè

209

很好 啊？唉，我在 做 什麼 呢？你 又 聽 不 懂 我
hěnhǎo a　āi　wǒzài zuò shénme ne　nǐ yòu tīng bù dǒng wǒ

說 的 話，一定 覺得 我 很 無聊 吧！（老牛 看 了 看
shuō de huà　yídìng juéde wǒ hěn wúliáo ba　　lǎoniú kàn le kàn

牛郎，甩 甩 尾巴，低頭 繼續 吃 草）
Niúláng　shuǎi shuǎi wěiba　dītóu jìxù chī cǎo

牛郎：哈哈！看 你 剛剛 的 樣子，好像 聽 得 懂 我 說
Niúláng　hā hā　kàn nǐ gānggāng de yàngzi　hǎoxiàng tīng de dǒng wǒ shuō

的 話。你 也 認同[5]我，對不對？唉！看 來，這 世界
de huà　nǐ yě rèntóng wǒ　duìbúduì　āi　kàn lái　zhè shìjiè

上，把 我 當 朋友 的，也 只有 你 了……
shàng　bǎ wǒ dāng péngyǒu de　yě zhǐyǒu nǐ le

老牛：你 先 別 沮喪，別 嘆氣！像 你 這樣 的 好人，
lǎoniú　nǐ xiān bié jǔsàng　bié tànqì　xiàng nǐ zhèyàng de hǎorén

每天 都 讓 我 吃 最 新鮮 的 草，喝 最 乾淨 的
měitiān dōu ràng wǒ chī zuì xīnxiān de cǎo　hē zuì gānjìng de

溪水，把 我 照顧 得 那麼 好，我 會 好好 報答[6]你 的！
xīshuǐ　bǎ wǒ zhàogù de nàme hǎo　wǒ huì hǎohǎo bàodá nǐ de

牛郎：（驚嚇）什麼！你……你 竟然 會 說話！我 的 天
Niúláng　jīngxià shénme　nǐ　nǐ jìngrán huì shuōhuà　wǒ de tiān

啊！！
a

---

5. 認同：agree with
　　rèntóng

6. 報答：repay
　　bàodá

老牛：別 大驚小怪 7 了，你 現在 可 沒有 時間 驚訝。來，
lǎoniú bié dàjīngxiǎoguài le nǐ xiànzài kě méiyǒu shíjiān jīngyà lái

我 告訴 你，右邊 有 座 山，看見 了沒？今天 黃昏
wǒ gàosù nǐ yòubiān yǒu zuò shān kànjiàn le méi jīntiān huánghūn

的 時候，你 翻 過那 座 山，到 了 另 一 頭，你 就 會
de shíhòu nǐ fān guò nà zuò shān dào le lìng yì tóu nǐ jiù huì

看見 一 個 湖，湖 邊 有 一 片 樹林。就 在 今晚，在
kànjiàn yí ge hú hú biān yǒu yí piàn shùlín jiù zài jīnwǎn zài

樹林 裡，會 出現 一 位 美麗 的 姑娘。牛郎 啊，你
shùlín lǐ huì chūxiàn yí wèi měilì de gūniang Niúláng a nǐ

可 別 錯過 了 這個 難得 8 的 機會 呀！
kě bié cuòguò le zhège nándé de jīhuì ya

牛郎：美麗 的 姑娘？好⋯⋯好的，我 知道 了。可是 我 要
Niúláng měilì de gūniang hǎo hǎode wǒ zhīdào le kěshì wǒ yào

找 她 做 什麼 呢？
zhǎo tā zuò shénme ne

老牛：別 問 那麼 多，到時候 你 就 知道 了。
lǎoniú bié wèn nàme duō dàoshíhòu nǐ jiù zhīdào le

（ 牛郎 的 心情 可以 說 真是 五味雜陳，既 緊張，
Niúláng de xīnqíng kěyǐ shuō zhēnshì wǔwèizáchén jì jǐnzhāng

又 興奮。一邊 看 著 老 牛 吃 草，一邊 期待 著 黃昏 的
yòu xīngfèn yìbiān kàn zhe lǎo niú chī cǎo yìbiān qídài zhe huánghūn de

---

7. 大驚小怪：make a fuss about
   dàjīngxiǎoguài something

8. 難得：rare
   nándé

到來。就在 太陽 開始 西下 時，他 就 趕緊 把 老牛 帶回
dàolái jiù zài tàiyáng kāishǐ xīxià shí tā jiù gǎnjǐn bǎ lǎo niú dài huí

家，然後 連忙 趕去 那 片 樹林。到 了 樹林，也 顧不得
jiā ránhòu liánmáng gǎnqù nà piàn shùlín dào le shùlín yě gùbùdé

飢餓，就 靜悄悄 地躲 在一棵樹 後面。）
jīè jiù jìngqiǎoqiǎo de duǒ zài yì kē shù hòumiàn

織女：妳們 快 過來， 前面 有 一 個 湖 耶！哇！妳們 看，
Zhīnǚ nǐmen kuài guòlái qiánmiàn yǒu yí ge hú yē wa nǐmen kàn

夕陽 照 在 湖 面 上，好 美 啊！
xìyáng zhào zài hú miàn shàng hǎo měi a

仙女A：真的 耶！好 漂亮 喔，為什麼 我們 天庭 就 沒有
xiānnǚ zhēnde yē hǎo piàoliàng ō wèishénme wǒmen tiāntíng jiù méiyǒu

這般 美景 呢？
zhèbān měijǐng ne

仙女B：是 啊！妳們 說， 王母娘娘 不准 我們 下來
xiānnǚ shì a nǐmen shuō Wángmǔniángniang bùzhǔn wǒmen xiàlái

人間，是不是 怕 我們 看 了 這 片 美景，就 不想
rénjiān shìbúshì pà wǒmen kàn le zhè piàn měijǐng jiù bùxiǎng

回去 了 呢？
huíqù le ne

織女：誰 知道 呢！算了，別 說 了，讓 我們 好好 享受
Zhīnǚ shéi zhīdào ne suànle bié shuō le ràng wǒmen hǎohǎo xiǎngshòu

這 難得 的 時光 吧！
zhè nándé de shíguāng ba

（牛郎 躲 在 樹 後 聽到 這 段 對話，才 明白 這些 女孩
Niúláng duǒ zài shù hòu tīngdào zhè duàn duìhuà　cái míngbái zhè xiē nǚhái

是 仙女，其中 最 漂亮 的 一 個 就 是 織女。他 想 老 牛
shì xiānnǚ qízhōng zuì piàoliàng de yí ge jiù shì Zhīnǚ　tā xiǎng lǎo niú

說 的 美麗 姑娘 一定 就 是 她，自己 要 好好 把握 這 個
shuō de měilì gūniang yídìng jiù shì tā　zìjǐ yào hǎohǎo bǎwò zhè ge

機會。於是，牛郎 就 趁著 織女 一 個 人 發呆⁹看 夕陽
jīhuì　yúshì　Niúláng jiù chènzhe Zhīnǚ yí ge rén fādāi kàn xìyáng

時，悄悄 地 向 她 走 了 過去。）
shí　qiāoqiāo de xiàng tā zǒu le guòqù

牛郎：這 夕陽 很 美 吧！妳 喜歡 嗎？
Niúláng　zhè xìyáng hěn měi ba　nǐ xǐhuān ma

織女：（嚇一跳）呃，是的，很 漂亮，我 很 喜歡。
Zhīnǚ　　xiàyítiào　è　shìde　hěn piàoliàng　wǒ hěn xǐhuān

牛郎：其實，我 也 和 妳 一樣，喜歡 一 個 人 看 著 夕陽
Niúláng　qíshí　wǒ yě hàn nǐ yíyàng　xǐhuān yí ge rén kàn zhe xìyáng

發呆，總 覺得 看 著 看 著，心情 就 平靜 了 些！
fādāi　zǒng juéde kàn zhe kàn zhe　xīnqíng jiù píngjìng le xiē

織女：真的！我 也 這麼 認為。看 著 漂亮 的 景色，心裡 就
Zhīnǚ　zhēnde　wǒ yě zhème rènwéi　kàn zhe piàoliàng de jǐngsè　xīnlǐ jiù

得到 了 安慰。
dédào le ānwèi

---

9. 發呆：daze
　　fādāi

牛郎：像 妳 這樣 完美 的 人，也 會 有 煩惱？
Niúláng　xiàng nǐ zhèyàng wánměi de rén　yě huì yǒu fánnǎo

織女：（ 輕輕 地 笑 ）完美？你 又 不 認識 我 ，怎麼
Zhīnǚ　　qīngqīng de xiào　wánměi　nǐ yòu bú rènshì wǒ　zěnme

知道 我 是 「完美」的？唉！不 說 你 不 知道，我
zhīdào wǒ shì　wánměi　de　āi　bù shuō nǐ bù zhīdào　wǒ

的 生活 無聊 極了。每天 就 只是 不停 地 織布[10]、
de shēnghuó wúliáo jí le　měitiān jiù zhǐshì bùtíng de zhībù

織布、織布。要 織出 最 漂亮 的 綢緞 ，好 讓
zhībù　zhībù　yào zhīchū zuì piàoliàng de chóuduàn　hǎo ràng

王母娘娘 裝飾 天空 。對了，人們 抬頭 看見
Wángmǔniángniang zhuāngshì tiānkōng　duìle　rénmen táitóu kànjiàn

的 美麗 彩霞，就 是 我 織 的 布。
de měilì cǎixiá　jiù shì wǒ zhī de bù

牛郎：原來 如此……原來，那麼 美麗 的 景象 ，是 妳 織
Niúláng　yuánlái rúcǐ　　yuánlái　nàme měilì de jǐngxiàng　shì nǐ zhī

出來 的 啊？
chūlái de a

織女：嗯，但 可悲[11]的 是，我 自己卻 一點 欣賞 的 時間 都
Zhīnǚ　èn　dàn kěbēi de shì　wǒ zìjǐ què yìdiǎn xīnshǎng de shíjiān dōu

沒有。
méiyǒu

---

10. 織布：weave
zhībù

11. 可悲：sad
kěbēi

牛郎：沒想到　妳的　生活　過得 這麼 無趣，真是 辛苦
Niúláng　　méixiǎngdào nǐ de shēnghuó guò de zhème wúqù zhēnshì xīnkǔ

了！
le

織女：別 光　說 我，你 也 說　說 你 的 事 吧！你 過 得
Zhīnǚ　bié guāng shuō wǒ　nǐ yě shuō shuō nǐ de shì ba　nǐ guò de

好不好？
hǎobùhǎo

牛郎：（不好意思 地 搔搔 頭）其實 也 說 不 上　什麼　好
Niúláng　　bùhǎoyìsi de sāosāo tóu qíshí yě shuō bú shàng shénme hǎo

或 不好。我 的　生活　也 很 單調[12]，就 只是　整天
huò bùhǎo　wǒ de shēnghuó yě hěn dāndiào jiù zhǐshì zhěngtiān

放牛。放牛 時，我 就 東 走 西 走，四處 看看。
fàngniú fàngniú shí　wǒ jiù dōng zǒu xī zǒu sìchù kànkàn

織女：這樣　啊，看 來 我們 的　生活 半斤八兩[13]，一樣
Zhīnǚ　zhèyàng a　kàn lái wǒmen de shēnghuó bànjīnbāliǎng yíyàng

無聊！其實 啊，　王母娘娘　正是 我 的 外婆，
wúliáo qíshí a　Wángmǔniángniang zhèngshì wǒ de wàipó

她老是 盯 著 我 織布，從 早 織 到 晚，每天 做 著
tā lǎoshì dīng zhe wǒ zhībù　cóng zǎo zhī dào wǎn měitiān zuò zhe

一樣 的 事情，我 都 快 悶 死 了。所以，這 次 特地 趁
yíyàng de shìqíng wǒ dōu kuài mèn sǐ le　suǒyǐ zhè cì tèdì chèn

12. 單調：monotonous
    dāndiào

13. 半斤八兩：There is no difference
    bànjīnbāliǎng　between the two.

著 她 在 宴會 上 喝多 了，偷偷 跑 來 人間 透透氣。
zhe tā zài yànhuì shàng hēduō le tōutōu pǎo lái rénjiān tòutòu qì

牛郎：那妳 看了 以後，覺得 人間 怎麼樣 呢？
Niúláng　nà nǐ kàn le yǐhòu　juéde rénjiān zěnmeyàng ne

織女：人間 真是 太 有趣 了！就 拿 我們 早上 在 街頭 看
Zhīnǚ　rénjiān zhēnshì tài yǒuqù le　jiù ná wǒmen zǎoshàng zài jiētóu kàn

到 的 來說 吧！我 發現，在 人間，人們 的 工作 各
dào de láishuō ba　wǒ fāxiàn　zài rénjiān rénmen de gōngzuò gè

不 相同 ，各行各業，各 有 特色，大家 湊 在 一起，
bù xiāngtóng　gèhánggèyè　gè yǒu tèsè　dàjiā còu zài yìqǐ

好 不 熱鬧。除此 之外，你 看，人間 的 風景，有
hǎo bú rènào　chúcǐ zhīwài　nǐ kàn　rénjiān de fēngjǐng yǒu

青山 、有 綠水、有 涼風 、有 明月 ，真是 美得
qīngshān　yǒu lùshuǐ　yǒu liángfēng　yǒu míngyuè　zhēnshì měi de

醉人。 不像 天上，就 只有 雲啊、彩霞 啊，太 單調
zuìrén　búxiàng tiānshàng jiù zhǐyǒu yún a　cǎixiá a　tài dāndiào

了！
le

牛郎：那妳 想 不 想 留下來呢？留下來 多 看 些 人間
Niúláng　nà nǐ xiǎng bù xiǎng liú xiàlái ne　liú xiàlái duō kàn xiē rénjiān

其他 的 事物 呢？如果 妳 願意，我 可以 帶 妳 四處
qítā de shìwù ne　rúguǒ nǐ yuànyì　wǒ kěyǐ dài nǐ sìchù

走走，到處 看看。妳 覺得 如何？
zǒuzǒu dàochù kànkàn　nǐ juéde rúhé

織女：真的嗎？太棒了！只是，我怕外婆會生氣！算了！
Zhīnǚ　zhēnde ma　tài bàng le　zhǐshì　wǒ pà wàipó huì shēngqì suànle

不管她了，反正回去後的日子，還是一樣，
bùguǎn tā le fǎnzhèng huíqù hòu de rìzi háishì yíyàng

整天織布！走吧，就麻煩你帶我四處看看人間
zhěngtiān zhībù zǒu ba jiù máfán nǐ dài wǒ sìchù kànkàn rénjiān

囉！謝謝你！
luō　xièxie nǐ

（之後，織女在人間待了下來，牛郎利用空閒的
zhīhòu　Zhīnǚ zài rénjiān dāi le xiàlái　Niúláng lìyòng kòngxián de

時間帶她去看了好多人間的景象，像是各式的
shíjiān dài tā qù kàn le hǎoduō rénjiān de jǐngxiàng xiàng shì gèshì de

餐廳、市集等等。兩個人也很有話聊，長時間
cāntīng shìjí děngděng liǎng ge rén yě hěn yǒu huà liáo cháng shíjiān

相處下來，對彼此的好感與日俱增[14]，便決定在一起
xiāngchǔ xiàlái duì bǐcǐ de hǎogǎn yǔrìjùzēng biàn juédìng zài yìqǐ

長相廝守[15]。就這樣過了三年，平日牛郎努力
chángxiāngsīshǒu jiù zhèyàng guò le sān nián píngrì Niúláng nǔlì

耕種，織女在家裡紡織補貼家用，兩人有一兒
gēngzhòng Zhīnǚ zài jiā lǐ fǎngzhī bǔtiē jiāyòng liǎng rén yǒu yì ér

一女，日子過得很幸福。然而好景不常，當初提供
yì nǚ rìzi guò de hěn xìngfú ránér hǎojǐngbùcháng dāngchū tígōng

---

14. 與日俱增：growing day by day
yǔrìjùzēng

15. 長相廝守：stay together with
chángxiāngsīshǒu somebody

牛郎 建議 的 老牛 實在 太 老 了， 生 了 重 病。）
Niúláng jiànyì de lǎo niú shízài tài lǎo le　shēng le zhòng bìng

老牛：（有氣無力）唉，你 就 別 哭 了 吧，自古以來，誰
lǎoniú　　yǒuqìwúlì　āi　nǐ jiù bié kū le ba　zìgǔyǐlái　shéi

沒有 一 死 呢？
méiyǒu yì sǐ ne

牛郎：（啜泣）可……可是，我 跟 你 相處 這麼 久 了，
Niúláng　chuòqì kě　kěshì　wǒ gēn nǐ xiāngchǔ zhème jiǔ le

你就 像 我 的 家人 一樣。現在，眼看 你 就 要 離開
nǐ jiù xiàng wǒ de jiārén yíyàng xiànzài yǎnkàn nǐ jiù yào líkāi

了，我 怎麼 能 不 傷心 呢？
le　wǒ zěnme néng bù shāngxīn ne

老牛：真是 拿 你 沒 辦法！都 當 爸爸 了，還是 這麼 讓
lǎoniú　zhēnshì ná nǐ méi bànfǎ　dōu dāng bàba le　háishì zhème ràng

人 操心。 這樣 吧，等 我 死 了，你 就 把 我 的 皮 剝
rén cāoxīn　zhèyàng ba děng wǒ sǐ le　nǐ jiù bǎ wǒ de pí bō

下來 留著，一來 做 個 紀念，二來 或許 還 能 幫 上
xiàlái liú zhe　yìlái zuò ge jìniàn　èrlái huòxǔ hái néng bāng shàng

點 忙……
diǎn máng

（老牛 話 一 說 完 就 斷 了 氣。 牛郎 非常 難過，但
lǎo niú huà yì shuō wán jiù duàn le qì　Niúláng fēicháng nánguò dàn

還是 照著 老牛 的 話 去 做，把 老牛 的 皮 剝 下來 紀念。
háishì zhàozhe lǎo niú de huà qù zuò　bǎ lǎo niú de pí bō xiàlái jìniàn

就在這個時候，天上的　王母娘娘　酒醒了，當她
jiù zài zhè ge shíhòu　tiān shàng de　Wángmǔniángniang jiǔ xǐng le　dāng tā

發現織女偷偷跑到人間去時，非常　生氣！）
fāxiàn Zhīnǚ tōutōu pǎo dào rénjiān qù shí　fēicháng shēngqì

王母娘娘　：織女 怎麼 會 跑 去 人間，還 留 在 那邊 跟
Wángmǔniángniang　Zhīnǚ zěnme huì pǎo qù rénjiān　hái liú zài nàbiān gēn

人 結婚 生子 呢？你們 其他人 在 做 什麼，
rén jiéhūn shēngzǐ ne　nǐmen　qítā rén zài zuò shénme

為什麼 不 阻止 她！
wèishénme bù zǔzhǐ　tā

仙女A：對……對不起，我們 試著 阻止 了，但是 織女 根本
xiānnǚ　duì　duìbùqǐ　wǒmen shìzhe zǔzhǐ le　dànshì Zhīnǚ gēnběn

不 聽。
bù tīng

仙女B：　王母娘娘　，您 別 生氣 了，不如 您 勸 勸
xiānnǚ　Wángmǔniángniang　nín bié shēngqì le　bùrú nín quàn quàn

織女，她 最 聽 您 的 話 了。
Zhīnǚ　tā zuì tīng nín de huà le

王母娘娘　：真是的……什麼 事 都 要 我 出馬，那 我 要
Wángmǔniángniang　zhēnshìde　shénme shì dōu yào wǒ chūmǎ　nà wǒ yào

妳們 跟 著 織女 做 什麼 呢！
nǐmen gēn zhe Zhīnǚ zuò shénme ne

（　王母娘娘　雖然 這麼 說，還是 出發 來 到了 人間。當
Wángmǔniángniang suīrán zhème shuō　háishì chūfā lái dào le rénjiān dāng

219

她 來 到 牛郎 織女 的 家 時， 從 窗戶
tā lái dào Niúláng Zhīnǚ de jiā shí cóng chuānghù

看見 織女 在 織布，一旁 還有 兩 個 小孩 在 玩耍。見
kànjiàn Zhīnǚ zài zhībù yìpáng háiyǒu liǎng ge xiǎohái zài wánshuǎ jiàn

此， 王母娘娘 真是 氣極 了，直接 衝 進去 一把 抓
cǐ Wángmǔniángniang zhēnshì qì jí le zhíjiē chōng jìnqù yìbǎ zhuā

住 織女。）
zhù Zhīnǚ

王母娘娘 ：織女，妳 在 做 什麼？天 上 一天，人間 三
Wángmǔniángniang Zhīnǚ nǐ zài zuò shénme tiān shàng yì tiān rénjiān sān

年！妳 一 到 人間 就是 三 年，難道 妳 想
nián nǐ yí dào rénjiān jiù shì sān nián nándào nǐ xiǎng

在 這兒 過 一輩子 嗎？妳 難道 忘 了妳 在
zài zhèr guò yíbèizi ma nǐ nándào wàng le nǐ zài

天 上 的 責任 嗎？
tiān shàng de zérèn ma

織女：外婆……
Zhīnǚ wàipó

王母娘娘 ：妳 別 叫 我！如果 妳 還 認得 我，就 應該
Wángmǔniángniang nǐ bié jiào wǒ rúguǒ nǐ hái rèndé wǒ jiù yīnggāi

要 記得自己的 身分！
yào jìdé zìjǐ de shēnfèn

織女：外婆，我 真的 不 想 要 回去！天 上 的 日子
Zhīnǚ wàipó wǒ zhēnde bù xiǎng yào huíqù tiān shàng de rìzi

一成不變 ，好 悶 啊！您看，我 現在 生活 得多麼
yìchéngbúbiàn　hǎo mēn a　nín kàn　wǒ xiànzài shēnghuó de duōme

快樂，您就 讓 我 留在 人間 吧！
kuàilè　nín jiù ràng wǒ liú zài rénjiān ba

王母娘娘 ：妳 在 說 什麼 傻話，我 來，就 是 要 帶 妳
Wángmǔniángniang　nǐ zài shuō shénme shǎhuà　wǒ lái　jiù shì yào dài nǐ

回去 的 ，走！
huíqù de　zǒu

（拉 著 織女 往 天 上 去）
lā zhe Zhīnǚ wǎng tiān shàng qù

織女：（來不及 反應，對 著 兒女 說） 快 去 找 爸爸！
Zhīnǚ　láibùjí fǎnyìng　duì zhe érnǚ shuō　kuài qù zhǎo bàba

媽媽 沒事，別 擔心！（織女 的 兩 個 小孩 連忙 跑
māma méishì　bié dānxīn　Zhīnǚ de liǎng ge xiǎohái liánmáng pǎo

去 市場 找 牛郎）
qù shìchǎng zhǎo Niúláng

牛郎 及 織女 的 兩 個孩子：爸爸！爸爸！不 好 了！
Niúláng jí Zhīnǚ de liǎng ge háizi　bàba　bàba　bù hǎo le

牛郎 ：怎麼 啦？你們 怎麼 跑 出來 了？媽媽 呢？
Niúláng　zěnme la　nǐmen zěnme pǎo chūlái le　māma ne

牛郎 及 織女 的 兩 個孩子：媽媽 被 一 個 婆婆 抓 走 了！
Niúláng jí Zhīnǚ de liǎng ge háizi　māma bèi yí ge pópo zhuā zǒu le

還 往 天 上 飛 啊！
hái wǎng tiān shàng fēi a

牛郎：什麼？！快跟我來！（衝 回家，但不見 織女的
Niúláng　shénme　kuài gēn wǒ lái　　chōng huí jiā　dàn bú jiàn Zhīnǔ de

蹤影 [16]）
zōngyǐng

牛郎 及 織女的 兩個孩子：爸爸，怎麼辦？我們 又 不會
Niúláng jí Zhīnǔ de liǎng ge háizi　bàba　zěnmebàn　wǒmen yòu búhuì

飛， 一定 追 不 上 媽媽
fēi　yídìng zhuī bú shàng māma

的……（開始 啜泣）
de　　　kāishǐ chuòqì

牛郎：別哭別哭，讓我 好好　想想　。（突然　想 起 老
Niúláng　bié kū bié kū ràng wǒ hǎohǎo xiǎngxiǎng　　túrán xiǎng qǐ lǎo

牛的話，抓 起 牛皮 往 身 上 披）
niú de huà　zhuā qǐ niúpí wǎng shēn shàng pī

牛郎 及 織女的 兩個孩子：（驚訝）爸爸 你 怎麼 飛 起來
Niúláng jí Zhīnǔ de liǎng ge háizi　　jīngyà　bàba nǐ zěnme fēi qǐlái

了？
le

牛郎：太 好 了！是 我 的 老 朋友　幫 的 忙，你們 快 坐
Niúláng　tài hǎo le　shì wǒ de lǎo péngyǒu bāng de máng nǐmen kuài zuò

到 竹筐 裡，我 用 扁擔 挑著 你們 去 追 媽媽！
dào zhúkuāng lǐ　wǒ yòng biǎndàn tiāo zhe nǐmen qù zhuī māma

---

16. 蹤 影：trace
　　zōngyǐng

（挑 起 兩 個 小孩 往 屋外 飛）
tiāo qǐ liǎng ge xiǎohái wǎng wūwài fēi

（只 見 他 越 飛 越 高，就 快要 追 上 王母娘娘 和
zhǐ jiàn tā yuè fēi yuè gāo jiù kuàiyào zhuī shàng Wángmǔniángniang hàn

織女 了。）
Zhīnǚ le

牛郎 ：等 一下！您就是 王母娘娘 吧，請 聽 我 解釋！
Niúláng děng yíxià nín jiù shì Wángmǔniángniang ba qǐng tīng wǒ jiěshì

王母娘娘 ：哼，你 還有 什麼 好 解釋 的？織女 本來
Wángmǔniángniang hēng nǐ háiyǒu shénme hǎo jiěshì de Zhīnǚ běnlái

就不 應該 跟 人間 的 人 在 一起，現在 只
jiù bù yīnggāi gēn rénjiān de rén zài yìqǐ xiànzài zhǐ

不過 是 要 回 她 真正 的家 而已。
búguò shì yào huí tā zhēnzhèng de jiā éryǐ

牛郎 ：您 不 了解 她！現在 人間 才 是 她 的 家，請 您 放
Niúláng nín bù liǎojiě tā xiànzài rénjiān cái shì tā de jiā qǐng nín fàng

過 織女 吧！
guò Zhīnǚ ba

王母娘娘 ：好 大 的 膽子！你 以為 你 是 誰，可以 這樣
Wángmǔniángniang hǎo dà de dǎnzi nǐ yǐwéi nǐ shì shéi kěyǐ zhèyàng

頂撞 [17]我！
dǐngzhuàng wǒ

---

17. 頂 撞 ：contradict
dǐngzhuàng

223

織女：（啜泣）牛郎，你別再說了，她是不會聽的……
Zhīnǚ　　chuòqì Niúláng　nǐ bié zài shuō le　　tā shì búhuì tīng de

（這時，牛郎已經飛得離織女她們很近了，幾乎一伸
zhèshí　Niúláng yǐjīng fēi de lí Zhīnǚ tāmen hěn jìn le　　jīhū yì shēn

手就可以碰到她。）
shǒu jiù kěyǐ pèng dào tā

牛郎：可惡！只差一點，織女妳等等我！
Niúláng　kěwù　zhǐ chā yìdiǎn　Zhīnǚ nǐ děngděng wǒ

王母娘娘：你以為我會讓妳得逞[18]嗎？（從頭髮
Wángmǔniángniang　nǐ yǐwéi wǒ huì ràng nǐ déchěng ma　　cóng tóufǎ

上拔下髮簪往他們中間一劃，一
shàng bá xià fǎzān wǎng tāmen zhōngjiān yí huà　yí

道寬寬的銀河出現了）
dào kuānkuān de yínhé chūxiàn le

牛郎：不！您怎麼能如此狠心！
Niúláng　bù　nín zěnme néng rúcǐ hěnxīn

牛郎及織女的兩個孩子：嗚……媽媽……
Niúláng jí Zhīnǚ de liǎng ge háizi　wū　　māma

王母娘娘：這是為了你們好，早點忘記彼此吧！
Wángmǔniángniang　zhè shì wèile nǐmen hǎo zǎodiǎn wàngjì bǐcǐ ba

織女：牛郎，你別擔心，我不會忘記你的，我會一直在
Zhīnǚ　Niúláng　nǐ bié dānxīn　wǒ búhuì wàngjì nǐ de　wǒ huì yìzhí zài

18. 得逞：to succeed
　　déchěng

這 看 著 你。
zhè kàn zhe nǐ

牛郎：我 也 是，我 哪裡 也 不 去，一定 有 團聚 的 一 天
Niúláng wǒ yě shì wǒ nǎlǐ yě bú qù yídìng yǒu tuánjù de yì tiān

的！
de

（就 這樣，牛郎 和 織女 隔著 銀河 相 望。時間 一天天
jiù zhèyàng Niúláng hàn Zhīnǚ gé zhe yínhé xiāng wàng shíjiān yìtiāntiān

過去， 王母娘娘 也 於心不忍。）
guòqù Wángmǔniángniang yě yúxīnbùrěn

王母娘娘 ：唉，沒 見 過 這麼 傻 的 人。好 吧，我 就
Wángmǔniángniang āi méi jiàn guò zhème shǎ de rén hǎo ba wǒ jiù

成全 ¹⁹ 你們。
chéngquán nǐmen

織女：真的 嗎？謝謝 外婆！
Zhīnǚ zhēnde ma xièxie wàipó

王母娘娘 ：欸，別 高興 得 太 早，我 允許 你們 每年
Wángmǔniángniang èi bié gāoxìng de tài zǎo wǒ yǔnxǔ nǐmen měinián

的 七 月 七 日 可以 相 聚 一 天，再 多 一
de qī yuè qī rì kěyǐ xiāng jù yì tiān zài duō yì

天 也 不行。
tiān yě bùxíng

19. 成 全 ：show support for
chéngquán somebody

225

織女：這樣 啊……但 還是 謝謝 您！
Zhīnǚ　zhèyàng a　　dàn háishì xièxie nín

王母娘娘　：喜鵲 們，過來 吧！來 幫 這 兩 個 痴情[20]
Wángmǔniángniang　xǐquè men　guòlái ba　lái bāng zhè liǎng ge chīqíng

的 人 搭 一 座 橋，好 讓 他們 兩 人 度過
de rén dā yí zuò qiáo hǎo ràng tāmen liǎng rén dùguò

銀河。
yínhé

織女：謝謝 外婆！
Zhīnǚ　xièxie wàipó

牛郎：織女？孩子 們，快 看，是 誰 來 了。
Niúláng　Zhīnǚ　háizi men kuài kàn　shì shéi lái le

織女：牛郎！孩子！我 終於 又 見 到 你們 了。為了 這 一
Zhīnǚ Niúláng　háizi　wǒ zhōngyú yòu jiàn dào nǐmen le　wèile zhè yì

天，我 等 了 好 久 好 久 啊！
tiān　wǒ děng le hǎo jiǔ hǎo jiǔ a

牛郎：是 啊！真的 是 好 久 啊！但是，只要 能 見 到 妳，
Niúláng　shì a　zhēnde shì hǎo jiǔ a　dànshì　zhǐyào néng jiàn dào nǐ

再 久，我 和 孩子 都 願意 等。因為，見 到 妳，
zài jiǔ　wǒ hàn háizi dōu yuànyì děng　yīnwèi　jiàn dào nǐ

我們 真的 好 開心 啊！（兩 人 和 孩子 們 抱 在
wǒmen zhēnde hǎo kāixīn a　　liǎng rén hàn háizi men bào zài

---

20. 痴情：be infatuated
　　 chīqíng

一起）
yìqǐ

（從 此 以後，每 到 七 月 七 日，就 會 有 許多 喜鵲 飛 來，
cóng cǐ yǐhòu měi dào qī yuè qī rì jiù huì yǒu xǔduō xǐquè fēi lái

搭 成 一 座 「鵲橋」，讓 他們 可以 度過 銀河 碰面。
dā chéng yí zuò què qiáo ràng tāmen kěyǐ dùguò yínhé pèngmiàn

後來，七 月 七 日 就 成為 中國 的 情人 節，紀念 牛郎
hòulái qī yuè qī rì jiù chéngwéi Zhōngguó de qíngrén jié jìniàn Niúláng

和 織女 的 愛情。）
hàn Zhīnǚ de àiqíng

思考題
sīkǎotí

1. 如果你很想認識一個人，你會用什麼方式認識他呢？請說說
   看。
2. 如果你是牛郎，會怎麼樣說服王母娘娘不要帶走織女呢？
3. 你的國家也有情人節嗎？大家在那天會做什麼？它是不是也
   有一個故事？請跟大家分享。
4. 你認為，還有什麼其他方法可以讓牛郎和織女碰面呢？

12 【白蛇傳】（上）
báishé zhuàn　　shàng

故事
gùshì

很 久 以前，在 中國 的 峨嵋山 有 兩 條 修練[1]了
hěn jiǔ yǐqián　zài Zhōngguó de Éméishān yǒu liǎng tiáo xiūliàn le

幾 千 年 的 蛇精，她們 功力 高深，都 已經 修到 了 可以
jǐ qiān nián de shéjīng　tāmen gōnglì gāoshēn dōu yǐjīng xiūdào le kěyǐ

變成 人形 的 境界[2]。由於 她們 一 青 一 白，所以 當
biànchéng rénxíng de jìngjiè　yóuyú tāmen yì qīng yì bái　suǒyǐ dāng

她們 化 成 人 時，便 分別 叫做 白素貞 和 小青 。話說，
tāmen huà chéng rén shí　biàn fēnbié jiàozuò Báisùzhēn hàn Xiǎoqīng　huà shuō

大約 在 一千 八百 年前，當 白素貞 還是 一 條 蛇 時，曾經
dàyuē zài yìqiān bābǎi niánqián　dāng Báisùzhēn háishì yì tiáo shé shí céngjīng

被 一 個 善心 人 所 救；當時，那 人 花 了 一 筆 錢，把 她
bèi yí ge shànxīn rén suǒ jiù　dāngshí nà rén huā le yì bǐ qián bǎ tā

從 一 個 乞丐 的 手 裡 給 買 下來，然後 又 好心地 將 她
cóng yí ge qǐgài de shǒu lǐ gěi mǎi xiàlái　ránhòu yòu hǎoxīn de jiāng tā

野放 到 山林 裡。這 分 救命 之 恩，素貞 一直 放在 心上，
yěfàng dào shānlín lǐ　zhè fèn jiùmìng zhī ēn　Sùzhēn yìzhí fàngzài xīn shàng

期待 有 機會 能 好好 報答 這 位 恩人。時間 過 得 很 快，
qídài yǒu jīhuì néng hǎohǎo bàodá wèi wèi ēnrén　shíjiān guò de hěn kuài

一轉眼，一千 八百 年 就 過去 了。這時，她 決定 要 變成
yìzhuǎnyǎn yìqiān bābǎi nián jiù guòqù le　zhèshí　tā juédìng yào biànchéng

1. 修練：practice 　 xiūliàn	2. 境界：realm 　 jìngjiè	

人形，去 找 那位 救命 恩人，好 了卻[3] 這 個 心願。
rénxíng qù zhǎo nà wèi jiùmìng ēnrén hǎo liǎoquè zhè ge xīnyuàn

變成 人後 的 白素貞 和 小青 ，先 是 到處 遊山
biànchéng rén hòu de Báisùzhēn hàn Xiǎoqīng xiān shì dàochù yóushān-

玩水 ，因為 她們 也 不 知道 那 位 恩人 在 哪裡。於是，便
wánshuǐ yīnwèi tāmen yě bù zhīdào nà wèi ēnrén zài nǎlǐ yúshì biàn

想 一邊 遊玩 ，一邊 找 人，畢竟 人類 的 世界 對 她們 而言
xiǎng yìbiān yóuwán yìbiān zhǎo rén bìjìng rénlèi de shìjiè duì tāmen éryán

實在 太 有趣 了，什麼 事 都 很 新鮮。有 一 天，她們 來到 了
shízài tài yǒuqù le shénme shì dōu hěn xīnxiān yǒu yì tiān tāmen láidào le

杭州 風景 最 詩情畫意[4]的 西湖 邊，兩 人 悠閒 地 走
Hángzhōu fēngjǐng zuì shīqínghuàyì de Xīhú biān liǎng rén yōuxián de zǒu

在 斷橋 上 ， 欣賞 著 四周 優美 的 景色，心 裡 好 不
zài duànqiáo shàng xīnshǎng zhe sìzhōu yōuměi de jǐngsè xīn lǐ hǎo bù

愉快！ 沒想到 ，才 剛 走 到 橋 中央 ，就 開始 下 起
yúkuài méixiǎngdào cái gāng zǒu dào qiáo zhōngyāng jiù kāishǐ xià qǐ

綿綿 細雨，只 見 身 旁 的 遊客 們 紛紛 撐 起 手 中
miánmián xì yǔ zhǐ jiàn shēn páng de yóukè men fēnfēn chēng qǐ shǒu zhōng

的 傘，或是 快步 找 個 地方 躲 雨。由於 素貞 和 小青 沒
de sǎn huòshì kuàibù zhǎo ge dìfāng duǒ yǔ yóuyú Sùzhēn hàn Xiǎoqīng méi

帶 傘，只好 跟 著 大家 跑 到 樹 下 躲 雨。這時，有 個 人
dài sǎn zhǐhǎo gēn zhe dàjiā pǎo dào shù xià duǒ yǔ zhèshí yǒu ge rén

---

3. 了卻：complete someone's wish
   liǎoquè

4. 詩情畫意：poetic
   shīqínghuàyì

撐 傘 走 過，白素貞 不經意 地 看 了 一 眼，心 裡 一 驚，這
chēng sǎn zǒu guò Báisùzhēn bùjīngyì de kàn le yì yǎn xīn lǐ yì jīng zhè

不 正是 她 朝思暮想[5]的 恩人 嗎？
bú zhèngshì tā zhāosīmùxiǎng de ēnrén ma

這 位 風度翩翩 的 人 叫做 許仙，是 個 讀書 人。那
zhè wèi fēngdùpiānpiān de rén jiàozuò Xǔxiān shì ge dúshū rén nà

天，他 正巧 也 到 西湖 來 散步。出門 前，許仙 看 天色
tiān tā zhèngqiǎo yě dào Xīhú lái sànbù chūmén qián Xǔxiān kàn tiānsè

陰陰 的，就 順手 帶 了 把 傘， 沒想到 ，還 真的 用
yīnyīn de jiù shùnshǒu dài le bǎ sǎn méixiǎngdào hái zhēnde yòng

上 了。當 他 撐 起 傘 時，剛好 看 到 樹 下 有 兩 名
shàng le dāng tā chēng qǐ sǎn shí gānghǎo kàn dào shù xià yǒu liǎng míng

女子 在 躲 雨，心 想 可以 把傘 借 給 她們 用，不然 兩 個
nǚzǐ zài duǒ yǔ xīn xiǎng kěyǐ bǎ sǎn jiè gěi tāmen yòng bùrán liǎng ge

女孩子 淋 成 落湯雞 就 不 好 了，所以 就 朝 著 她們 的
nǚháizi lín chéng luòtāngjī jiù bù hǎo le suǒyǐ jiù cháo zhe tāmen de

方向 走 去。 當 他 走 近 她們 時，並 沒有 注意 到
fāngxiàng zǒu qù dāng tā zǒu jìn tāmen shí bìng méiyǒu zhùyì dào

白素貞 驚訝 的表情，只 覺得 這 白衣 女子 氣質 出眾，而那
Báisùzhēn jīngyà de biǎoqíng zhǐ juéde zhè bái yī nǚzǐ qìzhí chūzhòng ér nà

青 衣 女子 則是 長 得活潑可愛。不過，許仙 也 觀察 到 了，
qīng yī nǚzǐ zé shì zhǎng de huópō kěài búguò Xǔxiān yě guānchá dào le

---

5. 朝思暮想：think of something
zhāosīmùxiǎng　　day and night

她們 看 起來 並 不 像 是 當地人，應該 是 慕名 [6] 來 西湖
tāmen kàn qǐlái bìng bú xiàng shì dāngdìrén yīnggāi shì mùmíng lái Xīhú

遊玩 的 遊客。
yóuwán de yóukè

白素貞 看 著 許仙 走 向 她們，心 中 激動 不 已，
Báisùzhēn kàn zhe Xǔxiān zǒu xiàng tāmen xīn zhōng jīdòng bù yǐ

找 了 他 一千 八百 年，沒想到，他 現在 就 站在 自己 的
zhǎo le tā yìqiān bābǎi nián méixiǎngdào tā xiànzài jiù zhànzài zìjǐ de

面前 ！ 許仙 當然 不 曉得 這 段 因緣 [7]，但 心 裡只 覺得
miànqián Xǔxiān dāngrán bù xiǎodé zhè duàn yīnyuán dàn xīn lǐ zhǐ juéde

白衣 女子 很 面熟、很 親切，當 他 把 傘 拿 給 她們 時，很
bái yī nǚzǐ hěn miànshú hěn qīnqiè dāng tā bǎ sǎn ná gěi tāmen shí hěn

自然 地就 和 她們 聊 了 起來。談話 中 許仙 得知 白素貞
zìrán de jiù hàn tāmen liáo le qǐlái tánhuà zhōng Xǔxiān dézhī Báisùzhēn

和 小青 現在 暫時 居住 的 旅館，便 答應她們 明天 會去
hàn Xiǎoqīng xiànzài zànshí jūzhù de lǚguǎn biàn dāyìngtāmen míngtiān huì qù

取回 借 她們 的 傘。這 個 小小 的 約定，讓 白素貞 雀躍
qǔhuí jiè tāmen de sǎn zhè ge xiǎoxiǎo de yuēdìng ràng Báisùzhēn quèyuè

不 已，如此 一 來，就 能 再 碰面 了。其實，許仙 這麼 說
bù yǐ rúcǐ yì lái jiù néng zài pèngmiàn le qíshí Xǔxiān zhème shuō

也 是 因為 心 中 對 素貞 有 好感， 想 再 藉機 見她 一 面。
yě shì yīnwèi xīn zhōng duì Sùzhēn yǒu hǎogǎn xiǎng zài jièjī jiàn tā yí miàn

---

6. 慕名 ：go to a place by knowing
   mùmíng　　its reputation

7. 因緣 ：cause
   yīnyuán

第二天，許仙 照 著 約定 到 了 旅館 拿傘， 聰明
dì èr tiān Xǔxiān zhào zhe yuēdìng dào le lǚguǎn ná sǎn cōngmíng

伶俐 的 小青 見到 他們 兩 人 情投意合[8]，便 提議[9] 大家
línglì de Xiǎoqīng jiàndào tāmen liǎng rén qíngtóuyìhé biàn tíyì dàjiā

一起 去 吃 中飯，好 讓 他們 有 更 長 的 相處 時間。
yìqǐ qù chī zhōngfàn hǎo ràng tāmen yǒu gèng cháng de xiāngchǔ shíjiān

用餐 時，白素貞 從 談話 中 得知，許仙 從 小就 父母
yòngcān shí Báisùzhēn cóng tánhuà zhōng dézhī Xǔxiān cóng xiǎojiù fùmǔ

雙 亡，一個人 邊 念書，邊 在 一 家 藥鋪 工作，可以
shuāng wáng yí ge rén biān niànshū biān zài yì jiā yàopù gōngzuò kěyǐ

說 既 勤奮[10]又 上進 ，因此，對 他的 好感就 更 增加 了 幾
shuō jì qínfèn yòushàngjìn yīncǐ duì tā de hǎogǎnjiù gèng zēngjiā le jǐ

分。而 許仙 則 是 著迷[11]於 素貞 溫柔 體貼、善解人意 的
fēn ér Xǔxiān zé shì zháomí yú Sùzhēn wēnróu tǐtiē shànjiěrényì de

個性，和 她 談話 實在 是 非常 愉快，讓 人 捨不得 離開。
gèxìng hàn tā tánhuà shízài shì fēicháng yúkuài ràng rén shěbùdé líkāi

在 兩情 相悅 之下，他們 便 開始 交往 了。而且，
zài liǎngqíng xiāngyuè zhīxià tāmen biàn kāishǐ jiāowǎng le érqiě

過 沒 多 久 就 在 小青 的 主持[12]下 完成 了 婚禮。婚
guò méi duō jiǔ jiù zài Xiǎoqīng de zhǔchí xià wánchéng le hūnlǐ hūn

---

8. 情投意合：be attracted to each
   qíngtóuyìhé other

9. 提議：suggest
   tíyì

10. 勤奮：diligent
    qínfèn

11. 著迷：fascinated
    zháomí

12. 主持：preside
    zhǔchí

後，他們 自己 開 了一 家 藥鋪，許仙 因為 略 通 醫術，所以
hòu tāmen zìjǐ kāi le yì jiā yàopù Xǔxiān yīnwèi luè tōng yīshù suǒyǐ

除了 賣 藥，也 開始 幫 人 看診 ，而 素貞 則 會 在 一旁
chúle mài yào yě kāishǐ bāng rén kànzhěn ér Sùzhēn zé huì zài yìpáng

幫忙 。在 夫妻 同心協力[13]之下，雖然 只是 一 家 小小 的
bāngmáng zài fūqī tóngxīnxiélì zhīxià suīrán zhǐshì yì jiā xiǎoxiǎo de

藥店 ，卻 隨著 病人 口耳相傳 [14]，來 看病 買 藥 的 人
yàodiàn què suízhe bìngrén kǒuěrxiāngchuán lái kànbìng mǎi yào de rén

越來越 多，兩人 的 生活 過 得既 忙碌 又 充實[15]。
yuèláiyuè duō liǎng rén de shēnghuó guò de jì mánglù yòu chōngshí

許仙 醫術 高明 [16]的 名聲 ，不但 傳 遍 了 整 個
Xǔxiān yīshù gāomíng de míngshēng búdàn chuán biàn le zhěng ge

杭州 ，同時也 傳到 了 鎮江 金山寺 法海 大師 的 耳
Hángzhōu tóngshí yě chuándào le Zhènjiāng Jīnshānsì Fǎhǎi dàshī de ěr

裡。對 此，法海 大師 一 聽 就 覺得 不對勁，因為 許仙 只
lǐ duì cǐ Fǎhǎi dàshī yì tīng jiù juéde búduìjìn yīnwèi Xǔxiān zhǐ

不過是 個 普通 人，怎麼 可能 醫得 了 百 病，這 裡頭 一定
búguò shì ge pǔtōng rén zěnme kěnéng yī de liǎo bǎi bìng zhè lǐtóu yídìng

有 問題。因此，他 就 悄悄 地 跑到 許仙 的 藥鋪 去 察看，
yǒu wèntí yīncǐ tā jiù qiāoqiāo de pǎodào Xǔxiān de yàopù qù chákàn

這一去 不得了，法海一看就 知道 白素珍 是 蛇精！法海 心
zhè yí qù bùdéliǎo Fǎhǎi yí kàn jiù zhīdào Báisùzhēn shì shéjīng Fǎhǎi xīn

---

13. 同心協力：work together
tóngxīnxiélì

14. 口耳相傳：word of mouth
kǒuěrxiāngchuán

15. 充實：fulfilling
chōngshí

16. 高明：brilliant
gāomíng

想 ，這 蛇精 能 變成 人，一定 是 個 厲害 的 妖怪，
xiǎng zhè shéjīng néng biànchéng rén yídìng shì ge lìhài de yāoguài

日後 必當 禍害[17] 眾人 ；因此，當下 便 下 定 決心 要 除去
rìhòu bìdāng huòhài zhòngrén yīncǐ dāngxià biàn xià dìng juéxīn yào chúqù

此 蛇精！於是，法海 大師 趁著 素貞 外出 時， 假裝[18]
cǐ shéjīng yúshì Fǎhǎi dàshī chènzhe Sùzhēn wàichū shí jiǎzhuāng

成 病人， 等到 進了 許仙 的 診間，立即 告訴 許仙，
chéng bìngrén děngdào jìn le Xǔxiān de zhěnjiān lìjí gàosù Xǔxiān

白素貞 是 蛇妖。許仙 一 聽，大吃一驚，但是 怎麼 都 不肯
Báisùzhēn shì shéyāo Xǔxiān yì tīng dà chī yì jīng dànshì zěnme dōu bùkěn

相信 自己 溫柔 的 老婆 會是蛇 變成 的。法海 看 許仙
xiāngxìn zìjǐ wēnróu de lǎopó huì shìshé biànchéng de Fǎhǎi kàn Xǔxiān

不相信，就 跟 他 說：「你在 五 月 五 日 端午節 那天，準備
bù xiāngxìn jiù gēn tā shuō nǐ zài wǔ yuè wǔ rì duānwǔjié nà tiān zhǔnbèi

一杯 雄黃酒 讓 白素貞 喝，她 只要 喝了 這 酒，就 會
yì bēi xiónghuángjiǔ ràng Báisùzhēn hē tā zhǐyào hē le zhè jiǔ jiù huì

現出 原形 。如果 她 真的 是 人，那麼 這杯 雄黃酒 也
xiànchū yuánxíng rúguǒ tā zhēnde shì rén nàme zhèbēi xiónghuángjiǔ yě

不會 對 她 有害。如何，你 就 試試 看 吧！」
búhuì duì tā yǒuhài rúhé nǐ jiù shìshì kàn ba

---

17. 禍害：scourge
huòhài

18. 假裝：pretend
jiǎzhuāng

思考題
sīkǎotí

1. 你覺得許仙會不會拿雄黃酒給白素貞喝？為什麼？

2. 當別人對你有恩時，你會怎麼報答他呢？

3. 你覺得什麼樣的恩情最難報答？

4. 你相信動物也懂得報恩嗎？

13【白蛇 傳】（下）
báishé zhuàn　　　xià

故事
gùshì

許仙 對 法海 的 說法 感 到 半信半疑[1]，但是 他 想，
Xǔxiān duì Fǎhǎi de shuōfǎ gǎn dào bànxìnbànyí dànshì tā xiǎng

端午節 喝 雄黃酒 是 既有[2]的 習俗，所以 如果 真的 讓
duānwǔjié hē xiónghuángjiǔ shì jìyǒu de xísú suǒyǐ rúguǒ zhēnde ràng

素貞 喝 點 雄黃酒 ，應該 也 不會 造成 什麼 傷害。
Sùzhēn hē diǎn xiónghuángjiǔ yīnggāi yě búhuì zàochéng shénme shānghài

到了五月五日，許仙 便 拿出 事前 準備 好的 雄黃酒 ，
dào le wǔ yuè wǔ rì Xǔxiān biàn ná chū hìqián zhǔnbèi hǎo de xiónghuángjiǔ

想 邀 素貞 一起 來 喝 一杯。這時，素貞 一 看到 許仙
xiǎng yāo Sùzhēn yìqǐ lái hē yì bēi zhèshí Sùzhēn yí kàn dào Xǔxiān

拿著 雄黃酒 向 自己 走來，整個 人 往 後 倒 了一下，
ná zhe xiónghuángjiǔ xiàng zìjǐ zǒulái zhěngge rén wǎng hòu dào le yíxià

嚇 得 都 快 癱軟 在 地 了。因為，蛇 最怕 這 種 酒 了。在
xià de dōu kuài tānruǎn zài dì le yīnwèi shé zuì pà zhè zhǒng jiǔ le zài

人人 都 喝 雄黃酒 的 端午 時節，白素貞 本來 是 想 和
rén rén dōu hē xiónghuángjiǔ de duānwǔ shíjié Báisùzhēn běnlái shì xiǎng hàn

小青 一起 到 山 裡頭 去 避避 的，可是 又 怕 許仙 懷疑[3]，
Xiǎoqīng yìqǐ dào shān lǐtóu qù bìbì de kěshì yòu pà Xǔxiān huáiyí

---

1. 半信半疑：dubious
   bànxìnbànyí

2. 既有：existing
   jìyǒu

3. 懷疑：doubt
   huáiyí

所以 只好 裝 病 待 在 房 裡。 沒想到 ， 許仙 還是拿著
suǒyǐ zhǐhǎo zhuāng bìng dāi zài fáng lǐ　　méixiǎngdào　Xǔxiān háishì ná zhe

雄黃酒 進 到 房 裡 來了。
xiónghuángjiǔ jìn dào fáng lǐ lái le

　　　許仙 進 了 房，看見 素貞 癱軟 的 模樣 ， 相當
Xǔxiān jìn le fáng kànjiàn Sùzhēn tānruǎn de móyàng　xiāngdāng

心疼 [4]。於是 就 勸 她 說， 雄黃酒 可以 治病 強 身，
xīnténg　　yúshì jiù quàn tā shuō　xiónghuángjiǔ kěyǐ zhìbìng qiáng shēn

要 她 多少 喝 一點。白素貞 說 不 過 他， 勉強 喝 了一
yào tā duōshǎo hē yìdiǎn Báisùzhēn shuō bú guò tā　miǎnqiáng hē le yì

口，結果 馬上 就 覺得 天旋地轉 ， 整 個人 昏 了 過去。
kǒu jiéguǒ mǎshàng jiù juéde tiānxuándìzhuǎn　zhěng ge rén hūn le guòqù

許仙 一 看 妻子 昏倒 了，還 真 嚇 了 一 大跳， 連忙
Xǔxiān yí kàn qīzi hūndǎo le hái zhēn xià le yí dà tiào　liánmáng

扶 她 到 床 上 休息，然後 趕緊 跑 去 廚房 調 解酒
fú tā dào chuáng shàng xiūxí　ránhòu gǎnjǐn pǎo qù chúfáng tiáo jiějiǔ

藥。 手忙腳亂 地 調 好 後，許仙 立刻 拿 到 房 裡
yào　　hǒumángjiǎoluàn de tiáo hǎo hòu Xǔxiān lìkè　ná dào fáng lǐ

去， 沒想到 一 掀開 棉被，只 見 一 條 大 白 蛇 在 裡頭，
qù　méixiǎngdào yì xiānkāi miánbèi　zhǐ jiàn yì tiáo dà bái shé zài lǐtóu

卻 沒有 妻子 的 身影 ，這 一 驚嚇，許仙 竟然 就 活活 地
què méiyǒu qīzi de shēnyǐng　zhè yì jīngxià Xǔxiān jìngrán jiù huóhuó de

---

4. 心疼：distressed
　 xīnténg

被 嚇 死 了！
bèi xià sǐ le

也 不 知 過 了 多久，昏倒 在 床 的 素貞 才 慢慢
yě bù zhī guò le duōjiǔ hūndǎo zài chuáng de Sùzhēn cái mànmàn

甦醒5過來。然而，一 張 開眼睛，竟然 看 到 自己 心愛 的
sūxǐng guòlái ránér yì zhāng kāi yǎnjīng jìngrán kàn dào zìjǐ xīnài de

先生 死 在 身 旁，素貞 難過 極 了。尤其 當 她 想
xiānsheng sǐ zài shēn páng Sùzhēn nánguò jí le yóuqí dāng tā xiǎng

到 一定 是 因為 自己 的 模樣 而 嚇 死 許仙 時，素貞 更
dào yídìng shì yīnwèi zìjǐ de móyàng ér xià sǐ Xǔxiān shí Sùzhēn gèng

是 悲從中來 ， 沒想到 自己 竟然 害 死 了 最 愛 的 人。
shì bēicóngzhōnglái méixiǎngdào zìjǐ jìngrán hài sǐ le zuì ài de rén

外頭 的 小青 聽 到 了 素貞 的 哭聲，趕緊 跑 進來 探
wàitóu de Xiǎoqīng tīng dào le Sùzhēn de kūshēng gǎnjǐn pǎo jìnlái tàn

看。一 看 倒 在 地 上 的 許仙， 馬上 明白 發生 了 什麼
kàn yí kàn dǎo zài dì shàng de Xǔxiān mǎshàng míngbái fāshēng le shénme

事。這時，她 立刻 提醒 素貞，要 快 去 找 靈芝草，因為
shì zhèshí tā lìkè tíxǐng Sùzhēn yào kuài qù zhǎo língzhīcǎo yīnwèi

只有 這 種 藥草 才 能 讓 人 復生。於是 素貞 收拾 起
zhǐyǒu zhè zhǒng yàocǎo cái néng ràng rén fùshēng yúshì Sùzhēn shōushí qǐ

悲傷 ，請 小青 看 好 許仙 的 身體，自己 一 個 人 跑
bēishāng qǐng Xiǎoqīng kān hǎo Xǔxiān de shēntǐ zìjǐ yí ge rén pǎo

---

5. 甦醒：wake
   sūxǐng

去 仙山 ，決心 採回 靈芝草 來 救 活 許仙。
qù Xiānshān　juéxīn cǎi huí língzhīcǎo lái jiù huó Xǔxiān

為了 許仙，白素貞 什麼 苦 都 不 怕！一 個 人 挺 著
wèile Xǔxiān　Báisùzhēn shénme kǔ dōu bú pà　yí ge rén tǐng zhe

八 個 月 的 身孕 ，跋山涉水，好 不 容易 來 到 了 仙山 。
bā ge yuè de shēnyùn　báshānshèshuǐ　hǎobù róngyì lái dào le Xiānshān

然而，才 剛 要 尋找 靈芝草，就 被 看守[6]的 仙童 發現，
ránér　cái gāng yào xúnzhǎo língzhīcǎo　jiù bèi kānshǒu　de xiāntóng fāxiàn

兩 個 人 立刻 扭打 了 起來。如果 是 平時 ， 仙童 絕對
liǎng ge rén lì kè niǔdǎ le qǐlái　rúguǒ shì píngshí　xiāntóng juéduì

不是 白素貞 的 對手，但是 她 現在 大腹便便[7]， 身手 很 不
búshì Báisùzhēn de duìshǒu　dànshì tā xiànzài dàfùpiánpián　shēnshǒu hěn bù

靈活[8]，打 得 非常 辛苦，過 了 好 久 還 分 不 出 勝負。
línghuó　dǎ de fēicháng xīnkǔ　guò le hǎo jiǔ hái fēn bù chū shèngfù

這時， 仙山 上 的 南極仙翁 出現 了，他 制止 兩 人
zhèshí　Xiānshān shàng de Nánjíxiānwēng chūxiàn le　tā zhìzhǐ liǎng rén

的 打鬥， 並 問 白素貞 為什麼 要 冒 著 生命 危險 來
de dǎdòu　bìng wèn Báisùzhēn wèishénme yào mào zhe shēngmìng wéixiǎn lái

偷 靈芝草。白素貞 難過 地 把 前因後果 老老實實 說 了 一
tōu língzhīcǎo Báisùzhēn nánguò de bǎ qiányīnhòuguǒ lǎolǎoshíshí shuō le yí

遍。 南極仙翁 聽 了 以後，覺得 白素貞 十分 有情有義，
biàn　Nánjíxiānwēng tīng le yǐhòu　juéde Báisùzhēn shífēn yǒuqíngyǒuyì

6. 看守：guard
kānshǒu

7. 大腹便便：pregnent
dàfùpiánpián

8. 靈活：agile
línghuó

243

並 不是 普通 的 妖怪， 便 將 靈芝草 賜 給 她 去 救
bìng búshì pǔtōng de yāoguài　biàn jiāng língzhīcǎo cì gěi tā qù jiù

許仙。
Xǔxiān

　　拿 到 了 靈芝草， 素貞 急忙 趕 回家。回 到 家，立刻
ná dào le língzhīcǎo　Sùzhēn jímáng gǎn huí jiā　huí dào jiā　lìkè

將 靈芝草 放到 許仙 嘴 裡，只見 許仙 一 吃 下去 就
jiāng língzhīcǎo fàngdào Xǔxiān zuǐ lǐ　zhǐ jiàn Xǔxiān yì chī xiàqù jiù

慢慢 甦醒，過 了 一會兒 就 可以 開口 說話 、吃 東西
mànmàn sūxǐng guò le yìhuǐer jiù kěyǐ kāikǒu shuōhuà　chī dōngxi

了。醒 來後 的 許仙， 仍然 記得 自己 死 前 看 到 的 白
le　xǐng lái hòu de Xǔxiān　réngrán jìdé zìjǐ sǐ qián kàn dào de bái

蛇，因此，心 裡 還是 感到 很 害怕。白素貞 為了 說服 他 那
shé　yīncǐ　xīn lǐ háishì gǎndào hěn hàipà　Báisùzhēn wèile shuìfú tā nà

不過 是一 場 夢，就 將 一 條 白色 腰帶 變成 蛇，放
búguò shì yì chǎng mèng　jiù jiāng yì tiáo báisè yāodài biànchéng shé fàng

在 屋梁 上 讓 許仙 來 看，這 才 讓 許仙 釋懷， 相信
zài wūliáng shàng ràng Xǔxiān lái kàn　zhè cái ràng Xǔxiān shìhuái　xiāngxìn

自己 的 妻子 並 不是 可怕 的 大 白 蛇。
zìjǐ de qīzi bìng búshì kěpà de dà bái shé

　　這 件 事 讓 法海 知道 了，他 很 不 甘心，實在 不能
zhè jiàn shì ràng Fǎhǎi zhīdào le　tā hěn bù gānxīn　shízài bùnéng

容忍 9 蛇妖 繼續 存在 下去。因此， 法海 又 趁 白素貞
róngrěn shéyāo jìxù cúnzài xiàqù　yīncǐ　Fǎhǎi yòu chèn Báisùzhēn

9. 容忍：tolerate
　　róngrěn

不 在 家 的 時候，偷偷 把 許仙 騙 到 金山寺 去。結果，
bú zài jiā de shíhòu tōutōu bǎ Xǔxiān piàn dào Jīnshānsì qù jié guǒ

當 素貞 回到家，看到 空蕩蕩 的 房子，就 知道 許仙
dāng Sùzhēn huí dào jiā kàn dào kōngdàngdàng de fángzi jiù zhīdào Xǔxiān

一定 是 被 綁架[10]了，於是 趕緊 和 小青 四處 打探 許仙 的
yídìng shì bèi bǎngjià le yúshì gǎnjǐn hàn Xiǎoqīng sìchù dǎtàn Xǔxiān de

下落。 皇天 不負 苦心 人，她們 終於 探聽 到 許仙 人
xiàluò huángtiān bú fù kǔxīn rén tāmen zhōngyú tàntīng dào Xǔxiān rén

在 金山寺，因此，她們 連夜 趕過去，只 希望 能 早點 救
zài Jīnshānsì yīncǐ tāmen liányè gǎn guòqù zhǐ xīwàng néng zǎodiǎn jiù

出 許仙。到 了 金山寺，她們 苦苦 哀求[11]法海 放 了 許仙，
chū Xǔxiān dào le Jīnshānsì tāmen kǔkǔ āiqiú Fǎhǎi fàng le Xǔxiān

但是 法海 一心 想 收 妖，沒 除去 這 蛇精，如何 肯 放
dànshì Fǎhǎi yì xīn xiǎng shōu yāo méi chúqù zhè shéjīng rúhé kěn fàng

許仙。結果，法海 不但 不 放 人，還 招 來 天兵 天將，
Xǔxiān jiéguǒ Fǎhǎi búdàn bú fàng rén hái zhāo lái tiānbīng tiānjiàng

一 心 想 收拾 白素貞，把 她 封印 起來。原本 客客氣氣
yì xīn xiǎng shōushí Báisùzhēn bǎ tā fēngyìn qǐlái yuánběn kèkèqìqì

的 白素貞，到 了 這時，實在 是 忍無可忍 了，便 大力 反擊
de Báisùzhēn dào le zhèshí shízài shì rěnwúkěrěn le biàn dàlì fǎnjí

法海，甚至 引 來 了 西湖 的 水，打算 淹 了 金山寺。在
Fǎhǎi shènzhì yǐn lái le Xīhú de shuǐ dǎsuàn yān le Jīnshānsì zài

雙方 打 得 天昏地暗之 際，被 困 在 裡頭 的 許仙，幸好
shuāngfāng dǎ de tiānhūndìàn zhī jì bèi kùn zài lǐtóu de Xǔxiān xìnghǎo

---

10. 綁架：kidnap
bǎngjià

11. 哀求：entreat
āiqiú

245

有 好心的 僧人 協助，順利 逃出 了 金山寺。
yǒu hǎoxīn de sēngrén xiézhù shùnlì táochū le Jīnshānsì

白素貞 和 小青 雖然 功力 高強，但 寡 不 敵
Báisùzhēn hàn Xiǎoqīng suīrán gōnglì gāoqiáng dàn guǎ bù dí

眾，加上 她 有 孕 在 身，動作 不便，因此，實在
zhòng jiāshàng tā yǒu yùn zài shēn dòngzuò búbiàn yīncǐ shízài

沒辦法 占 上風。然而，人 多 的 一方 卻 也 拿 白素貞
méibànfǎ zhàn shàngfēng ránér rén duō de yìfāng què yě ná Báisùzhēn

沒辦法，因為 她 肚子 裡 的 小孩 是 天 上 的 文曲星
méibànfǎ yīnwèi tā dùzi lǐ de xiǎohái shì tiān shàng de Wénqǔxīng

轉世，一直 默默 地 守護 著 母親。就 這樣 僵持 [12]
zhuǎnshì yìzhí mòmò de shǒuhù zhe mǔqīn jiù zhèyàng jiāngchí

了 許久，白素貞 和 小青 退 到 了 西湖 的 斷橋 旁，
le xǔjiǔ Báisùzhēn hàn Xiǎoqīng tuì dào le Xīhú de duànqiáo páng

這時，恰好 碰上 逃 出來 的 許仙，兩 人 相 擁 而
zhèshí qiàhǎo pèngshàng táo chūlái de Xǔxiān liǎng rén xiāng yǒng ér

泣。小青 則 在 一旁 責怪 許仙 不 該 聽 法海 的 話，懷疑
qì Xiǎoqīng zé zài yìpáng zéguài Xǔxiān bù gāi tīng Fǎhǎi de huà huáiyí

白素貞 的 真情。許仙 看 到 白素貞 為了 自己 和 法海
Báisùzhēn de zhēnqíng Xǔxiān kàn dào Báisùzhēn wèile zìjǐ hàn Fǎhǎi

大打出手，心 裡 十分 慚愧 [13]，再三 懇求 她 的 原諒 [14]，
dàdǎchūshǒu xīn lǐ shífēn cánkuì zàisān kěnqiú tā de yuánliàng

12. 僵持：stalemate
jiāngchí

13. 慚愧：ashamed
cánkuì

14. 原諒：forgiveness
yuánliàng

發誓不論 白素貞 是 什麼 身分 ，都 願意 與 她 白頭偕老。
fāshì búlùn Báisùzhēn shì shénme shēnfèn dōu yuànyì yǔ tā báitóuxiélǎo

白素貞 看 許仙 真心誠意 的 樣子，也 不再 多 說 什麼，
Báisùzhēn kàn Xǔxiān zhēnxīnchéngyì de yàngzi yě búzài duō shuō shénme

就 原諒 他 了。為了 逃命 ，三 人 趕緊 離開 西湖，留下
jiù yuánliàng tā le wèile táomìng sān rén gǎnjǐn líkāi Xīhú liúxià

無計可施 的 法海。
wújìkěshī de Fǎhǎi

　　白素貞 和 許仙 經歷 了 種種 困難 ， 終於 和好
Báisùzhēn hàn Xǔxiān jīnglì le zhǒngzhǒng kùnnán zhōngyú héhǎo

如初，回家 後 過 了不久，素貞 就 生 下一個 白胖 兒子，
rúchū huíjiā hòu guò le bùjiǔ Sùzhēn jiù shēng xià yí ge báipàng érzi

一 家 人 都 開心 極 了，只 覺得 日子 這樣 過就 夠幸福
yì jiā rén dōu kāixīn jí le zhǐ juéde rìzi zhèyàng guò jiù gòuxìngfú

了。但這時，有一個人 過得 相當 不 開心，那人就是
le dàn zhèshí yǒu yí ge rén guò de xiāngdāng bù kāixīn nà rén jiù shì

法海。法海因為 沒 能 成功 除去白素貞，心 裡 很 不
Fǎhǎi Fǎhǎi yīnwèi méi néng chénggōng chúqù Báisùzhēn xīn lǐ hěn bù

甘心，氣惱[15]不已。當 他 打探 到 素貞 已 生 下 文曲星
gānxīn qìnǎo bù yǐ dāng tā dǎtàn dào Sùzhēn yǐ shēng xià Wénqǔxīng

時，開心得 不得了，因為 素貞 這下子 就 沒 保護 了。法海
shí kāixīn de bùdéliǎo yīnwèi Sùzhēn zhèxiàzi jiù méi bǎohù le Fǎhǎi

---

15. 氣惱：get angry
　　qìnǎo

247

於是 又 來 到 許仙 家，想來 鎮壓 白素貞。許仙 看 到 法海
yúshì yòu lái dào Xǔxiān jiā xiǎng lái zhènyā Báisùzhēn Xǔxiān kàn dào Fǎhǎi

來勢洶洶 ，嚇 得 手足無措，只能 苦苦 哀求 法海
láishìxiōngxiōng xià de shǒuzúwúcuò zhǐnéng kǔkǔ āiqiú Fǎhǎi

手下留情，不要 拆散 他們 一 家 人。但是 心意已決 的 法海
shǒuxiàliúqíng búyào chāisàn tāmen yì jiā rén dànshì xīnyìyǐjué de Fǎhǎi

根本 不 理會 他， 手 持 金缽， 一下子 就 把 白素貞 罩 住
gēnběn bù lǐhuì tā shǒu chí jīnbō yíxiàzi jiù bǎ Báisùzhēn zhào zhù

了。罩 住 後，法海 還 不 放心， 更 在 西湖 旁 蓋 了 一 座
le zhào zhù hòu Fǎhǎi hái bú fàngxīn gèng zài Xīhú páng gài le yí zuò

七 極 寶塔，取名 雷峰塔，然後 將 白素貞 壓在 寶塔 下面。
qī jí bǎotǎ qǔmíng Léifēngtǎ ránhòu jiāng Báisùzhēn yā zài bǎotǎ xiàmiàn

一切 完成 後，法海 還 在 一旁 留下了四 句 話：西湖 水
yíqiè wánchéng hòu Fǎhǎi hái zài yìpáng liú xià le sì jù huà Xīhú shuǐ

乾，江湖不 起，雷峰塔 倒， 白 蛇 出 世。
gān jiānghú bù qǐ Léifēngtǎ dǎo bái shé chū shì

失去 妻子 的 許仙 十分 悲傷 ，但 也 只能 打起 精神
shīqù qīzi de Xǔxiān shífēn bēishāng dàn yě zhǐnéng dǎ qǐ jīngshén

養育[16]兒子。而 小青 在 失去 如同 家人 的 白素貞 後，更
yǎngyù érzi ér Xiǎoqīng zài shīqù rútóng jiārén de Báisùzhēn hòu gèng

是 悲憤 交加，於是 一 個 人 跑 回 山 中 修練，期待 有 一
shì bēifèn jiāojiā yúshì yí ge rén pǎo huí shān zhōng xiūliàn qídài yǒu yì

16. 養育：raise
yǎngyù

248

天 可以 打敗 法海。一轉眼 二十 年 就 過去 了，白素貞 和
tiān kěyǐ dǎbài Fǎhǎi yìzhuǎnyǎn èrshí nián jiù guòqù le Báisùzhēn hàn

許仙 的 兒子 許夢蛟 也 已經 長大 成 人，而且 長 得
Xǔxiān de érzi Xǔmèngjiāo yě yǐjīng zhǎngdà chéng rén érqiě zhǎng de

一表人才。
yìbiǎoréncái

這時， 小青 覺得 時機 已經 成熟 了，便 下 山 告訴
zhèshí Xiǎoqīng juéde shíjī yǐjīng chéngshóu le biàn xià shān gàosù

夢蛟 關於 素貞 的 事， 夢蛟 聽 後，才 恍然大悟 ，為何
Mèngjiāoguānyú Sùzhēn de shì Mèngjiāo tīng hòu cái huǎngrándàwù wèihé

從來 沒 見 過 母親。心 繫 母親 的 夢蛟 ，立刻 和 小青
cónglái méi jiàn guò mǔqīn xīn xì mǔqīn de Mèngjiāo lìkè hàn Xiǎoqīng

前去 雷峰塔， 想要 救出 素貞。來 到 了 雷峰塔，雖然 見
qiánqù Léifēngtǎ xiǎngyào jiùchū Sùzhēn lái dào le Léifēngtǎ suīrán jiàn

到 法海 守 在 一旁，但功力 大 增 的 小青 ，一點 也 不
dào Fǎhǎi shǒu zài yìpáng dàngōnglì dà zēng de Xiǎoqīng yìdiǎn yě bú

畏懼[17]，直 衝 上 前 跟 法海 打 了 起來。苦 練 後 的
wèijù zhí chōng shàng qián gēn Fǎhǎi dǎ le qǐlái kǔ liàn hòu de

小青 果然 厲害，三兩 下 就 打敗 了 法海，只 見 法海被 打
Xiǎoqīng guǒrán lìhài sānliǎng xià jiù dǎbài le Fǎhǎi zhǐ jiàn Fǎhǎibèi dǎ

得 無處可躲，最後，只好躲 到 螃蟹 的 肚子 裡，再 也 不 敢
de wúchùkěduǒ zuìhòu zhǐhǎoduǒ dào pángxiè de dùzi lǐ zài yě bù gǎn

---

17. 畏懼：fear
wèijù

出來。一旁的 夢蛟 看到 小青 大 勝 ，開心 極了，恭賀
chūlái yìpáng de Mèngjiāo kàn dào Xiǎoqīng dà shèng kāixīn jí le gōnghè

完 小青 後，立即 走 向 雷峰塔，並 跪 在 塔 前，祈求
wán Xiǎoqīng hòu lìjí zǒu xiàng Léifēngtǎ bìng guì zài tǎ qián qíqiú

老天爺 讓 西湖 的 水 變 乾，好 讓 他 的 母親 可以 重 回
lǎotiānyé ràng Xīhú de shuǐ biàn gān hǎo ràng tā de mǔqīn kěyǐ chóng huí

人世。 夢蛟 的 孝行 感動 了老天爺，於是 奇蹟[18]出現
rénshì Mèngjiāo de xiàoxíng gǎndòng le lǎotiānyé yúshì qíjī chūxiàn

了，不但 西湖 的 水 乾 了，就 連 雷峰塔 也倒 了。雷峰塔 一
le búdàn Xīhú de shuǐ gān le jiù lián Léifēngtǎ yě dǎo le Léifēngtǎ yì

倒，就 見 到 白素貞 走 了出來。 夢蛟 見 到 母親，激動
dǎo jiù jiàn dào Báisùzhēn zǒu le chūlái Mèngjiāo jiàn dào mǔqīn jīdòng

得又是哭又是笑，母子 相 認 過 後， 夢蛟 立刻 帶 著
de yòu shì kū yòu shì xiào mǔzǐ xiāng rèn guò hòu Mèngjiāo lìkè dài zhe

母親 回家。回 到 家，一 家 團圓 ，和樂融融[19]。之後，他們
mǔqīn huíjiā huí dào jiā yì jiā tuányuán hélèróngróng zhīhòu tāmen

依舊 行 醫 濟 世，由於 醫術 高明 ，所以 倍 受 鄰里 的
yījiù xíng yī jì shì yóuyú yīshù gāomíng suǒyǐ bèi shòu línlǐ de

肯定 與 愛戴，而 白素貞 更 被 尊稱 為 白娘娘 。至
kěndìng yǔ àidài ér Báisùzhēn gèng bèi zūnchēng wéi Báiniángniang zhì

此，這家人 總算 苦盡甘來，能 享受 平凡[20]的 幸福 了。
cǐ zhè jiā rén zǒngsuàn kǔjìngānlái néng xiǎngshòu píngfán de xìngfú le

---

18. 奇蹟：miracle
   qíjī

19. 和樂融融：harmonious and
   hélèróngróng happy

20. 平凡：ordinary
   píngfán

思考題
sīkǎotí

1. 你覺得，法海為什麼一直想要去除白素貞呢？
2. 白素貞為了愛情可以不顧一切，你呢？你覺得愛情是你生命中最重要的事嗎？如果不是，請問，對你來說，什麼事才是生命中最重要的呢？
3. 你認為許仙是個怎麼樣的人呢？請說說看。
4. 如果這個故事裡沒有小青，你覺得故事會怎樣發展呢？

124 【杜子春】（上）
Dùzǐchūn shàng

神怪及傳奇
shén guài jí chúan qí

故事
gùshì

　　在 隋朝 的 時候，有 個 名 叫 杜子春 的 年輕人，他
　　zài Suícháo de shíhòu yǒu ge míng jiào Dùzǐchūn de niánqīngrén tā

的 個性 很 輕浮¹，既 愛玩 又 不 求 上進。雖然 他 家裡 很
de gèxìng hěn qīngfú jì àiwán yòu bù qiú shàngjìn suīrán tā jiālǐ hěn

有錢 ，但 還是 敵不過 他 揮霍²的 速度，在 只 出 不 進 的
yǒuqián dàn háishì díbúguò tā huīhuò de sùdù zài zhǐ chū bú jìn de

狀況 下，錢 一下子 就 花 光 了。 錢 沒 了，朋友 也
zhuàngkuàng xià qián yíxiàzi jiù huā guāng le qián méi le péngyǒu yě

都 跑 走 了！以前 時常 往來 的 親友，在 杜子春 變得
dōu pǎo zǒu le yǐqián shícháng wǎnglái de qīnyǒu zài Dùzǐchūn biàndé

一貧如洗³後，個個 都 躲 得 遠遠 的，深怕 被 他 拖累⁴。
yìpínrúxǐ hòu gège dōu duǒ de yuǎnyuǎn de shēnpà bèi tā tuōlèi

　　沒 錢、沒 朋友 的 杜子春，在 寒冷 的 冬天 裡，
　　méi qián méi péngyǒu de Dùzǐchūn zài hánlěng de dōngtiān lǐ

一個人 落魄⁵地 在 街頭 上 行走。這 時候 的 他，連 件
yíge rén luòpò de zài jiētóu shàng xíngzǒu zhè shíhòu de tā lián jiàn

保暖⁶的 衣服 都 沒有，更 別 提 沒 東西 吃 了。餓著 肚子
bǎonuǎn de yīfú dōu méiyǒu gèng bié tí méi dōngxi chī le èzhe dùzi

1. 輕浮：frivolous 　　 qīngfú	4. 拖累：hold somebody back 　　 tuōlèi
2. 揮霍：squander 　　 huīhuò	5. 落魄：spiritless; living in poverty 　　 luòpò
3. 一貧如洗：penniless 　　 yìpínrúxǐ	6. 保暖：keep warm 　　 bǎonuǎn

254

的 杜子春， 正 打算 走 上 街 去 乞討[7]，看看 有沒有 好心
de Dùzǐchūn　zhèng dǎsuàn zǒu shàng jiē qù qǐtǎo　kànkàn yǒuméiyǒu hǎoxīn

人 會 施捨[8]他 一點 吃 的 東西。就 在 這 時，有 個 老人 把
rén huì shīshě tā yìdiǎn chī de dōngxi　jiù zài zhè shí　yǒu ge lǎorén bǎ

杜子春 叫 住 了，老人 對 他 說：「年輕人，你 怎麼 看 起來
Dùzǐchūn jiào zhù le　lǎorén duì tā shu　niánqīngrén　nǐ zěnme kàn qǐlái

這樣 失魂 落魄[9]？」見 到 有 人 關心 自己，杜子春 便 細
zhèyàng shīhún luòpò　jiàn dào yǒu rén guānxīn zìjǐ　Dùzǐchūn biàn xì

說 從頭，把 自己 的 經歷 跟 老人 說 了 一遍。老人 聽 完
shuō cóngtóu　bǎ zìjǐ de jīnglì gēn lǎorén shuō le yíbiàn　lǎorén tīng wán

後，並 沒有 多 說 什麼，只 問：「那 你 說說，要 多少
hòu　bìng méiyǒu duō shuō shénme　zhǐ wèn　nà nǐ shuōshuō yào duōshǎo

錢 才 夠 你 用 呢？」杜子春 想 了 想 ，說：「我 想，
qián cái gòu nǐ yòng ne　Dùzǐchūn xiǎng le xiǎng　shuō　wǒ xiǎng

三、五 萬 就 應該 夠 我 過 日子了。」老人 搖搖 頭 說：
sān　wǔ wàn jiù yīnggāi gòu wǒ guò rìzi le　lǎorén yáoyáo tóu shuō

「不夠！不夠！這 點 錢 哪 夠 生活！」杜子春 便 把 價錢
búgòu　búgòu　zhè diǎn qián nǎ gòu shēnghuó　Dùzǐchūn biàn bǎ jiàqián

加 到 十 萬，可是 老人 還是 說 不夠，就 這樣 來來 回回 好
jiā dào shí wàn　kěshì lǎorén háishì shuō bú gòu　jiù zhèyàng láilái huíhuí hǎo

幾 次，最後 杜子春 大膽[10]地 說 要 三百 萬，老人 才 點點
jǐ cì　zuìhòu Dùzǐchūn dàdǎn de shuō yào sānbǎi wàn　lǎorén cái diǎndiǎn

---

7. 乞討：beg; cadge
　　qǐtǎo

8. 施捨：give alms
　　shīshě

9. 失魂落魄：driven to distraction
　　shīhúnluòpò

10. 大膽：bold; daring
　　dàdǎn

頭。接著，老人從口袋裡拿出了一點錢給杜子春，要
tóu jiēzhe lǎorén cóng kǒudài lǐ ná chū le yìdiǎn qián gěi Dùzǐchūn yào

杜子春拿去買點東西吃，並跟他約定明天中午在
Dùzǐchūn ná qù mǎi diǎn dōngxi chī bìng gēn tā yuēdìng míngtiān zhōngwǔ zài

城的西邊碰面。這整件事都怪極了，老人
chéng de xībiān pèngmiàn zhè zhěng jiàn shì dōu guài jí le lǎorén

為什麼要問他要多少錢才夠生活？又為什麼要
wèishénme yào wèn tā yào duōshǎo qián cái gòu shēnghuó yòu wèishénme yào

給他錢吃飯？心裡雖然有很多的疑惑，但肚子餓的
gěi tā qián chīfàn xīnlǐ suīrán yǒu hěn duō de yíhuò dàn dùzi è de

杜子春也顧不得這麼多了，謝過老人後，直接就走到
Dùzǐchūn yě gùbùdé zhème duō le xiè guò lǎorénhòu zhíjiē jiù zǒudào

飯館，想好好地飽餐一頓。隔天中午，他按照
fànguǎn xiǎng hǎohǎo de bǎo cān yí dùn gétiān zhōngwǔ tā ànzhào

約定到了城的西邊，沒想到，老人真的來了，而且
yuēdìng dào le chéng de xībiān méixiǎngdào lǎorén zhēnde lái le érqiě

還拿出了一個裝了三百萬元的袋子，什麼話也沒
hái ná chū le yíge zhuāng le sānbǎi wàn yuán de dàizi shénme huà yě méi

說，直接就交給了杜子春。杜子春不可置信地接過了
shuō zhíjiē jiù jiāogěi le Dùzǐchūn Dùzǐchūn bùkězhìxìn de jiē guò le

袋子，正想開口道謝時，老人已經轉身走了。
dàizi zhèng xiǎng kāikǒu dàoxiè shí lǎorén yǐjīng zhuǎnshēn zǒu le

拿到這一大筆錢，杜子春真是又驚又喜！懷
ná dào zhè yí dà bǐ qián Dùzǐchūn zhēnshì yòu jīng yòu xǐ huái

裡 抱著 錢，臉 上、心 上 都 堆滿 了 笑容 ， 整個 人
lǐ bàozhe qián liǎn shàng xīn shàng dōu duīmǎn le xiàoróng zhěngge rén

輕飄飄 的，就 好像 在 天堂 一樣。杜子春 一邊 走，一邊
qīngpiāopiāo de jiù hǎoxiàng zài tiāntáng yíyàng Dùzǐchūn yìbiān zǒu yìbiān

想著 等一下 要 先 去 買 什麼 好 呢？走著 走著，就
xiǎngzhe děngyíxià yào xiān qù mǎi shénme hǎo ne zǒuzhe zǒuzhe jiù

先 去 買 了 駿馬，然後 又 去 添 了 衣服，整個 人 體面[11]
xiān qù mǎi le jùnmǎ ránhòu yòu qù tiān le yīfú zhěngge rén tǐmiàn

了以後， 便 去 找 之前 的 酒肉朋友 [12] ， 一方面 是 去
le yǐhòu biàn qù zhǎo zhīqián de jiǔròupéngyǒu yìfāngmiàn shì qù

炫耀 ， 一方面 是 想 和 他們 一起 玩樂。
xuànyào yìfāngmiàn shì xiǎng hàn tāmen yìqǐ wánlè

可惜 啊，可惜！那 三百 萬，就 在 酒池肉林[13] 中 ，一點
kěxí a kěxí nà sānbǎi wàn jiù zài jiǔchí ròulín zhōng yìdiǎn

一滴[14]地 揮霍 完 了！錢 沒 了，杜子春 又 回 到 貧困 的
yìdī de huīhuò wán le qián méi le Dùzǐchūn yòu huí dào pínkùn de

生活 ，再次 流落 街頭。有一天， 當 杜子春 又 坐 在 街
shēnghuó zàicì liúluò jiētóu yǒuyìtiān dāng Dùzǐchūn yòu zuò zài jiē

旁 嘆氣 時， 沒想到 ，老人 又 出現 了。老人 走 向
páng tànqì shí méixiǎngdào lǎorén yòu chūxiàn le lǎorén zǒu xiàng

杜子春， 並 對 他 說：「你 怎麼 會 坐 在 這裡？怎麼 又
Dùzǐchūn bìng duì tā shuō nǐ zěnme huì zuò zài zhèlǐ zěnme yòu

---

11. 體面：decent
    tǐmiàn

12. 酒肉朋友：fair-weather friend
    jiǔròupéngyǒu

13. 酒池肉林：have a luxury daily life
    jiǔchí ròulín

14. 一點一滴：bit by bit
    yìdiǎnyìdī

窮 成 這樣？我 之前 不是 才 給 你 三 百 萬 嗎？你 再
qióng chéng zhèyàng wǒ zhīqián búshì cái gěi nǐ sān bǎi wàn ma nǐ zài

說說 ，到底 要 給 你 多少 錢 ，才 夠 你 用 呢？」杜子春
shuōshuō dàodǐ yào gěi nǐ duōshǎo qián cái gòu nǐ yòng ne Dùzǐchūn

實在 沒臉 見 老人，所以 任憑 老人 怎麼 問 他，他 就 只是
shízài méiliǎn jiàn lǎorén suǒyǐ rènpíng lǎorén zěnme wèn tā tā jiù zhǐshì

低 著 頭，不敢 作聲 。看 到 杜子春 慚愧 的 樣子，老人 也
dī zhe tóu bùgǎn zuòshēng kàn dào Dùzǐchūn cánkuì de yàngzi lǎorén yě

不忍 再 責備[15]什麼，就 只是 淡淡 地 跟 他 說：「 明天 同
bùrěn zài zébèi shénme jiù zhǐshì dàndàn de gēn tā shuō míngtiān tóng

一 個 時間，你 到 上次 的 老 地方 等 我。」
yí ge shíjiān nǐ dào shàngcì de lǎo dìfāng děng wǒ

隔天，老人 竟然 帶 了 一千 萬 給 杜子春！杜子春 接 過 了
gétiān lǎorén jìngrán dài le yìqiān wàn gěi Dùzǐchūn Dùzǐchūn jiē guò le

那 一千 萬 開心 極 了，心 想 ，這 回 一定 要 好好 振作[16]，
nà yìqiān wàn kāixīn jí le xīn xiǎng zhè huí yídìng yào hǎohǎo zhènzuò

要 找 個 正經 的 生意 來 做，這樣 才 不會 辜負[17]老人 的
yào zhǎo ge zhèngjīng de shēngyì lái zuò zhèyàng cái búhuì gūfù lǎorén de

厚愛。然而，第 二 天 一 睡 醒，杜子春 就 忘 了 對 自己 的
hòuài ránér dì èr tiān yí shuì xǐng Dùzǐchūn jiù wàng le duì zìjǐ de

承諾[18]，還是 一如 往常 地 吃 喝 玩 樂，甚至 比 以前
chéngnuò háishì yìrú wǎngcháng de chī hē wán lè shènzhì bǐ yǐqián

---

15. 責備：blame
    zébèi

16. 振作：cheer up
    zhènzuò

17. 辜負：let somebody down
    gūfù

18. 承諾：commitment
    chéngnuò

花 得 更 凶。因為 他 想：「一千 萬！怎麼 可能 花 得
huā de gèng xiōng　yīnwèi tā xiǎng　　yìqiān wàn　zěnme kěnéng huā de

完？」然而，杜子春 想 錯 了，錢 再 多，總 有 花 完 的
wán　　ránér　Dùzǐchūn xiǎng cuò le　qián zài duō　zǒng yǒu huā wán de

一天。不 出 一、兩 年，他 又 落 得 了 一 個 落魄 的 下場。
yìtiān　　bù chū yì　liǎng nián　tā yòu luòdé le yí ge luòpò de xiàchǎng

　　一天，杜子春 正 在 街 上 乞討 時，沒想到 又 遇到
　　yìtiān　Dùzǐchūn zhèng zài jiē shàng qǐtǎo shí　méixiǎngdào yòu yùdào

了 那位 老人。見 到 老人 朝著 自己 走 來，杜子春 羞愧[19]得
le nàwèi lǎorén　jiàn dào lǎorén cháozhe zìjǐ zǒu lái　Dùzǐchūn xiūkuì　de

趕緊 用 袖子 遮 住 臉，想 趕快 躲 開，但 卻 被 眼尖 的
gǎnjǐn yòng xiùzi zhē zhù liǎn　xiǎng gǎnkuài duǒ kāi　dàn què bèi yǎnjiān de

老人 一把 抓 住。這 回，老人 什麼 話 也 沒 說，就 只是
lǎorén yìbǎ zhuā zhù　zhè huí　lǎorén shénme huà yě méi shuō　jiù zhǐshì

將 一 個 裝 滿 錢的 袋子 塞 到 他 手 上。哇！這 包
jiāng yí ge zhuāng mǎn qián de dàizi sāi dào tā shǒu shàng　wa　zhè bāo

沉甸甸 [20]的 錢，足足 有 三千 萬 這麼 多！看 著 這 三千
chéndiàndiàn　de qián　zúzú yǒu sānqiān wàn zhème duō　kàn zhe zhè sānqiān

萬，杜子春 感慨 良多，他 誠懇 [21]地 對 老人 說：「我 是
wàn　Dùzǐchūn gǎnkài liángduō　tā chéngkěn de duì lǎorén shuō　wǒ shì

個 敗家子[22]！再 多 的 錢 給 我，我 都 沒 能 好好 珍惜，只
ge bàijiāzǐ　zài duō de qián gěi wǒ　wǒ dōu méi néng hǎohǎo zhēnxí　zhǐ

19. 羞愧：ashamed
　　xiūkuì

20. 沉甸甸：heavy
　　chéndiàndiàn

21. 誠懇：sincere
　　chéngkěn

22. 敗家子：spendthrift
　　bàijiāzǐ

知道 享樂，把 錢 全 都 敗 光光 。沒 錢 時，親友 個個
zhīdào xiǎnglè bǎ qián quán dōu bài guāngguāng méi qián shí qīnyǒu gège

都 跑 得 遠遠 的，誰 也 不 肯 幫 我！只有 您 三番 兩次
dōu pǎo de yuǎnyuǎn de shéi yě bù kěn bāng wǒ zhǐyǒu nín sānfān liǎngcì

地 接濟[23]我，真是 太 感激 您 了！有 了 這 三千 萬，我 一定
de jiējì wǒ zhēnshì tài gǎnjī nín le yǒu le zhè sānqiān wàn wǒ yídìng

會 好好 努力，等 我 事業 有 成 ，打點 好 一切 之後，就
huì hǎohǎo nǔlì děng wǒ shìyè yǒu chéng dǎdiǎn hǎo yíqiè zhīhòu jiù

回來 找 您，聽候[24]您 的 差遣[25]。」老人 聽 完 後 說：「很
huílái zhǎo nín tīnghòu nín de chāiqiǎn lǎorén tīng wán hòu shuō hěn

好，這 就 是 我 的 願望 啊！你 好好 地 做 事，等 你 處理
hǎo zhè jiù shì wǒ de yuànwàng a nǐ hǎohǎo de zuò shì děng nǐ chǔlǐ

好 大小 事 後，明年 七 月 十五 日，請 到 老君廟 前 的
hǎo dà xiǎo shì hòu míngnián qī yuè shíwǔ rì qǐng dào Lǎojūnmiào qián de

兩 棵 槐樹 下 找 我。」
liǎng kē huáishù xià zhǎo wǒ

杜子春 這 次 真的 沒有 再 亂 揮霍 了，他 用 那 三千
Dùzǐchūn zhè cì zhēnde méiyǒu zài luàn huīhuò le tā yòng nà sānqiān

萬 買 了 一 大 片 的 土地，然後 在 上 頭 蓋 了 許多 房子，
wàn mǎi le yí dà piàn de tǔdì ránhòu zài shàng tóu gài le xǔduō fángzi

那 些 房子 全 都 是 要 蓋 給 孤兒寡母[26]、 窮人 住 的。
nà xiē fángzi quán dōu shì yào gài gěi gūérguǎmǔ qióngrén zhù de

---

23. 接濟：give material assistance to
   jiējì

24. 聽候：follow
   tīnghòu

25. 差遣：assign
   chāiqiǎn

26. 孤兒寡母：orphans and widows
   gūérguǎmǔ

杜子春 之所以 會 這麼 做，是 因為 他 覺得 唯 有 把 老人 的
Dùzǐchūn zhīsuǒyǐ huì zhème zuò shì yīnwèi tā juéde wéi yǒu bǎ lǎorén de

愛 散播²⁷出去，才 能 對得起 他 老人家。
ài sànbò chūqù cái néng duìdeqǐ tā lǎorénjiā

完成 這 些 事情 後，杜子春 依 約 在 七月 十五 日 來
wánchéng zhè xiē shìqíng hòu Dùzǐchūn yī yuē zài qīyuè shíwǔ rì lái

到 了 老君廟 前。老人 見 了 他，什麼 也 沒 說，只是 往
dào le Lǎojūnmiào qián lǎorén jiàn le tā shénme yě méi shuō zhǐshì wǎng

華山 的 雲臺峰 走 去。杜子春 就 跟 在 老人 後頭，老人 不
Huáshān de Yúntáifēng zǒu qù Dùzǐchūn jiù gēn zài lǎorén hòutóu lǎorén bù

說話 ，他 也 不敢 說 什麼，就 只是 默默 地 走 著。走
shuōhuà tā yě bùgǎn shuō shénme jiù zhǐshì mòmò de zǒu zhe zǒu

了 大約 四十 多 公里 後，他們 來 到 一 棟 漂亮 的 屋子
le dàyuē sìshí duō gōnglǐ hòu tāmen lái dào yí dòng piàoliàng de wūzi

前 ，那 屋子 看 起來 不是 一般人 住 的，因為 屋子 上方
qián nà wūzi kàn qǐlái búshì yìbānrén zhù de yīnwèi wūzi shàngfāng

籠罩 ²⁸ 著 七彩 的 雲朵，四周 更 有 許多 美麗 的 鳥兒
lóngzhào zhe qīcǎi de yúnduǒ sìzhōu gèng yǒu xǔduō měilì de niǎoér

圍繞 著。走 進 屋 裡，子春 看 到 屋子 中央 有 一 個 巨大
wéirào zhe zǒu jìn wū lǐ Zǐchūn kàn dào wūzi zhōngyāng yǒu yí ge jùdà

的 煉丹爐，爐火 燒 得 好 旺 ²⁹，紫紅色 的 火焰 照 亮 了
de làndānlú lúhuǒ shāo de hǎo wàng zǐhóngsè de huǒyàn zhào liàng le

27. 散播：spread
   sànbò

28. 籠罩：shroud; envelop
   lóngzhào

29. 旺：flourishing
   wàng

261

整個　房間。老人一　進屋裡，就去　換　衣服，只見 老人
zhěngge fángjiān　lǎorén yí jìn wū lǐ　jiù qù huàn yīfú　zhǐ jiàn lǎorén

換　了件　深紅色　的　衣服，頭頂　上　還 戴 了　黃色　的
huàn le jiàn shēnhóngsè de yīfú　tóudǐng shàng hái dài le huángsè de

帽子，原來 老人 是 一 名　道士[30]！
màozi　yuánlái lǎorén shì yì míng dàoshì

　　這時，老人 拿 了 三　顆 白色 的　石頭 和 一 壺 酒，要
zhèshí　lǎorén ná le sān kē báisè de shítou hàn yì hú jiǔ yào

杜子春　快點　吃 下去。子春 吃 下 後，老人 在 地　上　舖
Dùzǐchūn kuàidiǎn chī xiàqù　Zǐchūn chī xià hòu　lǎorén zài dì shàng pū

了 一　張　虎皮，讓 他 面　朝　東方　坐 下，並 警告 他：
le yì zhāng hǔ pí ràng tā miàn cháo dōngfāng zuò xià bìng jǐnggào tā

「等一下 不管　看見 什麼，你 都　千萬　別 開口　說話！
děngyíxià bùguǎn kànjiàn shénme　nǐ dōu qiānwàn bié kāikǒu shuōhuà

即 便 是 看 到 惡鬼、猛獸、地獄 或 你的 親友，都 別
jíbiàn shì kàn dào èguǐ měngshòu　dìyù huò nǐ de qīnyǒu dōu bié

出聲　，因為 那些 都 是 假 的，都 只是　幻象　[31] 罷了。你
chūshēng　yīnwèi nàxiē dōu shì jiǎ de　dōu zhǐshì huànxiàng bà le nǐ

只要　穩 住 自己，別 害怕，不 要　開口 回應，就 不 會 有
zhǐyào wěn zhù zìjǐ　bié hàipà　bú yào kāikǒu huíyìng jiù bú huì yǒu

事。你一定要 記住 我 的 話！」老 道士 說　完就 離 開 了。
shì　nǐ yídìngyào jìzhù wǒ de huà　lǎo dào shì shuō wán jiù lí kāi le

---

30. 道士：Taoist priest
　　dàoshì

31. 幻象：phantom
　　huànxiàng

1. 如果你像杜子春一樣，有了一大筆錢，你會怎麼做呢？

2. 你認為，對人而言，什麼東西是最重要的？金錢、名聲[32]或是其他？

3. 為什麼老道士要一而再，再而三地給杜子春錢呢？如果你是那位老道士，你會給杜子春幾次錢？為什麼？

4. 請說說看你幫助別人或是別人幫助你的經驗。

32. 名聲 ：reputation
míngsheng

15 【杜子春】（下）
Dùzǐchūn　　　xià

故事
gùshì

杜子春 見 道士 走了，便 閉 上 眼睛 端坐 在 爐 前。
Dùzǐchūn jiàn dàoshì zǒu le　biàn bì shàng yǎnjīng duānzuò zài lú qián

坐著 坐著，竟然 看 到 千軍萬馬 從 四面八方[1] 朝 著 他
zuòzhe zuòzhe　jìngrán kàn dào qiānjūnwànmǎ cóng sìmiànbāfāng cháo zhe tā

衝 過來。杜子春 心 跳 得 好 快，好 想 起身 反抗[2]，但
chōng guòlái　Dùzǐchūn xīn tiào de hǎo kuài　hǎo xiǎng qǐshēn fǎnkàng　dàn

又 想起 道士 的 交代[3]，所以 就 不敢 隨便 出聲 。這時，有
yòu xiǎngqǐ dàoshì de jiāodài　suǒyǐ jiù bùgǎn suíbiàn chūshēng　zhèshí yǒu

個 自稱 是大 將軍 的人， 長 得 又 高又 壯 ，看 起來
ge zìchēng shì dà jiāngjūn de rén　zhǎng de yòu gāo yòu zhuàng　kàn qǐlái

十分 威武[4]，他 舉 起 劍， 大聲 地 對 杜子春 喝斥[5]：「你 是
shífēn wēiwǔ　tā jǔ qǐ jiàn　dàshēng de duì Dùzǐchūn hèchì　nǐ shì

什麼 人？見到 大 將軍， 竟 敢 不迴避？好 大 的 膽子！」
shénme rén　jiàn dào dà jiāngjūn　jìng gǎn bù huíbì　hǎo dà de dǎnzi

大 將軍 命令 士兵 們 拉開 弓， 對準 杜子春，但 不管
dà jiāngjūn mìnglìng shìbīng men lā kāi gōng　duìzhǔn Dùzǐchūn　dàn bùguǎn

士兵 們 怎麼 威脅，杜子春 就 是 不 開口，大 將軍 見
shìbīng men zěnme wēixié　Dùzǐchūn jiù shì bù kāikǒu　dà jiāngjūn jiàn

---

1. 四面八方：in all directions
   sìmiànbāfāng

2. 反抗：resist
   fǎnkàng

3. 交待：assign
   jiāodài

4. 威武：mighty
   wēiwǔ

5. 喝斥：snap at
   hèchì

狀　，只好　率領 ⁶ 士兵　們　離開　了。
zhuàng　　zhǐhǎo shuàilǐng　shìbīng men　líkāi　le

見　到　士兵　們　退了，杜子春　終於　鬆　了一口氣。但
jiàn dào shìbīng men tuì　le　Dùzǐchūn zhōngyú sōng le　yìkǒuqì　dàn

好景　不長，不 一會兒，又　出現　了　數以萬計　的　老虎、
hǎojǐng bùcháng bú　yīhuǐr　yòu chūxiàn le　shùyǐwànjì　de　lǎohǔ

獅子、毒蛇、蠍子，一 隻 隻　都　對著　杜子春　張　大　了
shīzi　dúshé　xiēzi　yì zhī zhī dōu duì zhe Dùzǐchūn zhāng dà le

口，　想　一　口　咬　下似的。見　到　身邊　這　群　猛獸　，
kǒu　xiǎng yì kǒu yǎo xià sì de　jiàn dào shēnbiān zhè qún měngshòu

杜子春　嚇　得直　發抖，但是　他　堅持　住　了，不動　聲色　，
Dùzǐchūn xià de zhí fādǒu　dànshì tā jiānchí zhù le　búdòng shēngsè

完全　不 回應。結果，　沒想到　，那些　猛獸　們　竟然就
wánquán bù huíyìng jiéguǒ　méixiǎngdào　nàxiē měngshòu men jìngrán jiù

自己 散 去 了。
zìjǐ　sàn qù le

這時，天公 突然 不 作美，下 起 了 傾盆 大雨。
zhèshí　tiāngōng túrán bú zuòměi　xià qǐ le qīngpén dàyǔ

雨 越下越大，不時 還 夾雜了 震耳 的 雷聲 ，轟、轟、
yǔ　yuè xià yuè dà　bùshí hái jiázá le zhèněr de léishēng　hōng hōng

轟　，好像　就要　山崩　地裂似的，水 還 淹 到 了杜子春
hōng　hǎoxiàng jiù yào shānbēng　dìliè sì de　shuǐ hái yān dào le Dùzǐchūn

---

6. 率領：lead; head
　shuàilǐng

的 膝蓋 ，可是 他 依舊 不 理會 。好不容易 ，水 退 去 了 ，
de xīgài kěshì tā yījiù bù lǐhuì hǎobùróngyì shuǐ tuì qù le

那 個 大 將軍 又 回來 ，還 帶 著 杜子春 的妻子 ，要脅[7]
nà ge dà jiāngjūn yòu huílái hái dài zhe Dùzǐchūn de qīzi yāoxié

他 說：「你 要 是 再 不 肯 說 出 你 的 姓名 ，我 就 在你
tā shuō nǐ yào shì zài bù kěn shuō chū nǐ de xìngmíng wǒ jiù zài nǐ

的 面前 折磨[8] 她 給 你 看 ，直到 你 說話 為止 。」杜子春
de miànqián zhémó tā gěi nǐ kàn zhídào nǐ shuōhuà wéizhǐ Dùzǐchūn

聽 了 這 番 話 也 不 害怕 ，還 是 不 作聲 。大 將軍 非常
tīng le zhè fān huà yě bú hàipà hái shì bú zuòshēng dà jiāngjūn fēicháng

生氣 ，便 命令 手下用 弓箭 射 他 的 妻子 ，射 傷 了
shēngqì biàn mìnglìng shǒuxiàyòng gōngjiàn shè tā de qīzi shè shāng le

手腳 ，妻子 痛 得 大 叫 。這時 ，將軍 見 杜子春 還 是 不
shǒujiǎo qīzi tòng de dà jiào zhèshí jiāngjūn jiàn Dùzǐchūn hái shì bù

開口 ，便 命令 人拿刀來砍 ，結果 杜子春 還是 沒 反應 。
kāikǒu biàn mìnglìng rén ná dāo lái kǎn jiéguǒ Dùzǐchūn háishì méi fǎnyìng

最後 ，將軍 竟 命令 手下 拿 火把 過來 ，準備 要 烤 死他 的
zuìhòu jiāngjūn jìng mìnglìng shǒuxià ná huǒbǎ guòlái zhǔnbèi yào kǎo sǐ tā de

妻子 。杜子春 的 妻子 見到 小兵 手 上 的 火把 ，真是 嚇
qīzi Dùzǐchūn de qīzi jiàndào xiǎobīng shǒu shàng de huǒbǎ zhēnshì xià

壞 了 ，於是 大聲 地 對 他 哭喊：「杜子春 ，你 真 狠心 ！
huài le yúshì dàshēng de duì tā kūhǎn Dùzǐchūn nǐ zhēn hěnxīn

---

7. 要脅：threaten
   yāoxié

8. 折磨：torture
   zhémó

我 雖然 笨拙[9]，但 好歹 也 侍奉 你 幾 十 年 了，你 竟然
wǒ suīrán bènzhuó dàn hǎodǎi yě shìfèng nǐ jǐ shí nián le nǐ jìngrán

見死不救，一聲 不吭， 眼睜睜 地看我受這般痛苦！
jiànsǐbújiù yìshēng bù kēng yǎnzhēngzhēng de kàn wǒ shòu zhè bān tòngkǔ

我 真是 看 錯 你 了！」大 將軍 見 機不可失， 馬上 又 拿
wǒ zhēnshì kàn cuò nǐ le dà jiāngjūn jiàn jībùkěshī mǎshàng yòu ná

出 鑿子 來 銼 她， 沒想到 ，杜子春 還 是緊閉 雙 唇，
chū záozi lái cuò tā méixiǎngdào Dùzǐchūn hái shì jǐn bì shuāng chún

不理 不睬。大 將軍 看 怎樣 都 沒 辦法 讓 他 開口，一氣
bùlǐ bùcǎi dà jiāngjūn kàn zěnyàng dōu méi bànfǎ ràng tā kāikǒu yí qì

之下，便 命令 士兵 把 杜子春 的 頭 砍 下來，把他 給 殺
zhīxià biàn mìnglìng shìbīng bǎ Dùzǐchūn de tóu kǎn xiàlái bǎ tā gěi shā

了。
le

杜子春 的 魂魄 便 飄 去 見 了 閻羅王[10]， 閻羅王 一
Dùzǐchūn de húnpò biàn piāo qù jiàn le Yánluówáng Yánluówáng yí

見 到 杜子春，立刻 下令 把 他 送 到 地獄 裡 去。可憐 的
jiàn dào Dùzǐchūn lìkè xiàlìng bǎ tā sòng dào dìyù lǐ qù kělián de

杜子春，在 地獄 裡 受 盡 了 苦頭，不管 是 上 刀 山，還
Dùzǐchūn zài dìyù lǐ shòu jìn le kǔtóu bùguǎn shì shàng dāo shān hái

是 下 油 鍋，再 苦 他 都 忍 下來 了，因為 他 牢牢 地 記住
shì xià yóu guō zài kǔ tā dōu rěn xiàlái le yīnwèi tā láoláo de jìzhù

了 道士 的 話，所以 連 喊 痛 都 不 喊 一聲。 閻羅王
le dàoshì de huà suǒyǐ lián hǎn tòng dōu bù hǎn yìshēng Yánluówáng

---

9. 笨 拙：clumsy
bènzhuó

10. 閻 羅 王：The king of hell
Yánluówáng

269

見 他 那麼 能 忍 ， 想 了 一下 ， 就 對 一旁 的 獄卒[11] 說 ：
jiàn tā nàme néng rěn　xiǎng le yíxià　jiù duì yìpáng de yùzú　shuō

「 這 個 人 這麼 不 乾脆 ， 不 適合 當 男人 ， 讓 他 投胎 去 當
zhè ge rén zhème bù gāncuì　bú shìhé dāng nánrén ràng tā tóutāi qù dāng

女人 吧 ！ 我 看 ， 乾脆 把 他 託 生 到 縣令　王勸　的 家裡
nǚrén ba　wǒ kàn　gāncuì bǎ tā tuō shēng dào xiànlìng Wángquàn de jiā lǐ

吧 ！ 」
ba

　　就 因為　閻羅王　的 一 句 話 ， 杜子春 投 生 到 了
jiù yīnwèi Yánluówáng de yí jù huà　Dùzǐchūn tóu shēng dào le

王勸　家 ， 當 了 他 的 女兒 。 這 個 女兒 從 小 就
Wángquàn jiā　dāng le tā de nǚér　zhè ge nǚér cóng xiǎo jiù

體弱多病 ，　常常　吃藥 針灸[12] ； 除 此 之外 ， 最 怪 的 是 ，
tǐruò duōbìng　chángcháng chīyào zhēnjiǔ　chú cǐ zhīwài　zuì guài de shì

這 孩子 就　像 個 啞巴[13]似的 ， 不但 從 不 開口 說話 ， 就
zhè háizi jiù xiàng ge yǎba　sì de　búdàn cóng bù kāikǒu shuōhuà　jiù

連 叫 都 沒 聽 她 叫 過 一聲 。 不 出聲 ， 讓 這 孩子 多
lián jiào dōu méi tīng tā jiào guò yìshēng　bù chūshēng ràng zhè háizi duō

吃 了 不 少 苦 ， 例如 ， 從 床　上　掉 下來 ， 或是 跌倒
chī le bù shǎo kǔ　lìrú　cóng chuáng shàng diào xiàlái　huòshì diédǎo

摔傷　等等 ， 因為 她 不 叫 ， 所以 也 沒 人 知道 ， 沒 人
shuāishāng děngděng　yīnwèi tā bú jiào　suǒyǐ yě méi rén zhīdào　méi rén

---

11. 獄卒：jailer
　　yùzú

12. 針灸：acupuncture and
　　zhēnjiǔ

moxibustion

13. 啞巴：a dumb person
　　yǎba

給予 適時 的 協助。
gěiyǔ shìshí de xiézhù

這 女孩 長大 後，依然 像 個 啞巴，不 說 一 句 話，
zhè nǚhái zhǎngdà hòu yīrán xiàng ge yǎba bù shuō yí jù huà

但是 她 長 得 相當 標緻[14]。有一 位 同 鄉 的 書生
dànshì tā zhǎng de xiāngdāng biāozhì yǒu yí wèi tóng xiāng de shūshēng

盧珪 聽說 王 女 貌美，就 請 人 去 說媒 ，希望 能
Lúguī tīngshuō Wáng nǚ màoměi jiù qǐng rén qù shuōméi xīwàng néng

迎娶 她，一開始 王 家 以 她 是 啞巴 為 由 拒絕，但 盧珪
yíngqǔ tā yìkāishǐ Wáng jiā yǐ tā shì yǎba wéi yóu jùjué dàn Lúguī

說 做 妻子 的 只 要 賢慧[15]就 好，其他 倒 是 其次， 王
shuō zuò qīzi de zhǐ yào xiánhuì jiù hǎo qítā dào shì qící Wáng

家 也 就 同意 了。婚 後，夫妻 倆 感情 和睦[16]， 生 了 一
jiā yě jiù tóngyì le hūn hòu fūqī liǎng gǎnqíng hémù shēng le yí

個 男孩， 非常 聰慧，他們 很 疼愛 他。有一天，盧珪 抱
ge nánhái fēicháng cōnghuì tāmen hěn téngài tā yǒuyìtiān Lúguī bào

著 兒子 跟 妻子 說話 ，妻子 都 沒有 回應，他 又 想 了
zhe érzi gēn qīzi shuōhuà qīzi dōu méiyǒu huíyìng tā yòu xiǎng le

各種 方式 想 讓 她 開口，都 不 成功 ，這 讓 盧珪 很
gèzhǒng fāngshì xiǎng ràng tā kāikǒu dōu bù chénggōng zhè ràng Lúguī hěn

生氣 ！盧珪 對 妻子 說：「 從前 有 個妻子 因為 嫌 丈夫
shēngqì Lúguī duì qīzi shuō cóngqián yǒu ge qīzi yīnwèi xián zhàngfū

---

14. 標緻：peugeot
    biāozhì

15. 賢慧：virtuous
    xiánhuì

16. 和睦：harmonious
    hémù

相貌 醜陋，所以 始終 沒有 好臉色，但是，後來 見 到
xiàngmào chǒulòu suǒyǐ shǐzhōng méiyǒu hǎo liǎnsè dànshì hòulái jiàn dào

丈夫 箭法 純熟 [17]，能 射 中 跑得 飛快 的 野雞， 終究
zhàngfū jiànfǎ chúnshóu néng shè zhòng pǎo de fēikuài de yějī zhōngjiù

還是 笑 出來 了。妳 看，我 長 得 醜 嗎？而 我 的 才情
hái shì xiào chūlái le nǐ kàn wǒ zhǎng de chǒu ma ér wǒ de cáiqíng

也 勝過 射 野雞 許多，但 妳 為何 總是 不發 一語？妳 不
yě shèngguò shè yějī xǔduō dàn nǐ wèihé zǒngshì bùfā yìyǔ nǐ bù

說話，給 人 感覺 相當 孤傲！一 個 男人，被 妻子 所
shuōhuà gěi rén gǎnjué xiāngdāng gūào yí ge nánrén bèi qīzi suǒ

輕視[18]，還 要 兒子 做 什麼 呢！」說完，就 抓 起 兒子 的
qīngshì hái yào érzi zuò shénme ne shuōwán jiù zhuā qǐ érzi de

雙 腳，頭 朝 下 往 地上 摔 去！孩子 的 頭 馬上
shuāng jiǎo tóu cháo xià wǎng dìshàng shuāi qù háizi de tóu mǎshàng

血流不止， 王女 見 狀 ， 忘 了 道士 的 吩咐，忍不住
xiě liú bùzhǐ Wángnǚ jiàn zhuàng wàng le dàoshì de fēnfù rěnbúzhù

「啊！」地 叫 了 出來。還沒 回 過 神 來，就 發現 自己
ā de jiào le chūlái háiméi huí guò shén lái jiù fāxiàn zìjǐ

仍然 坐 在 虎皮 上，道士 也 還 站 在 旁邊 ，只是 天 已經
réngrán zuò zài hǔpí shàng dàoshì yě hái zhàn zài pángbiān zhǐshì tiān yǐjīng

快 亮 了。
kuài liàng le

---

17. 純熟：skilled
    chúnshóu

18. 輕視：contempt
    qīngshì

這時，屋 中 的 煉丹爐 突然 冒出 高聳[19] 的 爐火，
zhèshí wū zhōng de làndānlú túrán màochū gāosǒng de lúhuǒ

把 整間 屋子 燒 得 一乾二淨，還好 屋 內 的 杜子春 和 老
bǎ zhěngjiān wūzi shāo de yìgānèrjìng háihǎo wū nèi de Dùzǐchūn hàn lǎo

道士 都 沒事。道士 搖搖 頭，嘆 口 氣 說：「唉，你 真是
dàoshì dōu méishì dàoshì yáoyáo tóu tàn kǒu qì shuō āi nǐ zhēnshì

沒 出息，壞 了我的 好事 啊！在 你 的 心裡，喜、怒、哀、
méi chūxí huài le wǒ de hǎoshì a zài nǐ de xīnlǐ xǐ nù āi

懼、惡、慾 這些 感情 都 能 丟掉，只有 捨不下愛。如果
jù è yù zhèxiē gǎnqíng dōu néng diūdiào zhǐyǒu shě bú xià ài rúguǒ

你 剛剛 沒有 叫 出來，我 的 丹藥 就 煉 成 了，你 也
nǐ gānggāng méiyǒu jiào chūlái wǒ de dānyào jiù làn chéng le nǐ yě

能 成 仙 了。可惜 啊！可惜！我 的 藥 可以 重 煉，但 你
néng chéng xiān le kěxí a kěxí wǒ de yào kěyǐ chóng làn dàn nǐ

卻 錯過 成 仙 的 機會，只 能 繼續 當 人 啊！好自為之
què cuòguò chéng xiān de jīhuì zhǐ néng jìxù dāng rén a hǎozìwéizhī

吧！」說 完 便 朝 外 一 指，叫 杜子春 順 著 路 回家 去。
ba shuō wán biàn cháo wài yì zhǐ jiào Dùzǐchūn shùn zhe lù huíjiā qù

杜子春 回 到 家裡，心裡 仍 懸掛 著 沒 能 協助老
Dùzǐchūn huí dào jiālǐ xīnlǐ réng xuánguà zhe méi néng xiézhù lǎo

道士 煉 成 丹藥 一事，越 想 越 內疚[20]，於是，又 出發
dàoshì liàn chéng dānyào yí shì yuè xiǎng yuè nèijiù yúshì yòu chūfā

---

19. 高聳：towering
gāosǒng

20. 內疚：guilty
nèijiù

前往 雲臺峰 ， 想 去 跟 老道士 道歉 ， 並 檢討[21]自己的
qiánwǎng Yúntáifēng xiǎng qù gēn lǎodàoshì dàoqiàn bìng jiǎntǎo zìjǐ de

過失。 沒想到 ，到 雲臺峰 時， 山 上 根本 沒有 人，也
guòshī méixiǎngdào dào Yúntáifēng shí shān shàng gēnběn méiyǒu rén yě

沒有 那 間 屋子，什麼 也 見 不 著。 望 著 眼前 空蕩蕩
méiyǒu nà jiān wūzi shénme yě jiàn bù zháo wàngzhe yǎnqián kōngdàngdàng

的 一切，杜子春 只好 帶 著 深深 的 遺憾[22]回家 了。
de yíqiè Dùzǐchūn zhǐhǎo dài zhe shēnshēn de yíhàn huíjiā le

思考題
sīkǎotí

1. 杜子春經歷了好多好多的考驗，試著分析每一個遭遇，背後所要考驗他的是什麼？請仔細想想看。

2. 故事的最後，杜子春因為放不下愛，所以失敗了。你覺得修道人為什麼連愛都要放下呢？

3. 為什麼道士要杜子春保持沉默，不但不能說話，就連叫都不能叫一聲呢？

4. 你想，杜子春接下來的生活會有什麼改變？心態上和以前會有什麼不同呢？

---

21. 檢討：review
jiǎntǎo

22. 遺憾：regret
yíhàn

16 【孫悟空三借芭蕉扇】（上）

Sūnwùkōng sān jiè Bājiāoshàn　　　shàng

神怪及傳奇
shén guài jí chúan qí

故事
gùshì

中國 有一本 相當 有名 的 長 篇 小說 ，名叫
Zhōngguó yǒu yì běn xiāngdāng yǒumíng de cháng piān xiǎoshuō míngjiào

《西遊記》，內容 講述 出家人 唐三藏 ，帶 著 三 個
Xīyóujì   nèiróng jiǎngshù chūjiārén Tángsānzàng   dài zhe sān ge

徒弟：孫悟空、沙悟淨、豬八戒 和 一 匹 白馬，一起 到 印度
túdì Sūnwùkōng Shāwùjìng Zhūbājiè hàn yì pī báimǎ yìqǐ dào Yìndù

取 佛經 的 故事。由於 印度 在 中國 的 西方，所以 被
qǔ fójīng de gùshì yóuyú Yìndù zài Zhōngguó de xīfāng suǒyǐ bèi

稱 為《西遊記》。在 過去 交通 不 發達[1]的 年代，要 從
chēng wéi Xīyóujì zài guòqù jiāotōng bù fādá de niándài yào cóng

中國 到 印度，可 不是 件 容易 的 事，因此，他們 師徒 四
Zhōngguó dào Yìndù kě búshì jiàn róngyì de shì yīncǐ tāmen shītú sì

人 在 路 上 經歷[2]了 種種 的 困難，最後 好不容易 才 取
rén zài lù shàng jīnglì le zhǒngzhǒng de kùnnán zuìhòu hǎobùróngyì cái qǔ

得 佛經 順利 歸國。在 他們 許許多多 的 經歷 當中 ，有 一
dé fójīng shùnlì guī guó zài tāmen xǔxǔduōduō de jīnglì dāngzhōng yǒu yí

段 相當 著名 的 故事，那 就 是 孫悟空 三 借
duàn xiāngdāng zhùmíng de gùshì nà jiù shì Sūnwùkōng sān jiè

---

1. 發達：developed
   fādá

2. 經歷：go through
   jīnglì

芭蕉扇。然而，悟空 為什麼 要 借 扇子[3]，又 為什麼 借 了
Bājiāoshàn ránér Wùkōng wèishénme yào jiè shànzi yòu wèishíme jiè le

三 次？讓 我們 一起 來 看看 吧！
sān cì ràng wǒmen yìqǐ lái kànkàn ba

話 說 唐三藏 按照 菩薩 的 意思，收 了 大 鬧
huà shuō Tángsānzàng ànzhào Púsà de yìsī shōu le dà nào

天宮 的 猴子 孫悟空、取 行人 頭顱 的 沙悟淨 和 強
tiāngōng de hóuzi Sūnwùkōng qǔ xíngrén tóulú de Shāwùjìng hàn qiáng

娶 民女、豬頭豬腦 的 豬八戒 當 徒弟 之後，師徒 便 一
qǔ mínnǚ zhūtóuzhūnǎo de Zhūbājiè dāng túdì zhīhòu shītú biàn yí

步 步 地 朝 著 西方 前進，希望 能 早日 取得 佛經，利益
bù bù de cháo zhe xīfāng qiánjìn xīwàng néng zǎorì qǔdé fójīng lìyì

眾生 。他們 走著 走著，一下子 夏天 就 過 了，天氣 漸漸
zhòngshēng tāmen zǒuzhe zǒuzhe yíxiàzi xiàtiān jiù guò le tiānqì jiànjiàn

轉 為 涼爽 [4] 的 秋天。可是 說 也 奇怪，都 深秋 了，
zhuǎn wéi liángshuǎng de qiūtiān kěshì shuō yě qíguài dōu shēnqiū le

怎麼 這 幾 天 經過 的 地方，卻 熱 得 像 夏天，每 個 人
zěnme zhè jǐ tiān jīngguò de dìfāng què rè de xiàng xiàtiān měi ge rén

都 不停 地 流汗，只能 一直 喝水、一直 搧風 ，好 稍稍
dōu bùtíng de liúhàn zhǐnéng yìzhí hēshuǐ yìzhí shānfēng hǎo shāoshāo

紓緩 [5]一下。好不容易 來到 了 一 個 有 人 居住 的 小
shūhuǎn yíxià hǎobùróngyì láidào le yí ge yǒu rén jūzhù de xiǎo

---

3. 扇子：fan
shànzi

4. 涼 爽：cool
liángshuǎng

5. 紓緩：make easy
shūhuǎn

村莊 ， 唐三藏 立刻要 孫悟空 去打聽[6] 看看，問問
cūnzhuāng Tángsānzàng lìkè yào Sūnwùkōng qù dǎtīng kànkàn wènwèn

為什麼 這個 地方 這麼 炎熱。 悟空 去 敲 了一戶人家的
wèishénme zhège dìfāng zhème yánrè Wùkōng qù qiāo le yí hù rénjiā de

門，結果 裡面 走 出來 一 位 老人，白鬍鬚 都 快 碰到 地
mén jiéguǒ lǐmiàn zǒu chūlái yí wèi lǎorén bái húxū dōu kuài pèngdào dì

上 了，看 起來 在 當地 住 了 很 久。他 看 到 悟空 猴
shàng le kàn qǐlái zài dāngdì zhù le hěn jiǔ tā kàn dào Wùkōng hóu

模 猴 樣 的，嚇 了 一大 跳！ 想 說，怎麼 會 有 隻 猴子
mó hóu yàng de xià le yí dà tiào xiǎng shuō zěnme huì yǒu zhī hóuzi

穿著 人 的 衣服，到底 是人 還是 妖 ？ 當 老人 還 在 疑惑[7]
chuānzhe rén de yīfú dàodǐ shìrén háishì yāo dāng lǎorén hái zài yíhuò

時， 悟空 卻 開口 了，非常 有 禮貌 地 說：「老 伯伯，您
shí Wùkōng què kāikǒu le fēicháng yǒu lǐmào de shuō lǎo bóbo nín

別怕！我 是 跟 著 唐三藏 一起 到 西方取 經 的 孫悟空 。
bié pà wǒ shì gēn zhe Tángsānzàng yìqǐ dào xīfāng qǔ jīng de Sūnwùkōng

我們 只是 想 跟 您 請教 一下，為什麼 都 深秋 了，天 還
wǒmen zhǐshì xiǎng gēn nín qǐngjiào yíxià wèishénme dōu shēnqiū le tiān hái

這麼 熱，不 知道 到底 是 什麼 原因 呢 ？」老人 見 悟空
zhème rè bù zhīdào dàodǐ shì shénme yuányīn ne lǎorén jiàn Wùkōng

客氣[8]，也 就 不 怕 了。回 說：「你們 原來 是 要 上 西方
kèqì yě jiù bú pà le huí shuō nǐmen yuánlái shì yào shàng xīfāng

---

6. 打聽：inquire about
   dǎtīng

7. 疑惑：feel unsure about
   yíhuò

8. 客氣：polite
   kèqì

取經的 聖人 啊！我 真是 有眼 不識 泰山 ，沒 認出
qǔ jīng de shèngrén a　 wǒ zhēnshì yǒuyǎn búshì Tàishān　méi rènchū

您 ，快 請 您的 師父 和 同伴 進屋 來，我 好好 跟 您們
nín　kuài qǐng nín de shīfu hàn tóngbàn jìn wū lái　wǒ hǎohǎo gēn nínmen

解釋 解釋。」 唐三藏 一行人 拜訪 老人 的 家，邊 喝著
jiěshì jiěshì　Tángsānzàng yìxíngrén bàifǎng lǎorén de jiā　biān hēzhe

茶水 邊 聽 他 說 ：「這裡 叫 火焰山 ，沒有 春天 也
cháshuǐ biān tīng tā shuō　zhèlǐ jiào Huǒyànshān　méiyǒu chūntiān yě

沒有 秋天，更 別 提 冬天 了！不管 什麼 時候 都 熱 得
méiyǒu qiūtiān　gèng bié tí dōngtiān le　bùguǎn shénme shíhòu dōu rè de

很。」 三藏 問：「那麼 這座 火焰山 在哪裡？會不會 擋
hěn　Sānzàng wèn　nàme zhè zuò Huǒyànshān zài nǎlǐ　huìbúhuì dǎng

住 我們 西行 的 路 呢？」老人 回答：「你們 千萬 不能
zhù wǒmen xī xíng de lù ne　lǎorén huídá　nǐmen qiānwàn bùnéng

往 西邊 去 啊！那 座 山 就 座落 在西邊，離 這裡 約莫
wǎng xībiān qù a　nà zuò shān jiù zuòluò zài xībiān　lí zhèlǐ yuēmò

有 六十 里 路。那 山 啊，烈焰 沖 天 ，聽說 它 的 火焰
yǒu liùshí lǐ lù　nà shān a　lièyàn chōng tiān　tīngshuō tā de huǒyàn

就 有 八百 里 那麼 高，因為 火勢 太 大，因此，附近 完全
jiù yǒu bābǎi lǐ nàme gāo yīnwèi huǒshì tài dà　yīncǐ　fùjìn wánquán

沒有 任何 生物 可以 存活[9]。要 越過 那 座 山，可以 說 是
méiyǒu rènhé shēngwù kěyǐ cúnhuó　yào yuèguò nà zuò shān　kěyǐ shuō shì

---

9. 存活：survive
　 cúnhuó

萬萬 不 可能 的 事！」
wànwàn bù kěnéng de shì

三藏 聽 了 很 苦惱[10]，因為 如果 不 往 西 走，那 可是
Sānzàng tīng le hěn kǔnǎo yīnwèi rúguǒ bù wǎng xī zǒu nà kě shì

要 花 上 好 長 的 時間 繞路，這樣 不 曉得 什麼 時候
yào huā shàng hǎo cháng de shíjiān ràolù zhèyàng bù xiǎodé shénme shíhòu

才 能 取到 佛經！老人 看到 他 煩惱 的 樣子，又 說：「您
cái néng qǔ dào fójīng lǎorén kàndào tā fánnǎo de yàngzi yòu shuō nín

別 急，有 個 辦法 可以 滅 火焰山 的 火。」大家 一 聽，
bié jí yǒu ge bànfǎ kěyǐ miè Huǒyànshān de huǒ dàjiā yì tīng

都 興奮 起來，催促[11]老人 趕快 說明，他 緩緩 地 說：
dōu xīngfèn qǐlái cuīcù lǎorén gǎnkuài shuōmíng tā huǎnhuǎn de shuō

「在 西南 方 有 座 翠雲山，這 山 裡 有 個 芭蕉洞，洞
zài xīnán fāng yǒu zuò Cuìyúnshān zhè shān lǐ yǒu ge Bājiāodòng dòng

裡 住 了 一 位 鐵扇 仙子，她 有 一 把 芭蕉扇。那 扇子 可
lǐ zhù le yí wèi Tiěshàn xiānzǐ tā yǒu yì bǎ Bājiāoshàn nà shànzi kě

厲害 了，如果 朝 著 火焰山 搧，搧 一 下 便 可 熄火，搧
lìhài le rúguǒ cháo zhe Huǒyànshān shān shān yí xià biàn kě xí huǒ shān

兩 下 立刻 起 大 風，搧 三 下 便 會 下雨。」悟空 聽 了
liǎng xià lìkè qǐ dà fēng shān sān xià biàn huì xiàyǔ Wùkōng tīng le

開心 極 了，馬上 就 要 出門 去 翠雲山。沒想到，卻
kāixīn jí le mǎshàng jiù yào chūmén qù Cuìyúnshān méixiǎngdào què

---

10. 苦惱：distressed
kǔnǎo

11. 催促：urge
cuīcù

被 老人 叫 住：「慢著！您 沒有 帶 任何 禮物 去 拜訪，恐怕
bèi lǎorén jiào zhù　　mànzhe　nín méiyǒu dài rènhé lǐwù　qù bàifǎng kǒngpà

她 不會 答應 借 扇子。更 何況，從 這裡 到 翠雲山，
tā búhuì dāyìng jiè shànzi gèng hékuàng　cóng zhèlǐ dào Cuìyúnshān

來回 就 要 走 一 個 月，一定 要 先 做 好 準備。」三藏
láihuí jiù yào zǒu yí ge yuè　yídìng yào xiān zuò hǎo zhǔnbèi　　Sānzàng

笑 了 笑：「您 別 擔心，悟空 去 一 下 馬上 就 會 回來
xiào le xiào　　nín bié dānxīn　Wùkōng qù yí xià mǎshàng jiù huì huílái

的。」悟空 得到 師父的 允許[12]，駕 著 他 的 寶貝「觔斗雲」
de　　Wùkōng dédào shīfu de yǔnxǔ　jià zhe tā de bǎobèi　Jīndōuyún

便 往 西南 方 飛去，不 一會兒 就 到 了 翠雲山。到 了
biàn wǎng xīnán fāng fēi qù　bú　yìhuǐr　jiù dào le Cuìyúnshān　dào le

翠雲山，看 來 看 去，卻 不 知 芭蕉洞 在 哪裡，於是 便
Cuìyúnshān　kàn lái kàn qù　què bù zhī Bājiāodòng zài　nǎlǐ　yúshì biàn

問 了 在 砍柴 的 樵夫。樵夫 回答：「啊，你 說 的 是 鐵扇
wèn le zài kǎnchái de qiáofū　qiáofū huídá　　ā　nǐ shuō de shì Tiěshàn

公主 住的 地方 吧！她 又 叫 羅剎女，是 牛魔王 的 妻子。
gōngzhǔ zhù de dìfāng ba　tā yòu jiào Luóchànǚ　shì Niúmówáng de　qīzi

她 的 家 啊，從 這 條 小 路 往 東 走，大概 五、六 里 路
tā de jiā a　　cóng zhè tiáo xiǎo lù wǎng dōng zǒu　dàgài wǔ　liù lǐ lù

就 到 了。」悟空 跟 樵夫 道謝，心 中 卻 暗叫不妙，因為
jiù dào le　　Wùkōng gēn qiáofū dàoxiè　xīn zhōng què ànjiàobúmiào yīnwèi

12. 允許：allow
　　yǔnxǔ

他 之前 降伏[13] 的 紅孩兒， 正是 牛魔王 的 小孩，不
tā zhīqián xiángfú de Hóngháiér zhèngshì Niúmówáng de xiǎohái bù

知道 他 是否 還在 氣頭 上？現在 卻 要 去 跟 他 的老婆 借
zhīdào tā shìfǒu hái zài qìtóu shàng xiànzài què yào qù gēn tā de lǎopó jiè

扇子，這下 可 好 了，不 知道 他們 會不會 借！但是 為了 能
shànzi zhè xià kě hǎo le bù zhīdào tāmen huìbúhuì jiè dànshì wèile néng

順利 通過 火焰山，也 只能 硬 著 頭皮 去 借 了。
shùnlì tōngguò Huǒyànshān yě zhǐnéng yìng zhe tóupí qù jiè le

　　悟空 走了 十幾 分鐘，來 到 了 芭蕉洞， 洞 口
Wùkōng zǒu le shí jǐ fēnzhōng lái dào le Bājiāodòng dòng kǒu

的 兩 扇 門 緊緊地 關著。他 上 前 敲門，裡面 走
de liǎng shàn mén jǐnjǐn de guānzhe tā shàng qián qiāomén lǐmiàn zǒu

出 了 一 個 小 女妖，問 他 的 來意。 悟空 報 上 名字 和
chū le yí ge xiǎo nǚyāo wèn tā de láiyì Wùkōng bào shàng míngzi hàn

借 扇子 的 意圖[14]，就 到 一旁 等候 女妖 去 通報 鐵扇
jiè shànzi de yìtú jiù dào yìpáng děnghòu nǚyāo qù tōngbào Tiěshàn

公主 。鐵扇 公主 一 聽 有 個 叫 孫悟空 的 和尚 來
gōngzhǔ Tiěshàn gōngzhǔ yì tīng yǒu ge jiào Sūnwùkōng de héshàng lái

借 芭蕉扇，就 勃然大怒：「這 猴子！打 了 我 的 孩子，不
jiè Bājiāoshàn jiù bórándànù zhè hóuzi dǎ le wǒ de háizi bú

道歉 就 算了，還 敢 跑 來 跟 我 借 扇子！嗯， 正好 ，
dàoqiàn jiù suànle hái gǎn pǎo lái gēn wǒ jiè shànzi èn zhènghǎo

---

13. 降伏：tame
　　xiángfú

14. 意圖：intention
　　yìtú

看 我 今天 怎麼 對付[15] 他！」 說 完 便 叫 女妖 取出 她
kàn wǒ jīntiān zěnme duìfù tā shuō wán biàn jiào nǚyāo qǔ chū tā

的 兩 支 寶劍，她 抓 了 就 往 洞外 衝：「 孫悟空！
de liǎng zhī bǎojiàn tā zhuā le jiù wǎng dòng wài chōng Sūnwùkōng

你 在 哪？給 我 出來！今天 我 不 把 你 打 得 落花 流水 絕
nǐ zài nǎ gěi wǒ chūlái jīntiān wǒ bù bǎ nǐ dǎ de luòhuā liúshuǐ jué

不 罷手！」 悟空 聽 這 聲音，趕緊 往 旁邊 一 跳，回
bú bàshǒu Wùkōng tīng zhè shēngyīn gǎnjǐn wǎng pángbiān yí tiào huí

她：「嫂嫂，您 別 急，聽 我 解釋 解釋。紅孩兒 現在 跟 著
tā sǎosao nín bié jí tīng wǒ jiěshì jiěshì Hóngháiér xiànzài gēn zhe

菩薩 修行，有 什麼 不 好？您 想想 ，他 若 修 得 好，您
Púsà xiūxíng yǒu shénme bù hǎo nín xiǎngxiǎng tā ruò xiū de hǎo nín

一家 都 可 升天 ，您 說 是不是？」 鐵扇 公主 聽 了 更
yì jiā dōu kě shēngtiān nín shuō shìbúshì Tiěshàn gōngzhǔ tīng le gèng

生氣 ：「你 不要 跟 我 老公 稱兄道弟 ， 更 不要 叫
shēngqì nǐ búyào gēn wǒ lǎogōng chēngxiōngdàodì gèng búyào jiào

我 嫂嫂，還 我 孩子 來！」 說 完 就 一 劍 砍 過去，還好
wǒ sǎosao huán wǒ háizi lái shuō wán jiù yí jiàn kǎn guòqù háihǎo

悟空 閃 得 快 才 沒 傷到 。他們 倆 你來我往，打 過去
Wùkōng shǎn de kuài cái méi shāngdào tāmen liǎng nǐláiwǒwǎng dǎ guòqù

又 打 過來，兩 人 功力 不分 上下 ，一時 之間 還 真 分 不
yòu dǎ guòlái liǎng rén gōnglì bùfēn shàngxià yìshí zhījiān hái zhēn fēn bù

---

15. 對付：cope
duìfù

出 勝負。只見 鐵扇 公主 抓緊 機會，拿出 芭蕉扇 用力
chū shèngfù zhǐjiàn Tiěshàn gōngzhǔ zhuājǐn jīhuì ná chū Bājiāoshàn yònglì

一 搧，就把 悟空 給 搧到 空中 去了。
yì shān jiù bǎ Wùkōng gěi shān dào kōngzhōng qù le

悟空 來不及 反應，隨著 這 強烈 的 風 飛得 好
Wùkōng láibùjí fǎnyìng suí zhe zhè qiángliè de fēng fēi de hǎo

遠，他 也 分不 清 自己 飛到了 哪裡，只好 伸 出 手 往
yuǎn tā yě fēn bù qīng zìjǐ fēidào le nǎlǐ zhǐhǎo shēn chū shǒu wǎng

空中 亂 抓，希望 能 抓 到 個 東西，好 讓 自己 有
kōngzhōng luàn zhuā xīwàng néng zhuā dào ge dōngxi hǎo ràng zìjǐ yǒu

個 落腳 處 停 下來。他的 運氣 很 好，恰好 飛 到 一 座 山
ge luòjiǎo chù tíng xiàlái tā de yùnqì hěn hǎo qiàhǎo fēi dào yí zuò shān

附近，抓 到 一 塊 石頭，好不容易 才 停 了 下來。 喘 口
fùjìn zhuā dào yí kuài shítou hǎobùróngyì cái tíng le xiàlái chuǎn kǒu

氣 後，他 發現 這 座 山 原來 是 以前 經過 的 小須彌山，
qì hòu tā fāxiàn zhè zuò shān yuánlái shì yǐqián jīngguò de Xiǎoxūmíshān

這裡 有 位 靈吉菩薩，那 菩薩 還 曾 救 過 唐三藏 。 悟空
zhèlǐ yǒu wèi Língjípúsà nà púsà hái céng jiù guò Tángsānzàng Wùkōng

心 想 ，既然 來 到 了 這裡，不如 去 問問 靈吉菩薩，看看
xīn xiǎng jìrán lái dào le zhèlǐ bùrú qù wènwèn Língjípúsà kànkàn

怎麼 回 到 芭蕉洞，並 打聽 看看 鐵扇 公主 的 事。他 找
zěnme huí dào Bājiāodòng bìng dǎtīng kànkàn Tiěshàn gōngzhǔ de shì tā zhǎo

了 一 下 路，飛快 地 趕 到 靈吉菩薩 的 禪寺，靈吉菩薩 一 聽
le yí xià lù fēikuài de gǎn dào Língjípúsà de chánsì Língjípúsà yì tīng

是 悟空 ，開心 地 迎接 他，以為 他們 順利 取 經 回來 了。
shì Wùkōng　kāixīn de yíngjiē tā　yǐwéi tāmen shùnlì qǔ jīng huílái le

但是 聽 完 悟空 的 說明 ，菩薩 不禁 搖搖 頭 說：「鐵扇
dànshì tīng wán wùkōng de shuōmíng　púsà bùjīn yáoyáo tóu shuō　Tiěshàn

公主 沒有 這麼 好 對付，要 跟 她 借 扇子，恐怕 沒 那麼
gōngzhǔ méiyǒu zhème hǎo duìfù　yào gēn tā jiè shànzi kǒngpà méi nàme

容易。她 那把 芭蕉扇 是 集 天地 精華 的 寶物，所以 才 能
róngyì　tā nà bǎ Bājiāoshàn shì jí tiāndì jīnghuá de bǎowù　suǒyǐ cái néng

熄滅 火焰山 的 火。普通人 要 是 被 搧 一下，不 飛 個 八萬
xímiè Huǒyànshān de huǒ　pǔtōngrén yào shì bèi shān yí xià　bù fēi ge bāwàn

四千 里，是 不會 停 下來 的。你 的 能力 好，從 火焰山 到
sìqiān lǐ　shì búhuì tíng xiàlái de　nǐ de nénglì hǎo cóng Huǒyànshān dào

這 大約 五萬 里 而已。」 悟空 聽 完 不禁 皺 起 眉頭，
zhè dàyuē wǔwàn lǐ éryǐ　Wùkōng tīng wán bùjīn zhòu qǐ méitóu

看來 要 讓 大家 安然 度過 火焰山 ，還 真 不是 件 容易 的
kànlái yào ràng dàjiā ānrán dùguò Huǒyànshān　hái zhēn búshì jiàn róngyì de

事 啊。靈吉菩薩 見 到 悟空 苦 著 一 張 臉，笑 了 笑 說：
shì a　Língjípúsà jiàn dào Wùkōng kǔ zhe yì zhāng liǎn xiào le xiào shuō

「你 別 擔心，我 這裡 有 一 粒 如來佛 給 我 的 定風丹 ，
nǐ bié dānxīn　wǒ zhèlǐ yǒu yí lì Rúláifó gěi wǒ de Dìngfēngdān

你 吃 下去，鐵扇 公主 就 搧 不 動 你 了。」 悟空 得到
nǐ chī xiàqù　Tiěshàn gōngzhǔ jiù shān bú dòng nǐ le　Wùkōng dédào

定風丹 非常 高興，頻頻 向 靈吉菩薩 道謝，然後 就 朝
Dìngfēngdān fēicháng gāoxìng pínpín xiàng Língjípúsà dàoxiè ránhòu jiùcháo

285

芭蕉洞 飛回去了。
Bājiāodòng fēi huíqù le

　　沒 多久，他 就 回到 了 翠雲山 芭蕉洞，大力 敲 著
　　méi duōjiǔ　 tā jiù huídào le Cuìyúnshān Bājiāodòng　 dàlì　 qiāo zhe

洞 門：「嫂嫂！是 我，悟空 啊！我 又 來 跟 您 借 扇子
dòng mén　　 sǎosao shì wǒ　 Wùkōng a　 wǒ yòu lái gēn nín jiè shànzi

了！」鐵扇 公主 嚇 了 一 跳，心 想，竟然 有 人 這麼
le　　 Tiěshàn gōngzhǔ xià le yí tiào　 xīn xiǎng　 jìngrán yǒu rén zhème

厲害，才 把 他 吹出去，馬上 就 回來 了。看來，還是 小心
lìhài　 cái bǎ tā chuīchūqù　 mǎshàng jiù huílái le　 kànlái　 háishì xiǎoxīn

　　點 好，於是 鐵扇 公主 打定 主意，　萬萬
　　diǎn hǎo　 yúshì Tiěshàn gōngzhǔ dǎdìng zhǔyì　　 wànwàn

不 開門 讓 悟空 進來。孫悟空 叫 了 一會兒，看 沒
bù kāimén ràng Wùkōng jìnlái　 Sūnwùkōng jiào le　 yìhuǐr　 kàn méi

人 回應，便 搖 身 一變，　變成 一 隻 小 飛蟲，然後 就
rén huíyìng　 biàn yáo shēn yí biàn　 biànchéng yì zhī xiǎo fēichóng ránhòu jiù

　　從 門縫 鑽 了進去。這時，鐵扇 公主 正 在 叫 女妖
　　cóng ménfèng zuān le jìnqù　 zhèshí　 Tiěshàn gōngzhǔ zhèng zài jiào nǚyāo

泡茶，好 讓 她 壓驚！悟空 見 了，靈機一動，便 趁 她
pàochá　 hǎo ràng tā yājīng　 Wùkōng jiàn le　 língjīyídòng　 biàn chèn tā

張嘴 喝茶 時，飛 到 她 嘴 裡，跟著 茶水 一同 下 到 肚子
zhāngzuǐ hēchá shí　 fēi dào tā zuǐ lǐ　 gēnzhe cháshuǐ yìtóng xià dào dùzi

裡。悟空 到 了 鐵扇 公主 的 肚子 裡後，便 在 裡面
lǐ　 Wùkōng dào le Tiěshàn gōngzhǔ de dùzi lǐ hòu biàn zài lǐmiàn

跳來 跳去， 橫衝直撞 ，害得 鐵扇 公主 痛 得大
tiàolái tiàoqù héngchōngzhízhuàng hài de Tiěshàn gōngzhǔ tòng de dà

喊 饒命。 悟空 見 機不可失，立刻 要求 她 把 芭蕉扇 拿
hǎn ráomìng Wùkōng jiàn jībùkěshī lìkè yāoqiú tā bǎ Bājiāoshàn ná

出來，鐵扇 公主 沒 辦法， 連忙 吩咐 女妖 拿 出 扇子，並
chūlái Tiěshàn gōngzhǔ méi bànfǎ liánmáng fēnfù nǚyāo ná chū shànzi bìng

哀求 孫悟空 放過 她， 快快 出來。 悟空 見 女妖 拿 來 了
āiqiú Sūnwùkōng fàngguò tā kuàikuài chūlái Wùkōng jiàn nǚyāo ná lái le

芭蕉扇 ，便 從 嘴裡 出來，開開心心 地 謝 過 鐵扇 公主
Bājiāoshàn biàn cóng zuǐ lǐ chūlái kāikāixīnxīn de xiè guò Tiěshàn gōngzhǔ

後，趕 去 和 唐三藏 會合，然後 一行人 便 浩浩蕩蕩 地
hòu gǎn qù hàn Tángsānzàng huìhé ránhòu yìxíngrén biàn hàohàodàngdàng de

朝 著 火焰山 出發。
cháo zhe Huǒyànshān chūfā

這 火焰山 還 真是 名不虛傳 ，才 靠近 一點點 ，就
zhè Huǒyànshān hái zhēnshì míngbùxūchuán cái kàojìn yìdiǎndiǎn jiù

覺得 頭髮 都 快要 燒焦 了。於是， 悟空 拿 出 芭蕉扇 ，
juéde tóufǎ dōu kuàiyào shāojiāo le yúshì Wùkōng ná chū Bājiāoshàn

用力 往 火焰 一 搧！ 沒想到 ，火 不但 沒有 熄滅，反而
yònglì wǎng huǒyàn yì shān méixiǎngdào huǒ búdàn méiyǒu xímiè fǎnér

越來越 旺。看 到 這個 情況 ， 悟空 真是 急 壞 了，
yuèláiyuè wàng kàn dào zhè ge qíngkuàng Wùkōng zhēnshì jí huài le

又 連續 搧 了好 幾 下，可是 一點 效果 也 沒有。就 在 大家
yòu liánxù shān le hǎo jǐ xià kěshì yìdiǎn xiàoguǒ yě méiyǒu jiù zài dàjiā

既 煩惱 又 沮喪 的 時候，有 位 老人 經過 他們 身邊，
jì fánnǎo yòu jǔsàng de shíhòu yǒu wèi lǎorén jīngguò tāmen shēnbiān

老人 跟 他們 說：「各位，你們 就 是 準備 去 西方 取經 的
lǎorén gēn tāmen shuō gèwèi nǐmen jiù shì zhǔnbèi qù xīfāng qǔ jīng de

唐三藏 和 他 的 三 位 徒弟 吧？我 是 火焰山 的 土地公，
Tángsānzàng hàn tā de sān wèi túdì ba wǒ shì Huǒyànshān de tǔdìgōng

見 你們 遇 到 困難，我 也 很 想 幫 你們，但是 沒有
jiàn nǐmen yù dào kùnnán wǒ yě hěn xiǎng bāng nǐmen dànshì méiyǒu

芭蕉扇，這 火 是 萬萬 熄 不 了 的。」 悟空 說：「咦？我
Bājiāoshàn zhè huǒ shì wànwàn xí bù liǎo de Wùkōng shuō yí wǒ

手 上 這 把 就 是 芭蕉扇 啊！但 不 知道 為什麼 一點 用
shǒu shàng zhè bǎ jiù shì Bājiāoshàn a dàn bù zhīdào wèishénme yìdiǎn yòng

也 沒有……」土地公 搖搖 頭 說 ：「那 不是 真的 芭蕉扇。
yě méiyǒu tǔdìgōng yáoyáo tóu shuō nà búshì zhēnde Bājiāoshàn

你 大概 是 被 鐵扇 公主 騙 了。如果 要 借 到 真的 扇子，
nǐ dàgài shì bèi Tiěshàn gōngzhǔ piàn le rúguǒ yào jiè dào zhēnde shànzi

你 必須 去 找 她 的 老公 牛魔王 。」
nǐ bìxū qù zhǎo tā de lǎogōng Niúmówáng

1. 如果你是孫悟空，你會如何跟鐵扇公主借扇子呢？

2. 在緊要[16]的時刻受到別人幫助，我們會說這是一場「及時雨」，因為這就像乾旱[17]許久，得到雨水灌溉[18]而解除危機[19]一樣。你受過這樣的幫助嗎？請說說看。

3. 如果好朋友跟你借東西，但是你不願意出借，你會怎麼跟他說呢？

4. 「火」會讓你聯想到什麼呢？你覺得這裡的火焰山，有沒有什麼別的寓意呢？

---

16. 緊要：critical
   jǐnyào

17. 乾旱：drought
   gānhàn

18. 灌溉：irrigate
   guàngài

19. 危機：crisis
   wéijī

17【孫悟空三借芭蕉扇】（中）
Sūnwùkōng sān jiè Bājiāoshàn　　　zhōng

孫悟空 一 聽到 要 找 牛魔王 ，心 就 沉 了！還
Sūnwùkōng yì tīngdào yào zhǎo Niúmówáng xīn jiù chén le hái

真是 冤家 路窄[1]，想 躲 都 躲 不掉。既然要 相 見，那
zhēnshì yuānjiā lùzhǎi xiǎng duǒ dōu duǒ bú diào jìrán yào xiāng jiàn nà

就 問 個 清楚，於是 悟空 問 土地公：「難道這 火焰山
jiù wèn ge qīngchǔ yúshì Wùkōng wèn tǔdìgōng nándàozhè Huǒyànshān

的 火 是 牛魔王 放 的？不然 為什麼 一定 要 去 找 他
de huǒ shì Niúmówáng fàng de bùrán wèishénme yídìng yào qù zhǎo tā

呢？」土地公 回答：「不是、不是，這 火其實 是 您 自己 放
ne tǔdìgōng huídá búshì búshì zhè huǒ qíshí shì nín zìjǐ fàng

的 啊！」 悟空 不 信，大 喊：「不 可能！」土地公 便 仔細
de a Wùkōng bú xìn dà hǎn bù kěnéng tǔdìgōng biàn zǐxì

地 說 給 他 聽：「您 可 還 記得 五百 年 前，當 您 大 鬧
de shuō gěi tā tīng nín kě hái jìde wǔbǎi nián qián dāng nín dà nào

天宮 時，曾經 被 關 進 八卦爐 裡 的 事 嗎？後來，您 是
tiāngōng shí céngjīng bèi guān jìn bāguàlú lǐ de shì ma hòulái nín shì

順利 脫逃[2]了，但 就 在您 跑 出來 時，一 不 注意，踢 翻 了 幾
shùnlì tuōtáo le dàn jiù zàinín pǎo chūlái shí yí bú zhùyì tī fān le jǐ

塊 磚頭[3]，那些 磚頭 上 的 火 落 到 了 人間，山 著了
kuài zhuāntóu nà xiē zhuāntóu shàng de huǒ luò dào le rénjiān shān zháole

---

1. 冤家 路窄：meet again
   yuānjiālùzhǎi unfortunately

2. 脫逃：escape
   tuōtáo

3. 磚頭：brick
   zhuāntóu

火，越 燒 越 旺， 就 變成 這座 火焰山 。 我 想 ， 您
huǒ yuè shāo yuè wàng jiù biànchéng zhè zuò Huǒyànshān wǒ xiǎng nín

大概 不 記得 我 了吧？我 就 是 當年 守 在 八卦爐 旁 的
dàgài bú jìdé wǒ le ba wǒ jiù shì dāngnián shǒu zài bāguàlú páng de

道士。那 時，因為 讓 您 逃跑 了，所以 我 就 被 貶 到 此地
dàoshì nà shí yīnwèi ràng nín táopǎo le suǒyǐ wǒ jiù bèi biǎn dào cǐ dì

來 當 土地公。」 悟空 聽 了 直 冒 冷汗，不好意思 地 說：
lái dāng tǔdìgōng Wùkōng tīng le zhí mào lěnghàn bùhǎoyìsi de shuō

「原來 如此……那，那 為什麼 非得 去 找 牛魔王 呢？」
yuánlái rúcǐ nà nà wèishénme fēiděi qù zhǎo Niúmówáng ne

土地公 說：「因為 只有 牛魔王 才 能 勸 動 鐵扇 公主
tǔdìgōng shuō yīnwèi zhǐyǒu Niúmówáng cái néng quàn dòng Tiěshàn gōngzhǔ

出 借 扇子 給 你。只是 牛魔王 現在 有 了 新歡⁴，早 就 不
chū jiè shànzi gěi nǐ zhǐshì Niúmówáng xiànzài yǒu le xīnhuān zǎo jiù bú

和 鐵扇 公主 住 在 一起 了。他 現在 住 在 積雷山 摩雲洞
hàn Tiěshàn gōngzhǔ zhù zài yìqǐ le tā xiànzài zhù zài Jīléishān Móyúndòng

裡，也 就 是 那 新歡 玉面 公主 的 家。如果 您 能 找到
lǐ yě jiù shì nà xīnhuān Yùmiàn gōngzhǔ de jiā rúguǒ nín néng zhǎodào

他，並 讓 他 幫 您 去 借 扇子，那 一切 就 可以 迎刃而解⁵
tā bìng ràng tā bāng nín qù jiè shànzi nà yíqiè jiù kěyǐ yíngrènérjiě

了；不但 您們 能夠 繼續 往 西方 取經，百姓 也 能 脫離
le búdàn nínmen nénggòu jìxù wǎng xīfāng qǔ jīng bǎixìng yě néng tuōlí

4. 新歡：new lover
   xīnhuān

5. 迎刃而解：solved easily
   yíngrènérjiě

苦海，不用再受烈焰之苦，就連我也能除罪，重返
kǔhǎi　búyòng zài shòu lièyàn zhī kǔ　jiù lián wǒ yě néng chú zuì　chóng fǎn

天庭。」孫悟空聽完後，恍然大悟，趕緊請教積雷山
tiāntíng　Sūnwùkōng tīngwán hòu　huǎngrándàwù　gǎnjǐn qǐngjiào Jīléishān

的方向，駕著觔斗雲便往該處飛去。
de fāngxiàng　jià zhe Jīndǒuyúnbiàn wǎng gāi chù fēi qù

　　沒多久，他就抵達了積雷山，正在山中找路時，
méi duōjiǔ　tā jiù dǐdá le Jīléishān　zhèng zài shānzhōng zhǎo lù shí

見到一名女子，便上前詢問她怎麼到摩雲洞。
jiàn dào yì míng nǚzǐ　biàn shàng qián xúnwèn tā zěnme dào Móyúndòng

女子一聽悟空要找摩雲洞，就皺起了眉頭，問他
nǚzǐ　yì tīng Wùkōng yào zhǎo Móyúndòng　jiù zhòu qǐ le méitóu wèn tā

原因。一聽是為了鐵扇公主來找牛魔王的，不禁
yuányīn　yì tīng shì wèile Tiěshàn gōngzhǔ lái zhǎo Niúmówáng de　bùjīn

氣得大罵：「這個不要臉[6]的女人！老公都不要她了，
qì de dà mà　zhè ge búyàoliǎn de nǚrén　lǎogōng dōu búyào tā le

還死纏著不放，真是不要臉！也不想想，牛魔王
hái sǐ chán zhe bú fàng zhēnshì búyàoliǎn　yě bù xiǎngxiǎng　Niúmówáng

來我這兒的這兩年，不知道送她多少金銀珠寶，每
lái wǒ zhèr de zhè liǎng nián　bù zhīdào sòng tā duōshǎo jīnyínzhūbǎo　měi

個月還定期送些吃的、喝的，這樣還不滿足？還要請
ge yuè hái dìngqí sòng xiē chīde　hēde　zhèyàng hái bù mǎnzú　háiyào qǐng

---

6. 不要臉：shameless
　　búyàoliǎn

他 回去 做 什麼？」 悟空 聽 完，馬上 知道 眼前 的 女子
tā huíqù zuò shénme　Wùkōng tīng wán　mǎshàng zhīdào yǎnqián de nǚzǐ

正是　玉面　公主，便 故意拿出 金箍棒，作勢[7]罵她：「你
zhèngshì Yùmiàn gōngzhǔ　biàn gùyì ná chū Jīngūbàng zuòshì mà tā　　　nǐ

這 妖精！真是 不知 羞恥，搶 走 了 別人的 老公，還 敢
zhè yāojīng zhēnshì bù zhī xiūchǐ　qiǎng zǒu le biérén de lǎogōng hái gǎn

在 這裡 大放 厥詞？」 玉面　公主 氣 不 過，便　氣沖沖
zài zhèlǐ dàfàng juécí　Yùmiàn gōngzhǔ qì bú guò biàn qìchōngchōng

地 跑 回 摩雲洞 找　牛魔王 訴苦，　完全 沒 察覺 到
de pǎo huí Móyúndòng zhǎo Niúmówáng sùkǔ　wánquán méi chájué dào

悟空 就 這樣 跟 在 她 後頭，一起 來 到 了　摩雲洞 。
Wùkōng jiù zhèyàng gēn zài tā hòutóu　yìqǐ lái dào le Móyúndòng

　　玉面　公主 進 了 摩雲洞 ，用力　關上　門，就
　　Yùmiàn gōngzhǔ jìn le Móyúndòng yònglì guānshàng mén jiù

哭著 對 牛魔王 說：「你 真是 害 死 我 了！我 真是 命苦
kūzhe duì Niúmówáng shuō　nǐ zhēnshì hài sǐ wǒ le　wǒ zhēnshì mìngkǔ

啊！」 牛魔王 被 這樣 一 唸，心 裡 覺得 莫名其妙 ，便
a　Niúmówáng bèi zhèyàng yí niàn xīn lǐ juéde mòmíngqímiào biàn

問 她 發生 了 什麼 事，玉面　公主 便　從頭 說 了 一
wèn tā fāshēng le shénme shì　Yùmiàn gōngzhǔ biàn cóngtóu shuō le yí

遍。　牛魔王 越 聽 越 覺得 奇怪，因為 鐵扇　公主 不
biàn　Niúmówáng yuè tīng yuè juéde qíguài　yīnwèi Tiěshàn gōngzhǔ bù

---

7. 作勢：pretend
　zuòshì

295

可能 沒事 找 個 和尚 來 找 他，便 安撫[8] 玉面 公主 說：
kěnéng méishì zhǎo ge héshàng lái zhǎo tā biàn ānfǔ Yùmiàn gōngzhǔ shuō

「親愛的，沒事！誰 敢 讓 我 的 寶貝 受 委屈[9]，我 就 讓
qīnàide méishì shéi gǎn ràng wǒ de bǎobèi shòu wěiqū wǒ jiù ràng

他 嘗嘗 我 棍子 的 滋味。」一 說 完，就 拿 起 武器 往
tā chángchang wǒ gùnzi de zīwèi yì shuō wán jiù ná qǐ wǔqì wǎng

洞口 走。這時，悟空 看見 牛魔王 出來 了，就 主動
dòngkǒu zǒu zhèshí Wùkōng kànjiàn Niúmówáng chūlái le jiù zhǔdòng

上 前 問好：「大哥，您 還 認得 小弟 嗎？」 牛魔王 一
shàng qián wènhǎo dàgē nín hái rènde xiǎodì ma Niúmówáng yí

看 是 悟空，便 回答：「原來 是 你 啊！那 嚇 到 我 寶貝 的
kàn shì Wùkōng biàn huídá yuánlái shì nǐ a nà xià dào wǒ bǎobèi de

一定 就 是 你 了！你 這 潑猴！你 把 我 兒子 送 去 菩薩 那邊
yídìng jiù shì nǐ le nǐ zhè pōhóu nǐ bǎ wǒ érzi sòng qù Púsà nàbiān

還 不夠 嗎？現在 又 來 搗亂 我 的 生活，你 是不是 不
hái búgòu ma xiànzài yòu lái dǎoluàn wǒ de shēnghuó nǐ shìbúshì bù

想 活 了？」悟空 趕緊 說：「哎呀！大哥，您 可 別 誤會
xiǎng huó le Wùkōng gǎnjǐn shuō āiya dàgē nín kě bié wùhuì

啊。您 看，紅孩兒 跟 著 菩薩 可是 去 修行 啊，現在 過 得
a nín kàn Hónghái'ér gēn zhe Púsà kě shì qù xiūxíng a xiànzài guò de

挺 好 的，您 說 是不是？我 是 特地 來 跟 您 請安 問候[10]
tǐng hǎo de nín shuō shìbúshì wǒ shì tèdì lái gēn nín qǐngān wènhòu

8. 安撫：appease
   ānfǔ

9. 委屈：feel wronged
   wěiqū

10. 問候：greetings
    wènhòu

的。」 牛魔王 完全 不 相信 ，回 說：「少來！你來 這兒
de　　Niúmówáng wánquán bù xiāngxìn　huí shuō　　shǎolái nǐ lái　zhèr

到底 想 做 什麼？ 快 說！」 悟空 便 不 再 客氣 了，直接
dàodǐ xiǎng zuò shénme kuài shuō　Wùkōng biàn bú zài kèqì le　zhíjiē

說：「大哥，是 這樣 的，小弟來 是 想 請 您 跟 嫂嫂
shuō　dàgē　shì zhèyàng de　xiǎodì lái shì xiǎng qǐng nín gēn sǎosao

說說 ，看看 能不能 借 我 那 把 芭蕉扇 ，好 度過
shuōshuō　kànkàn néngbùnéng jiè wǒ nà bǎ Bājiāoshàn　hǎo dùguò

火焰山 。」 牛魔王 生氣 地 說：「 想 借 扇子，自己 去
Huǒyànshān　Niúmówáng shēngqì de shuō　xiǎng jiè shànzi　zìjǐ qù

借。我 看，你 八成 已經 去 找過 鐵扇 公主 了吧？她 不
jiè　wǒ kàn　nǐ bāchéng yǐjīng qù zhǎoguò Tiěshàn gōngzhǔ le ba　tā bú

借你，你 才 跑 來 這裡 騷擾[11] 玉面 公主 ，是不是？」 悟空
jiè nǐ　nǐ cái pǎo lái zhèlǐ sāorǎo Yùmiàn gōngzhǔ　shìbúshì　Wùkōng

不 放棄 地 說：「 大哥，求求 你 了。」 牛魔王 於是
bú fàngqì de shuō　dàgē　qiúqiú nǐ le　　Niúmówáng yúshì

爽快 [12]地 回 說：「那 這樣 好 了，你 跟 我 打三 回合，
shuǎngkuài de huí shuō　nà zhèyàng hǎo le　nǐ gēn wǒ dǎ sān huíhé

你 贏 了，我 就 去 幫 你 借 扇子；你 輸 了，我 就 打死
nǐ yíng le　wǒ jiù qù bāng nǐ jiè shànzi　nǐ shū le　wǒ jiù dǎ sǐ

你，好 幫 我 的 孩子 報仇 [13]，如何 ？」 也 不 等 悟空
nǐ　hǎo bāng wǒ de háizi bàochóu　rúhé　　yě bù děng Wùkōng

---

11. 騷擾：harass
　　sāorǎo

12. 爽 快：readily
　　shuǎngkuài

13. 報 仇：revenge
　　bàochóu

297

回答，就 直接 朝 著 孫悟空 打 去，還好 悟空 反應 快，
huídá jiù zhíjiē cháo zhe Sūnwùkōng dǎ qù háihǎo Wùkōng fǎnyìng kuài

一下子 就 躲掉 了。兩 人 打 了 好 一陣子，一直 沒 能 分
yíxiàzi jiù duǒdiào le liǎng rén dǎ le hǎo yízhènzi yìzhí méi néng fēn

出 勝負，這時，突然 從 山峰 上 傳 來了一個 聲音：
chū shèngfù zhèshí túrán cóng shānfēng shàng chuán lái le yí ge shēngyīn

「牛 大哥，我 的 主人 已經 等 您 很 久 了，還 請 您 盡快
Niú dàgē wǒ de zhǔrén yǐjīng děng nín hěn jiǔ le hái qǐng nín jìnkuài

過來。」牛魔王 聽 了便 停 手，跟 悟空 說：「你 這
guòlái Niúmówáng tīng le biàn tíng shǒu gēn Wùkōng shuō nǐ zhè

死 潑猴，算 你 好運！我 今天 和 朋友 有 約，不 跟 你
sǐ pōhóu suàn nǐ hǎoyùn wǒ jīntiān hàn péngyǒu yǒu yuē bù gēn nǐ

打 了，但 這 筆 帳，我 不會 忘記 的。」 說 完 就 跑回
dǎ le dàn zhè bǐ zhàng wǒ búhuì wàngjì de shuō wán jiù pǎo huí

摩雲洞，跟 玉面 公主 說 他 已經 把 悟空 趕走 了，要
Móyúndòng gēn Yùmiàn gōngzhǔ shuō tā yǐjīng bǎ Wùkōng gǎnzǒu le yào

她 別 擔心，並 說 他 去 找 一位 朋友， 很 快 就 回來。
tā bié dānxīn bìng shuō tā qù zhǎo yí wèi péngyǒu hěn kuài jiù huílái

說完， 便 駕著 他 的 辟水金睛獸， 往 西北 方 飛去。
shuōwán biàn jiàzhe tā de Pìshuǐjīnjīngshòu wǎng xīběi fāng fēi qù

悟空 沒 借 到 扇子，如何 肯 罷休？眼看 牛魔王 往
Wùkōng méi jiè dào shànzi rúhé kěn bàxiū yǎnkàn Niúmówáng wǎng

西北 方 去，自己 就 駕著 觔斗雲 跟 在 後面 。過 了
xīběi fāng qù zìjǐ jiù jiàzhe Jīndǒuyún gēn zài hòumiàn guò le

298

一陣子，見他飛到了一座山中，悟空跟了過去，
yízhènzi jiàn tā fēi dào le yí zuò shān zhōng Wùkōng gēn le guòqù

結果，才沒一下子，竟然在湖邊跟丟了。悟空看了
jiéguǒ cái méi yíxiàzi jìngrán zài húbiān gēn diū le Wùkōng kàn le

看，湖邊有個大石頭，上頭刻著「亂石山 碧波潭」，
kàn húbiān yǒu ge dà shítou shàngtóu kèzhe Luànshíshān Bìbōtán

心想，這牛魔王八成是到湖裡面去了，於是就
xīn xiǎng zhè Niúmówáng bāchéng shì dào hú lǐmiàn qù le yúshì jiù

變成一隻螃蟹跳進水裡，想下去找牛魔王。
biànchéng yì zhī pángxiè tiàojìn shuǐ lǐ xiǎng xiàqù zhǎo Niúmówáng

悟空在水裡游了約莫十來分鐘，看到了一棟
Wùkōng zài shuǐ lǐ yóu le yuēmò shí lái fēnzhōng kàn dào le yí dòng

建築，而牛魔王的辟水金睛獸就坐在門口。悟空
jiànzhú ér Niúmówáng de Pìshuǐjīnjīngshòu jiù zuò zài ménkǒu Wùkōng

小心翼翼[14]地走進去，一進門，就聽到美妙的音樂，還
xiǎoxīnyìyì de zǒu jìn qù yí jìn mén jiù tīngdào měimiào de yīnyuè hái

聞到了食物的香氣，他再往裡走，結果來到了一個
wéndào le shíwù de xiāngqì tā zài wǎng lǐ zǒu jiéguǒ láidào le yí ge

漂亮的大廳，看到了牛魔王和一些龍精、魚精正在
piàoliàng de dàtīng kàndào le Niúmówáng hàn yìxiē lóngjīng yújīng zhèngzài

享受宴會[15]！悟空看他們喝酒喝得有點醉了，
xiǎngshòu yànhuì Wùkōng kàn tāmen hējiǔ hē de yǒudiǎn zuì le

---

14. 小心翼翼：carefully
    xiǎoxīnyìyì

15. 宴會：banquet
    yànhuì

覺得 機不可失，便 偷偷 跑 回 門口，搖 身 一 變， 變成
juéde jībùkěshī biàn tōutōu pǎo huí ménkǒu yáo shēn yí biàn biànchéng

牛魔王 的 樣子，然後 騎 著 辟水金晴獸 往 芭蕉洞 的
Niúmówáng de yàngzi ránhòu qí zhe Pìshuǐjīnjīngshòu wǎng Bājiāodòng de

方向 走了。
fāngxiàng zǒu le

當 變成 牛魔王 的 悟空 來 到 芭蕉洞 口 時，
dāng biànchéng Niúmówáng de Wùkōng lái dào Bājiāodòng kǒu shí

女妖 們 見 是 主人 回來 了， 連忙 去 請 鐵扇 公主
nǚyāo men jiàn shì zhǔrén huílái le liánmáng qù qǐng Tiěshàn gōngzhǔ

出來。鐵扇 公主 喜出望外， 相當 開心 老公 的 歸來。
chūlái Tiěshàn gōngzhǔ xǐchūwàngwài xiāngdāng kāixīn lǎogōng de guīlái

悟空 看 大家 都 上當 了，心 裡 很 是 得意[16]，但是 得意
Wùkōng kàn dàjiā dōu shàngdàng le xīn lǐ hěn shì déyì dànshì déyì

之餘，仍然 沒 忘記 要 借扇子， 便 直接 說：「老婆，我
zhīyú réngrán méi wàngjì yào jiè shànzi biàn zhíjiē shuō lǎopó wǒ

聽說 之前 孫悟空 那 猴子 來 找 妳 借 芭蕉扇 ，這 是
tīngshuō zhīqián Sūnwùkōng nà hóuzi lái zhǎo nǐ jiè Bājiāoshàn zhè shì

真 是 假？」 鐵扇 公主 回答：「是 真的，他 一直 糾纏[17]
zhēn shì jiǎ Tiěshàn gōngzhǔ huídá shì zhēnde tā yìzhí jiūchán

我，還 跑到 我 肚子 裡 去，害我 差點 就 沒 命 了！最後，
wǒ hái pǎodào wǒ dùzi lǐ qù hài wǒ chādiǎn jiù méi mìng le zuìhòu

16. 得意：proud
déyì

17. 糾纏：be entangled
jiūchán

只好 把 扇子 借 給 他 了。」 悟空 假裝 驚訝 地 說：
zhǐhǎo bǎ shànzi jiè gěi tā le Wùkōng jiǎzhuāng jīngyà de shuō

「什麼！妳 把 扇子 借 給 他 了？」 鐵扇 公主 連忙 說：
shénme nǐ bǎ shànzi jiè gěi tā le Tiěshàn gōngzhǔ liánmáng shuō

「別 著急！我 給 他 的 是 把 假扇子，你 想，你 的 老婆 這麼
bié zhāojí wǒ gěi tā de shì bǎ jiǎ shànzi nǐ xiǎng nǐ de lǎopó zhème

聰明 ，怎麼 可能 會 給 他 真的 扇子呢？」 悟空 回答：
cōngmíng zěnme kěnéng huì gěi tā zhēnde shànzi ne Wùkōng huídá

「那 就 好， 千萬 別 被 他 騙 了！真的 扇子 有沒有 收 好
nà jiù hǎo qiānwàn bié bèi tā piàn le zhēnde shànzi yǒuméiyǒu shōu hǎo

啊？」鐵扇 公主 笑著 說：「當然，你 看，不 就 在 這兒
a Tiěshàn gōngzhǔ xiàozhe shuō dāngrán nǐ kàn bú jiù zài zhèr

嗎？」她 從 口 中 吐 出 一 個 只有 葉子 大小 的 扇子，遞
ma tā cóng kǒu zhōng tǔ chū yí ge zhǐyǒu yèzi dàxiǎo de shànzi dì

給 孫悟空 看。 悟空 心 想 ，這麼 小 的 扇子，怎麼 可能
gěi Sūnwùkōng kàn Wùkōng xīn xiǎng zhème xiǎo de shànzi zěnme kěnéng

滅 得 了 火焰山 的 火呢？就 趁機 再 問 一 句：「哎呀！
miè de liǎo Huǒyànshān de huǒ ne jiù chènjī zài wèn yí jù āiya

我 今天 喝酒 好像 喝 多了，感覺 昏昏沉沉 的， 完全
wǒ jīntiān hējiǔ hǎoxiàng hē duō le gǎnjué hūnhūnchénchén de wánquán

忘 了 這 扇子 該 怎麼 用 ，老婆，妳 說說。」 鐵扇 公主
wàng le zhè shànzi gāi zěnme yòng lǎopó nǐ shuōshuō Tiěshàn gōngzhǔ

忍不住 笑 了 出來：「你 真是 的，怎麼 會 這樣 就 忘記
rěnbúzhù xiào le chūlái nǐ zhēnshì de zěnme huì zhèyàng jiù wàngjì

了 呢？只要 拉著 這 扇子 上 的 紅線 ，再 唸 一 句『哃
le ne zhǐyào lā zhe zhè shànzi shàng de hóng xiàn zài niàn yí jù tóng

噓 啊 吸 嘻 吹 呼』，它 就 會 變 大 了。」 悟空 牢牢 記住
xū ā xī xī chuī hū tā jiù huì biàn dà le Wùkōng láoláo jìzhù

這 咒語，趁機 把 扇子 放進 嘴裡，再 一 個 轉身，變回
zhè zhòuyǔ chènjī bǎ shànzi fàngjìn zuǐ lǐ zài yí ge zhuǎnshēn biàn huí

原來 的 樣子，就 急著 往 門 外 跑。鐵扇 公主 被 這 一
yuánlái de yàngzi jiù jízhe wǎng mén wài pǎo Tiěshàn gōngzhǔ bèi zhè yí

幕 嚇 到 了，等到 回 過 神 來，悟空 早 已 在 觔斗雲
mù xià dào le děngdào huí guò shén lái Wùkōng zǎo yǐ zài Jīndǒuyún

上 ，朝著 唐三藏 的 方向 飛去。
shàng cháo zhe Tángsānzàng de fāngxiàng fēi qù

　　這時， 牛魔王 和 龍精、魚精 的 宴會 結束 了， 正
zhèshí Niúmówáng hàn lóngjīng yújīng de yànhuì jiéshù le zhèng

走出 門 要 騎 辟水金睛獸 回家，但 左 看 右 看，就 是
zǒuchū mén yào qí Pìshuǐjīnjīngshòu huíjiā dàn zuǒ kàn yòu kàn jiù shì

看 不 到 辟水金睛獸。他 氣 得 不得了，大聲 質問[18]那些
kàn bú dào Pìshuǐjīnjīngshòu tā qì de bùdéliǎo dàshēng zhíwèn nàxiē

僕人，是 誰 放走 辟水金睛獸 的？那些 僕人 嚇 得 趕緊
púrén shì shéi fàngzǒu Pìshuǐjīnjīngshòu de nàxiē púrén xià de gǎnjǐn

跪下，回答 說 並 沒有 人 靠近 辟水金睛獸。只有 一 個
guìxià huídá shuō bìng méiyǒu rén kàojìn Pìshuǐjīnjīngshòu zhǐyǒu yí ge

18. 質問：question
zhíwèn

龍精　說，　好像　看見　一　隻　不　認識　的　螃蟹，但　也　不是
lóngjīng shuō　hǎoxiàng kànjiàn　yì　zhī　bú　rènshì　de　pángxiè　dàn　yě　búshì

很　確定。　牛魔王　一　聽，突然　想　到　什麼，飛快　趕　往
hěn quèdìng　Niúmówáng　yì　tīng　túrán xiǎng dào shénme　fēikuài gǎnwǎng

芭蕉洞。到　了　芭蕉洞，　正好　看見　鐵扇　公主　坐　在
Bājiāodòng　dào　le　Bājiāodòng　zhènghǎo kànjiàn Tiěshàn gōngzhǔ zuò zài

地上　哭泣，他　問　了　發生　什麼　事　後　說：「跟　我　猜　的
dìshàng kūqì　tā　wèn　le　fāshēng shénme shì hòu shuō　gēn wǒ cāi de

一樣，孫悟空　這　死　猴子　果然　精明 [19]，竟然　變成　我　的
yíyàng　Sūnwùkōng zhè sǐ hóuzi guǒrán jīngmíng　jìngrán biànchéng wǒ de

樣子　來　騙　妳。看　我　怎麼　收拾　他！來　人　啊，把　我　的　武器
yàngzi lái piàn nǐ　kàn wǒ zěnme shōushí tā　lái rén a　bǎ wǒ de wǔqì

拿　出來，我　去　追　那　隻　臭　猴子！」說　完　就　拿起　兩　把
ná chūlái　wǒ qù zhuī nà zhī chòu hóuzi　shuō wán jiù ná qǐ liǎng bǎ

寶劍，朝　火焰山　衝　去。
bǎojiàn　cháo Huǒyànshān chōng qù

思考題
sīkǎotí

1. 你相信人或動物透過修練會有法術[20]嗎？
2. 如果能有法術，你最想要會什麼樣的法術？是飛天、是遁
　地，還是變成其他的動物？

---

19. 精明：shrewd
　　jīngmíng

20. 法術：spells
　　fǎshù

3. 如果能擁有一隻奇特的寵物，你最想要什麼樣的寵物？是能載你飛上天的、是能和你說話的，還是能變出錢的？請想像一下。

4. 中國人相信，天上有天庭，地下有冥府，水裡有龍宮，那你的國家呢？對於那些看不見的地方，有著什麼樣的想像呢？請詳細說明。

【孫悟空三借芭蕉扇】（下）
Sūnwùkōng sān jiè Bājiāoshàn   xià

故事
gùshì

怒氣　沖沖　的　牛魔王　遠遠　看到　孫悟空
nùqì　chōngchōng　de　Niúmówáng　yuǎnyuǎn　kàndào　Sūnwùkōng

的人影，很想　衝　上去把　芭蕉扇給　搶　回來，但
de rényǐng　hěn xiǎng chōng shàngqù bǎ Bājiāoshàn gěi qiǎng huílái　dàn

又　擔心太過　衝動¹非但不會　成功　，一不小心，
yòu dānxīn tài guò chōngdòng fēidàn búhuì chénggōng　yí bù xiǎoxīn

還有可能會被他搧到　遠方。因此牛魔王　要自己
háiyǒu kěnéng huì bèi tā shān dào yuǎnfāng　yīncǐ Niúmówáng yào zìjǐ

靜　下心來，想　點計策²，這時，他突然　想　起，之前
jìng xià xīn lái　xiǎng diǎn jìcè　zhèshí tā túrán xiǎng qǐ zhīqián

見過八戒和悟淨，乾脆「以其人之道，還治其人之
jiàn guò Bājiè hàn Wùjìng　gāncuì yǐ qírén zhī dào huán zhì qírén zhī

身」，扮成八戒的樣子去騙騙　悟空，好把扇子
shēn　bànchéng Bājiè de yàngzi qù piànpiàn Wùkōng hǎo bǎ shànzi

搶　回來。決定好後，牛魔王　便一個　轉身，變成了
qiǎng huílái juédìng hǎo hòu Niúmówáng biàn yí ge zhuǎnshēn biànchéng le

豬八戒的模樣。
Zhūbājiè de móyàng

變成　八戒的牛魔王　趕上悟空，急忙道：「師
biànchéng Bājiè de Niúmówáng gǎn shàng Wùkōng jímáng dào　shī

| 1. 衝動：impulsive | 2. 計策：strategy |
| chōngdòng | jìcè |

兄！師兄！等等 我 啊！」孫悟空 看見 他 很 開心，
xiōng shīxiōng děngděng wǒ a Sūnwùkōng kànjiàn tā hěn kāixīn

得意 地 舉 起 扇子，表示 自己 已經 成功 地 拿到 芭蕉扇
déyì de jǔ qǐ shànzi biǎoshì zìjǐ yǐjīng chénggōng de nádào Bājiāoshàn

了。牛魔王 裝 出 很 佩服[3]的 樣子，詢問 孫悟空 拿到
le Niúmówáng zhuāng chū hěn pèifú de yàngzi xúnwèn Sūnwùkōng nádào

扇子 的 過程 ，再 體貼 地 說：「師兄 辛苦 了！你 一定 很
shànzi de guòchéng zài tǐtiē de shuō shīxiōng xīnkǔ le nǐ yídìng hěn

累 吧，讓 我 來 幫 你 拿！」孫悟空 不疑有他，便 把 扇子
lèi ba ràng wǒ lái bāng nǐ ná Sūnwùkōng bùyíyǒutā biàn bǎ shànzi

遞 給 了 牛魔王 ，萬萬 想 不到 牛魔王 一 接手，就
dì gěi le Niúmówáng wànwàn xiǎng bú dào Niúmówáng yì jiēshǒu jiù

現出 原形 ，還 用力 搧 了 他 一 下！幸好 孫悟空 之前
xiànchū yuánxíng hái yònglì shān le tā yí xià xìnghǎo Sūnwùkōng zhīqián

吃 了 定風丹 ，被 搧 了 也 不會 飛 走，由於 悟空 覺得
chī le Dìngfēngdān bèi shān le yě búhuì fēi zǒu yóuyú Wùkōng juéde

自己 騙人 在 先，所以 並 沒有 還手 。然而， 牛魔王 看
zìjǐ piànrén zài xiān suǒyǐ bìng méiyǒu huánshǒu ránér Niúmówáng kàn

芭蕉扇 沒 有用，嚇 了 一 大 跳，情急 之下，立刻拿 起
Bājiāoshàn méi yǒuyòng xià le yí dà tiào qíngjí zhīxià lìkè ná qǐ

手邊 的 兩 把 劍 往 悟空 砍 去。悟空 見 牛魔王
shǒubiān de liǎng bǎ jiàn wǎng Wùkōng kǎn qù Wùkōng jiàn Niúmówáng

---

3. 佩服：admire
   pèifú

朝 自己 砍 了 過來，只好 回 手 相 迎，於是 兩 人
cháo zìjǐ kǎn le guòlái zhǐhǎo huí shǒu xiāng yíng yúshì liǎng rén

你來我往，打 得 非常 激烈[4]。
nǐláiwǒwǎng dǎ de fēicháng jīliè

這 時候 在 火焰山 附近 等候 的 唐三藏 一行人，一
zhè shíhòu zài Huǒyànshān fùjìn děnghòu de Tángsānzàng yìxíngrén yì

方面 是 實在 熱 得 受不了 了，另 一 方面 則 是 擔心
fāngmiàn shì shízài rè de shòubùliǎo le lìng yì fāngmiàn zé shì dānxīn

悟空 的安危[5]，便 跟 土地公 打聽 積雷山 的 方向 ，想
Wùkōng de ānwéi biàn gēn tǔdìgōng dǎtīng Jīléishān de fāngxiàng xiǎng

讓 豬八戒 去 幫幫 悟空 ，好 早點 取得 扇子 度過 這
ràng Zhūbājiè qù bāngbāng Wùkōng hǎo zǎodiǎn qǔdé shànzi dùguò zhè

火焰山 。好心 的 土地公 於是 領 著 八戒 往 積雷山 走，
Huǒyànshān hǎoxīn de tǔdìgōng yúshì lǐng zhe Bājiè wǎng Jīléishān zǒu

然而，才 走 了 沒 多久， 前方 塵土 飛揚， 茫茫 一
ránér cái zǒu le méi duōjiǔ qiánfāng chéntǔ fēiyáng mángmáng yí

片，定睛 細看，原來 是 悟空 和 牛魔王 正在 打鬥！
piàn dìngjīng xìkàn yuánlái shì Wùkōng hàn Niúmówáng zhèngzài dǎdòu

八戒 見 此，趕緊 抓 起 自己 的 耙子 上 前 幫助 師兄，
Bājiè jiàn cǐ gǎnjǐn zhuā qǐ zìjǐ de pázi shàngqián bāngzhù shīxiōng

牛魔王 看 悟空 來 了 幫手，自己 勝出 的 機會 變 小，
Niúmówáng kàn Wùkōng lái le bāngshǒu zìjǐ shèngchū de jīhuì biàn xiǎo

---

4. 激烈：intense
   jīliè

5. 安危：safety
   ānwéi

便 想 趁隙 逃走，這時 土地公 走 向 前 擋住 他 並 說：
biàn xiǎng chènxì táozǒu zhèshí tǔdìgōng zǒu xiàng qián dǎngzhù tā bìng shuō

「 牛魔王 ，站住！ 唐三藏 要 到 西方 取 經，各 地方 的
Niúmówáng zhànzhù Tángsānzàng yào dào xīfāng qǔ jīng gè dìfāng de

神明 都 被 告知 要 盡力 協助，你 豈有 不 知情 之 理？
shénmíng dōu bèi gàozhī yào jìnlì xiézhù nǐ qǐ yǒu bù zhīqíng zhī lǐ

快！快 交 出 芭蕉扇 來 熄滅 火焰山 的 大火！」 牛魔王
kuài kuài jiāo chū Bājiāoshàn lái xímiè Huǒyànshān de dà huǒ Niúmówáng

一 聽，反而 更 氣 了，他 大聲 地 回 說：「你 這 個
yì tīng fǎnér gèng qì le tā dàshēng de huí shuō nǐ zhè ge

土地公 真 不講理[6]！你 難道 不 知道，是 孫悟空 無 理 在
tǔdìgōng zhēn bùjiǎnglǐ nǐ nándào bù zhīdào shì Sūnwùkōng wú lǐ zài

先，先 來 騙 走 我 的 芭蕉扇，現在 竟然 要 我 協助 他，
xiān xiān lái piàn zǒu wǒ de Bājiāoshàn xiànzài jìngrán yào wǒ xiézhù tā

這 是 什麼 道理？」 說完 又 拿 起 劍 和 孫悟空 、豬八戒
zhè shì shénme dàolǐ shuōwán yòu ná qǐ jiàn hàn Sūnwùkōng Zhūbājiè

繼續 打鬥。
jìxù dǎdòu

由於 他們 打鬥 的 聲音 太 大 了，驚動 了 摩雲洞
yóuyú tāmen dǎdòu de shēngyīn tài dà le jīngdòng le Móyúndòng

裡的 玉面 公主。 玉面 公主 深怕 牛魔王 敵 不 過
lǐ de Yùmiàn gōngzhǔ Yùmiàn gōngzhǔ shēnpà Niúmówáng dí bú guò

---

6. 講理：reasonable
jiǎnglǐ

悟空　，趕緊　命令　小　妖怪　們　去　幫助　牛魔王　。小
Wùkōng　gǎnjǐn mìnglìng xiǎo yāoguài men qù bāngzhù Niúmówáng　xiǎo

妖怪　一到，情勢　就 反 過來 了，原本 占　上風　的 孫悟空
yāoguài yí dào qíngshì jiù fǎn guòlái le yuánběn zhàn shàngfēng de Sūnwùkōng

和 豬八戒，立刻 處 於 劣勢，看 他們　光　對付 那些 小
hàn Zhūbājiè likè chǔ yú lièshì kàn tāmen guāng duìfù nàxiē xiǎo

妖怪　們 就　手忙腳亂　了，哪 有心思 或 氣力再 去 攻擊
yāoguài men jiù shǒumángjiǎoluàn le nǎ yǒu xīnsī huò qìlì zài qù gōngjí

牛魔王　？因此，不 難　想　見，他們 被 打 得 節節 敗退，吞
Niúmówáng yīncǐ bù nán xiǎng jiàn tāmen bèi dǎ de jiéjié bàituì tūn

了 敗仗，只好 先 離開　現場　，而　牛魔王　也 趁機 跑 回
le bàizhàng zhǐhǎo xiān líkāi xiànchǎng ér Niúmówáng yě chènjī pǎo huí

摩雲洞　去 療傷。
Móyúndòng qù liáoshāng

孫悟空　回來 後，非常　不 服氣[7]，一邊 氣惱，一邊 跟
Sūnwùkōng huílái hòu fēicháng bù fúqì yìbiān qìnǎo yìbiān gēn

豬八戒　說明　事情 的 經過。八戒 聽 了，氣憤[8]地說：「可
Zhūbājiè shuōmíng shìqíng de jīngguò Bājiè tīng le qìfèn de shuō kě

惡 的 老牛，竟然　變成　我 的 模樣 來 欺騙[9] 師兄，實在
wù de lǎo niú jìngrán biànchéng wǒ de móyàng lái qīpiàn shīxiōng shízài

是 太 奸詐 了！」土地公說：「唉，你 也 先 別 生氣！這
shì tài jiānzhà le tǔdìgōng shuō āi nǐ yě xiān bié shēngqì zhè

---

7. 服氣：convinced
　　fúqì

8. 氣憤：furious
　　qìfèn

9. 欺騙：deceive
　　qīpiàn

都是因為你師兄先騙了他啊！現在最重要的，是
dōu shì yīnwèi nǐ shīxiōng xiān piàn le tā a xiànzài zuì zhòngyào de shì

順利度過火焰山，所以二位還是打起精神來，好好地
shùnlì dùguò Huǒyànshān suǒyǐ èr wèi háishì dǎ qǐ jīngshén lái hǎohǎo de

想想辦法吧！」悟空說：「您說的對，我們可不能
xiǎngxiǎng bànfǎ ba Wùkōng shuō nín shuō de duì wǒmen kě bùnéng

就此放棄！」一說完，就又拿起金箍棒，和豬八戒
jiù cǐ fàngqì yì shuō wán jiù yòu ná qǐ Jīngūbàng hàn Zhūbājiè

一起去敲打摩雲洞的洞門，要牛魔王出來。他們
yìqǐ qù qiāodǎ Móyúndòng de dòngmén yào Niúmówáng chūlái tāmen

乒乒乓乓吵得不得了，玉面公主的小妖怪們很
pīngpīngpāngpāng chǎo de bùdéliǎo Yùmiàn gōngzhǔ de xiǎo yāoguài men hěn

害怕門會被打壞，便去報告牛魔王。牛魔王聽了
hàipà mén huì bèi dǎ huài biàn qù bàogào Niúmówáng Niúmówáng tīng le

相當生氣，也顧不得身上的傷，直接抓起寶劍
xiāngdāng shēngqì yě gùbùdé shēn shàng de shāng zhíjiē zhuā qǐ bǎojiàn

就出去迎戰了。這次悟空和八戒改變了戰略，
jiù chūqù yíng zhàn le zhè cì Wùkōng hàn Bājiè gǎibiàn le zhànluè

他們兩人合力對付牛魔王，然後讓土地公去應付
tāmen liǎng rén hélì duìfù Niúmówáng ránhòu ràng tǔdìgōng qù yìngfù

那些小妖怪。這策略顯然不錯，因為悟空一行人打
nàxiē xiǎo yāoguài zhè cèluè xiǎnrán búcuò yīnwèi Wùkōng yìxíngrén dǎ

起來游刃有餘，牛魔王完全招架不住，轉身就
qǐlái yóurènyǒuyú Niúmówáng wánquán zhāojià bú zhù zhuǎnshēn jiù

想　往　洞　裡跑。偏偏　土地公　擋住　了　洞　門口，而
xiǎng wǎng dòng lǐ pǎo　piānpiān tǔdìgōng dǎngzhù le dòng ménkǒu　ér

悟空　和　八戒　又　從　後面　追　了　過來，　牛魔王　這　時
Wùkōng hàn Bājiè yòu cóng hòumiàn zhuī le guòlái　Niúmówáng zhè shí

真是　進退兩難！情急　之下，立刻　變成　一　隻　天鵝　往
zhēnshì jìntuìliǎngnán　qíngjí zhīxià lìkè biànchéng yì zhī tiāné wǎng

天空　飛　去。
tiānkōng fēi qù

悟空　並　沒有　被　這　招　嚇　到，　從容 [10] 地　吩咐　豬八戒
Wùkōng bìng méiyǒu bèi zhè zhāo xià dào　cōngróng　de fēnfù Zhūbājiè

和　土地公　好好　對付　那些　小　妖怪　後，自己　就　變成　了一
hàn tǔdìgōng hǎohǎo duìfù nàxiē xiǎo yāoguài hòu　zìjǐ jiù biànchéng le yì

隻　老鷹，　往　天鵝　的　方向　飛　去。天鵝　看見　老鷹　飛來，
zhī lǎoyīng　wǎng tiāné de fāngxiàng fēi qù　tiāné kànjiàn lǎoyīng fēi lái

趕緊　變成　白鶴，　悟空　見　狀，　馬上　變成　鳥　中
gǎnjǐn biànchéng báihè　Wùkōng jiàn zhuàng　mǎshàng biànchéng niǎo zhōng

之　王　丹鳳　去　追趕。　牛魔王　想　在　天　上　鬥　不　過
zhī wáng dānfèng qù zhuīgǎn　Niúmówáng xiǎng zài tiān shàng dòu bú guò

悟空，於是　來　到　地面　上，　變成　了一　隻　跑　得　飛快
Wùkōng　yúshì lái dào dìmiàn shàng　biànchéng le yì zhī pǎo de fēikuài

的　豹，　悟空　見　了，　馬上　就　變成　了一　隻　老虎　追
de bào　Wùkōng jiàn le　mǎshàng jiù biànchéng le yì zhī lǎohǔ zhuī

10. 從容：leisurely
　　cōngróng

312

過去。牛魔王 覺得 逃 也 不是 辦法，就 轉身 變成 一
guòqù Niúmówáng juéde táo yě búshì bànfǎ jiù zhuǎnshēn biànchéng yì

隻 熊 ，站 起來 要去 抓 老虎。悟空 打了個滾， 變成
zhī xióng zhàn qǐlái yàoqù zhuā lǎohǔ Wùkōng dǎ le ge gǔn biànchéng

了 一 頭 象 ，擺動 鼻子 要去 捲 那 隻 熊 。 沒想到
le yì tóu xiàng bǎidòng bízi yào qù juǎn nà zhī xióng méixiǎngdào

牛魔王 被 逼 急了，現 出 他 的 原形[11]——大白牛，看 牠
Niúmówáng bèi bī jí le xiàn chū tā de yuánxíng dà bái niú kàn tā

頭 上 那 兩 隻 長長 尖尖 的 角，實在 讓 人害怕。但
tóu shàng nà liǎng zhī chángcháng jiānjiān de jiǎo shízài ràng rén hàipà dàn

孫悟空 一點 也 不 慌張[12]，拿 出 金箍棒 來 應 戰，兩
Sūnwùkōng yìdiǎn yě bù huāngzhāng ná chū Jīngūbàng lái yìng zhàn liǎng

個 人 來來回回 互相 攻擊 好 幾 次，卻 仍 是 分 不 出
ge rén láiláihuíhuí hùxiāng gōngjí hǎo jǐ cì què réng shì fēn bù chū

勝負 。這時，打鬥 聲 驚動 了 天 上 的 神仙 ，因此，
shèngfù zhèshí dǎdòu shēng jīngdòng le tiān shàng de shénxiān yīncǐ

許多的 神仙 都 前來 幫忙 孫悟空 。 這樣 的 情勢 對
xǔduō de shénxiān dōu qián lái bāngmáng Sūnwùkōng zhèyàng de qíngshì duì

牛魔王 非常 不利，於是 他 便 朝 遠處 的 芭蕉洞 跑
Niúmówáng fēicháng búlì yúshì tā biàn cháo yuǎnchù de Bājiāodòng pǎo

去， 想 逃 回 老家。雖然 悟空 這邊 人多勢眾 ，但 還是
qù xiǎng táo huí lǎojiā suīrán Wùkōng zhèbiān rénduōshìzhòng dàn háishì

---

11. 原形：prototype
yuánxíng

12. 慌張：flurry
huāngzhāng

讓 牛魔王 給 跑 回 洞 裡 去 了。 正當 悟空 在 想 辦
ràng Niúmówáng gěi pǎo huí dòng lǐ qù le　zhèngdāng Wùkōng zài xiǎng bàn

法 時，豬八戒 和 土地公 也 趕 過來 了，告知 摩雲洞 已經
fǎ shí　Zhūbājiè hàn tǔdìgōng yě gǎn guòlái le　gàozhī Móyúndòng yǐjīng

被 他們 征服¹³了。 正 在 勝利 氣勢 上 的 豬八戒，來 到
bèi tāmen zhēngfú le　zhèng zài shènglì qìshì shàng de Zhūbājiè　lái dào

芭蕉洞 口，一擊 就 把 洞門 給 打 壞 了， 牛魔王 為了
Bājiāodòng kǒu　yì jí jiù bǎ dòngmén gěi dǎ huài le　Niúmówáng wèile

不 波及 鐵扇 公主 ， 馬上 跳 出來 應 戰。
bù bōjí Tiěshàn gōngzhǔ　mǎshàng tiào chūlái yìng zhàn

　　他們 在 翠雲山 上 你來我往，大 戰 了 好 幾 回合，
　　tāmen zài Cuìyúnshān shàng nǐláiwǒwǎng　dà zhàn le hǎo jǐ huíhé

這 下 可 真 累 壞 牛魔王 。他 心 想：君子 報仇 十 年
zhè xià kě zhēn lèi huài Niúmówáng　tā xīn xiǎng　jūnzǐ bàochóu shí nián

不 晚， 等 自己 養 好 傷 後，再 來 找 孫悟空 算帳
bù wǎn　děng zìjǐ yǎng hǎo shāng hòu　zài lái zhǎo Sūnwùkōng suànzhàng

也 不 遲，於是 轉身 就 往 北邊 逃 去。哪裡 知道，北邊
yě bù chí　yúshì zhuǎnshēn jiù wǎng běibiān táo qù　nǎlǐ zhīdào běibiān

站 著 五臺山 的 神仙 ，嚇 得 牛魔王 又 往 南 走，
zhàn zhe Wǔtáishān de shénxiān　xià de Niúmówáng yòu wǎng nán zǒu

結果 又 被 峨嵋山 的 神仙 給 擋 下來，這時，機靈¹⁴的
jiéguǒ yòu bèi Éméishān de shénxiān gěi dǎng xiàlái　zhèshí　jīlíng de

---

13. 征服：conquer
    zhēngfú

14. 機靈：clever
    jīlíng

牛魔王　馬上　朝　東方　和 西方 看 去，果然，這 兩
Niúmówáng mǎshàng cháo dōngfāng hàn xīfāng kàn qù guǒrán zhè liǎng

處 也 都 分別 站 著 須彌山 和　崑崙山　的　神明　。完
chù yě dōu fēnbié zhàn zhe Xūmíshān hàn Kūnlúnshān de shénmíng wán

了！真的 是 無處可逃 了。 更 慘 的 是， 往　上　一 看，
le zhēnde shì wúchùkětáo le gèng cǎn de shì wǎng shàng yí kàn

就 連 哪吒三太子 都 來了！哪吒 大 喊：「　牛魔王　，我 奉
jiù lián Nuózhàsāntàizǐ dōu lái le Nuózhà dà hǎn Niúmówáng wǒ fèng

玉帝 的　命令　，特地 來　剷除　你。」 說 完，立刻 變 出
Yùdì de mìnglìng tèdì lái chǎnchú nǐ shuōwán likè biàn chū

三頭六臂，並 將 手 上 的 斬妖劍 往　牛魔王 頭 上
sāntóuliùbì bìng jiāng shǒu shàng de Zhǎnyāojiàn wǎng Niúmówáng tóu shàng

砍。好 一 個 哪吒，一下子 就 把 牛 頭 砍 下來 了！但是， 說
kǎn hǎo yí ge Nuózhà yíxiàzi jiù bǎ niú tóu kǎn xiàlái le dànshì shuō

也 奇怪， 牛魔王 的 頭 才 剛 落 地，脖子 又 馬上　長
yě qíguài Niúmówáng de tóu cái gāng luò dì bózi yòu mǎshàng zhǎng

出 一 顆 頭。 哪吒 就 這樣 連續[15] 砍了 牛魔王 十 幾 下，
chū yì kē tóu Nuózhà jiù zhèyàng liánxù kǎn le Niúmówáng shí jǐ xià

那 顆 頭 就 長 了十 幾 次，砍到 後來， 哪吒 就 不 耐煩[16]
nà kē tóu jiù zhǎng le shí jǐ cì kǎndào hòulái Nuózhà jiù bú nàifán

了，於是 便 朝著　牛魔王　狂 吐 真火 ， 又 用
le yúshì biàn cháozhe Niúmówáng kuáng tǔ zhēnhuǒ yòu yòng

---

15. 連續：continuously
　　liánxù

16. 耐煩：patient
　　nàifán

315

照妖鏡 照 他，這 招 果然 有用， 牛魔王 整個
Zhàoyāojìng zhào tā zhè zhāo guǒrán yǒuyòng Niúmówáng zhěngge

動彈不得，就 只能 大 喊 饒命。哪吒 趁機 打探 芭蕉扇 的
dòngtánbùdé jiù zhǐnéng dà hǎn ráomìng Nuózhà chènjī dǎtàn Bājiāoshàn de

下落，得知 在 鐵扇 公主 那裡 後，便 拿 出 縛妖繩 直接
xiàluò dézhī zài Tiěshàn gōngzhǔ nàlǐ hòu biàn ná chū Fùyāoshéng zhíjiē

套 住 牛魔王 ，然後 抓 著 他 和 孫悟空 以及 各 地方
tào zhù Niúmówáng ránhòu zhuā zhe tā hàn Sūnwùkōng yǐjí gè dìfāng

神明 一起 來 到 芭蕉洞，要 牛魔王 叫 鐵扇 公主 交
shénmíng yìqǐ lái dào Bājiāodòng yào Niúmówáng jiào Tiěshàn gōngzhǔ jiāo

出 扇子。鐵扇 公主 看見 這樣 的 陣仗 大驚失色，連
chū shànzi Tiěshàn gōngzhǔ kànjiàn zhèyàng de zhènzhàng dàjīngshīsè lián

饒命 都 不敢 喊 了，急忙 拿 出 芭蕉扇。 悟空 一 拿
ráomìng dōu bùgǎn hǎn le jímáng ná chū Bājiāoshàn Wùkōng yì ná

到 扇子，就 領著 眾人 趕 回 火焰山 ，好 跟 唐三藏
dào shànzi jiù lǐngzhe zhòngrén gǎn huí Huǒyànshān hǎo gēn Tángsānzàng

會合。
huìhé

　　唐三藏 看見 各地 神明 都 跟著 悟空 一起
　　Tángsānzàng kànjiàn gèdì shénmíng dōu gēn zhe Wùkōng yìqǐ

回來，趕緊 向 他們 道謝，感謝 他們 協助 悟空 順利 取得
huílái gǎnjǐn xiàng tāmen dàoxiè gǎnxiè tāmen xiézhù Wùkōng shùnlì qǔdé

芭蕉扇。 等 唐僧 道謝 完 之後，土地公 立刻 要 悟空 用
Bājiāoshàn děng Tángsēng dàoxiè wán zhīhòu tǔdìgōng lìkè yào Wùkōng yòng

扇子 搧搧 看，看看 他 手 裡的扇子 是不是 真的。好險，這
shànzi shānshān kàn kànkàn tā shǒu lǐ de shànzi shìbúshì zhēnde hǎoxiǎn zhè

回 拿 到 的 是 把 真 扇子，因為 悟空 才 搧 了一下，大家
huí ná dào de shì bǎ zhēn shànzi yīnwèi Wùkōng cái shān le yí xià dàjiā

就 發現 火焰 全 都 熄 了；搧了第 二下， 身邊 就 開始
jiù fāxiàn huǒyàn quán dōu xí le shān le dì èr xià shēnbiān jiù kāishǐ

感覺 到 涼意；搧 了 第 三 下，天 上 便 布滿 了 烏雲，沒
gǎnjué dào liángyì shān le dì sān xià tiān shàng biàn bùmǎn le wūyún méi

多久 就 開始 下 起 雨 來 了。當 雨滴 落下 的 那 一 刻，眾人
duōjiǔ jiù kāishǐ xià qǐ yǔ lái le dāng yǔdī luòxià de nà yí kè zhòngrén

開心 地 歡呼！大 火 熄滅 了， 唐僧 一行人 終於 又 能
kāixīn de huānhū dà huǒ xímiè le Tángsēng yìxíngrén zhōngyú yòu néng

繼續 西 行 取經 了，為 此， 唐僧 再三 感謝 眾 神明 的
jìxù xī xíng qǔjīng le wèi cǐ Tángsēng zàisān gǎnxiè zhòng shénmíng de

幫忙 ， 並 拜 送 眾 神明 歸去。 神明 們 走 後，
bāngmáng bìng bài sòng zhòng shénmíng guīqù shénmíng men zǒu hòu

那兒 就 只 剩下 鐵扇 公主 和 牛魔王 ，這時 的 他們
nàr jiù zhǐ shèngxià Tiěshàn gōngzhǔ hàn Niúmówáng zhèshí de tāmen

根本 不敢 輕舉妄動 ，只 說 自己 願意 修行， 重新
gēnběn bùgǎn qīngjǔwàngdòng zhǐ shuō zìjǐ yuànyì xiūxíng chóngxīn

開始。 宅心仁厚 的 唐三藏 ，一 聽 到 他們 有 心
kāishǐ zháixīnrénhòu de Tángsānzàng yì tīng dào tāmen yǒu xīn

向善 ，便 命令 悟空 不 可 為難[17]他們。一旁 的 土地公
xiàngshàn biàn mìnglìng Wùkōng bù kě wéinán tāmen yìpáng de tǔdìgōng

17. 為難：feel embarrassed
wéinán

317

提醒 悟空 ， 要 悟空 跟 他們 詢問 根除 這 火焰 的 方法；
tíxǐng Wùkōng　　yào Wùkōng gēn tāmen xúnwèn gēnchú zhè huǒyàn de fāngfǎ

鐵扇 公主 告知 須 連 搧 四十九 下，才 能 根除，果然，
Tiěshàn gōngzhǔ gàozhī xū lián shān sìshíjiǔ xià　cái néng gēnchú guǒrán

搧 了 四 十 九 下 後，只 見 大 雨 嘩啦啦地 下，下 了 一
shān le sì shí jiǔ xià hòu　zhǐ jiàn dà yǔ　huālālā de xià　xià le yì

整 夜，直到 天明 ，雨 才 漸漸 變 小。克服了 這 個
zhěng yè　zhídào tiānmíng　yǔ cái jiànjiàn biàn xiǎo　kèfú le zhè ge

難關 [18]，大家 都 很 高興，於是 唐三藏 便 命令 悟空
nánguān　dàjiā dōu hěn gāoxìng　yúshì Tángsānzàng biàn mìnglìng Wùkōng

把 芭蕉扇 還 給 鐵扇 公主 ， 然後 再 鼓勵[19]她 要 好好
bǎ Bājiāoshàn huán gěi Tiěshàn gōngzhǔ　ránhòu zài gǔlì　tā yào hǎohǎo

做人，日後 一定 能 成 仙，說 完， 唐僧 便 領 著 徒弟
zuòrén　rìhòu yídìng néng chéng xiān shuō wán　Tángsēng biàn lǐng zhe túdì

們 繼續 朝 西方 前進了。
men jìxù cháo xīfāng qiánjìn le

思考題
sīkǎotí

1. 前來幫忙悟空的眾神明，可以說都是悟空的貴人[20]。那麼你
　 呢？請問，你身邊有哪些貴人，他們曾經幫了你什麼忙？

---

18. 難關：difficulties
　　 nánguān

19. 鼓勵：encourage
　　 gǔlì

20. 貴人：benefactor
　　 guìrén

2. 你最喜歡這故事裡的哪個角色？為什麼？

3. 如果你是孫悟空，會如何說服牛魔王借你扇子？

4. 「幫倒忙」的意思是沒幫助到別人，反而讓問題越來越複雜。你有被幫倒忙的經驗嗎？請說說看。

國家圖書館出版品預行編目資料

神怪及傳奇／楊琇惠編著. ――初版. ――臺
北市：五南，2017.11
　面；　公分
ISBN 978-957-11-9260-4（平裝）

1.漢語　2.讀本

802.86　　　　　　　　　106010969

1XBD 華語系列

神怪及傳奇

編 著 者 ― 楊琇惠

編輯助理 ― 郭蓁萱　葉雨婷

發 行 人 ― 楊榮川

總 經 理 ― 楊士清

副總編輯 ― 黃惠娟

責任編輯 ― 蔡佳伶　簡妙如

封面設計 ― 姚孝慈

出 版 者 ― 五南圖書出版股份有限公司

地　　址：106台北市大安區和平東路二段339號4樓

電　　話：(02)2705-5066　　傳　真：(02)2706 6100

網　　址：http://www.wunan.com.tw

電子郵件：wunan@wunan.com.tw

劃撥帳號：01068953

戶　　名：五南圖書出版股份有限公司

法律顧問　林勝安律師事務所　林勝安律師

出版日期　2017年11月初版一刷

定　　價　新臺幣450元

※版權所有‧欲利用本書內容，必須徵求本公司同意※